黑豹就一直尾随着他。以前大胜进城，黑豹也撵，他只要回头喀吓几句，黑豹就不撵了，就在梁上望上一阵也就回去了。这次黑豹很纠缠，他回头骂走了三回，他知道黑豹也想进城。黑豹跟长山家的阿花好，去年长山爹去世了，家里没了老人拖累，长山就连家带营搬进城打工，把阿花也带进城里去了。大胜来到大路边等车，班车还没等来，过来一辆客货两运的四门六座。他往路边闪了一下，因为是石子路，车卷来的尘土足能把人掩埋了。可车到了他站的地方竟

李栋梁《大地钢琴》

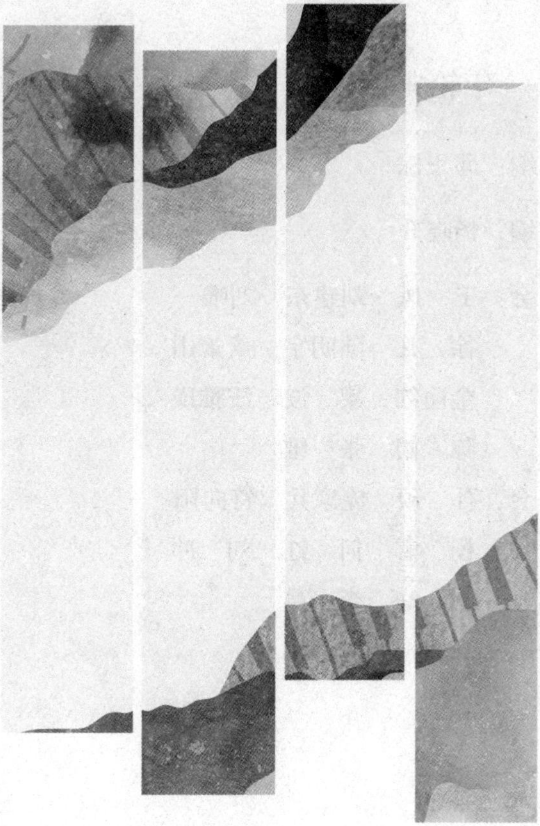

大地钢琴

季栋梁 著

河北出版传媒集团
河北教育出版社

年轮典存丛书

编者荐言

中国当代文学已走过七十多年，每一次文学浪潮的奔腾翻涌，都有彪炳文学史的作家留下优秀作品。

回首20世纪七八十年代，改革开放开启了中国当代文学持续至今的繁盛，由于几百家文学刊物的存在，中短篇小说曾是浩荡文学洪流中的浪尖。然而，以1993年“陕军东征”为分水岭，长篇小说创作成为中国文坛中独立潮头的存在，衡量一个作家的创作成就及一个时期的文学成果，往往要看长篇小说的收获。中短篇小说的创作和读者关注度减弱，似乎文学作品非鸿篇巨制不足以铭记大时代车轮驶过的隆隆巨响。

进入21世纪，特别是党的十八大以来的新时代，我们乘着光纤体验世界的光速变迁，网络文学全面崛起，读图时代、视频时代甚至元宇宙时代的更迭，令人应接不暇，文学创作无论是体裁还是题材都呈现出一种扇面散播效应，中短篇小说创作也再度呈扇面式生长，精彩纷呈。

为此，我们特编辑了这套“年轮典存丛书”，以点带面地梳理生于不同年代的当代优秀作家的中短篇小说精品，呈现不同代际作家年轮般的生长样态。

我们不无感佩地看到，生于1940年前后的文学前辈，青年时已是文坛旗手，在当下依然保持着丰沛的创作力，他们笔耕不辍，使当代文学大树的根扎得更深。

“50后”一代作家已走过一个甲子，笔力越发苍劲。他们不断返回一代人的成长现场，返回村镇故乡、市井街巷；上承“40后”的宏大命运主题，下接烟火漫卷的无边地气；既广受外国文学的影响，又保有中国古典文学的高蹈气质。

在“60后”这一中坚力量的年轮线上，我们能看到在城乡裂变、传统向现代过渡的进程中，一代人的身份确认、自我实现，以及精神成长的喜悦和焦虑。

“70后”作家因人生经验与改革开放四十年紧密相连而被称为“幸运的一代”和“夹缝中壮大的一代”，也是倍受前辈作家的成就影响而焦虑的一代。如今已与前辈并立潮头，表现不俗。

而作为“网生一代”的“80后”和“90后”，他们的写作得到更多赞誉的同时，也承受了更多挑剔和质疑。但经过岁月淘洗，我们欣喜地看到，曾经的文学小将已在文坛扎扎实实立稳脚跟，相继以立身之作进入而立和不惑之年。

六代作家七十年，接力写下人世间。宏阔进程中的21世纪中国当代文学，正在形成新的文学山峰的山脊线。短经典历久弥新，存文脉山高水长。

目　录
CONTENTS

大 地 钢 琴

大胜后来心里一直把那女的叫“小婆娘”。因为看那女的第一眼，大胜心里就生出这样的感叹：这小婆娘嫩得就像刚从泥里拔出来的水萝卜，人咋就能长得这么水嫩呢。可是，小婆娘并不是来让大胜看的，而是来给他找事的。当小婆娘伶牙俐齿眼呙嘴斜地把事说完，大胜却没把事当回事。他觉得这就是城里人的大惊小怪，用他们自己的话说，那就是矫情，这算个屁事，他都觉得可笑。更让他觉得可笑的是看上去一个文静漂亮云白水亮的女子，却拉着个狗跟他说他家的狗把她家的狗强奸了，这种事你也张得开口，还不依不饶的，都不知道丢人。

因此，当小婆娘夸张地挥动着手臂表达着自己的愤怒时，大胜扑哧笑了。小婆娘则更加恼怒了，往大胜跟前大跨一步，手指戳着大胜说：“你，你还有脸笑，你家狗把好事干下了？！”大胜说：“你说了半天，不就是我家黑豹

‘那啥’了你家的狗吗？多大的事哇。”面对小婆娘，大胜实在说不出“干”或“搞”这样的词来，就用“那啥”来代替了。小婆娘说：“多大的事？也不看看，你家那狗是啥狗，我家悠悠是啥狗？”大胜更觉得可笑了，说：“你家悠悠是啥狗？就是二郎神的哮天犬，不也还是个狗吗。”小婆娘说：“我告诉你，我家悠悠比哮天犬还名贵。”大胜啧啧啧地咂叹着说：“吹牛都不脸红，比哮天犬还名贵，那你的意思你就是王母娘娘了？”

这么说着大胜端详了一眼那只叫悠悠的狗。此时悠悠给小婆娘扯着缰绳，就在小婆娘腿裆下钻来钻去绕“8”字。那悠悠就像刚出月的羔羊一般大小，一身毛比羔羊毛还卷。大胜心里说：还名贵哩，羊不羊狗不狗的，啥玩意儿嘛。他抬眼瞟了眼不远处站着的黑豹，英俊威武，气宇轩昂，一身黑毛没一点儿杂色，阳光下缎子一样鲜亮。大胜就撇撇嘴说：“我还觉得你家悠悠配不上我家黑豹哩。”

小婆娘简直是气坏了，她手指哆嗦着指向不远处站着的两个保安说：“保安，你们别站在那里看热闹，啊，给我过来，还轮不到你们看热闹。”小婆娘的手指头就像甩出去的鱼钩，把两个保安就钩了过来。

大胜睨了两个保安一眼，平时两个家伙老从他身边晃荡过来晃荡过去的，没咋注意，此时一细看，觉得两个家伙就像双胞胎，大胜想到看过的电影里有的演员表上用甲乙丙丁来代替一些小角色，觉得两个保安应该一个是保安甲，一个是保安乙。

小婆娘说：“这事你们不管？”保安甲说：“这事……”小婆娘气呼呼地说：“这不是你们的事？”保安甲说：“是我们的事，可是这事我们咋管？”小婆娘说：“你们不管是不？”保安乙说：“不是我们不管，只是这是狗的事嘛。”小婆娘说：“跟我讲理是不？”保安甲赔着笑脸说：“哪敢跟您讲理。”小婆娘说：“想推诿扯皮？我问你们那狗是不是别墅区里的狗？”保安乙说：“不是，不是。”小婆娘说：“既然是野狗，怎么进了别墅区？难道不是你们失职？我们的安全还有没有保障？”保安甲满脸堆笑，忙说：“您息怒，息怒，我们这就跟他交涉。”小婆娘说：“你们看着办，处理不好我就投诉。”

保安甲扭过头来盯着大胜说：“是你家狗干的？”大胜说：“我没看见。”其实，大胜是看见了，事情就在离他立道牙石不远的地方发生的，当时他心里还美滋滋地说：你狗日的倒艳福不浅，人生地不熟的还能有这等好事。当时他自己下面也有了反应，离家已经三个月了，他当然也很想这事。不过他怕给人注意到丢人，是用眼角偷看的，没好意思明目张胆地看。当那小婆娘疯了一样跑过来时，两个家伙已经如胶似漆黏到一起，任小婆娘大呼小叫、连拉带拽的却已撕不开了。两只狗黏到一起可是得好一会儿才能了事的。

小婆娘抱着膀子冷笑着说："不想承认是吧？"大胜说："啥想承认不想承认的，我没看见咋承认？"小婆娘说："我早知道你们这种人就会耍赖，你说你们这种人除了耍赖还会干啥？"这话大胜就不爱听了，"你们这种人""就会耍赖"，这分明是污辱人嘛，要说耍赖，那也比不过你们城里人，经常拖欠克扣我们工钱不说，还骂骂咧咧的。尽管国家反复强调拖欠农民工工钱要这样那样的，你们还不照样耍赖拖欠。大胜心里说：倒是把你咬了，你来找事也有一说。觉得这小婆娘有些仗势欺人，分明是半夜里吃柿子想拣软的捏，就说："你说我耍赖，那我就耍赖了，你说我家黑豹干了你家悠悠就干了？捉奸捉双，你有啥证据呢？那它们干的时候，你咋不把它们摁在一起绑了？两只狗干到一起，一两个小时都分不开哩。"

既然小婆娘这样蛮横，这样污辱人，大胜也就不顾忌了，索性不说"那啥"了，直接说"干"了。

小婆娘掏手机说："想耍赖没那么容易，犯罪过程我全录下来了，你自己看看吧。"

大胜凑过去一看手机，哧哧哧地笑出声来，说："你那悠悠也太小了点儿吧，看把我家黑豹憋屈的，腰都弓成一把火镰了。"

小婆娘几乎是歇斯底里吼着："流氓，大流氓！"

大胜绷着眼睛说：“你文明点儿好不好，谁是流氓？让人听了，倒像是我把你咋了。”

小婆娘吼了一声：“保安！”

两个保安齐声说：“在，在。”

保安乙把大胜往一边拽拽，说：“你说这事咋办？”大胜说：“咋办？狗干了狗还咋办，难道是我指派我家黑豹去干了她家悠悠？想找事也没这样找事的吧。”小婆娘说：“我警告你，少说流氓话。”大胜说：“这也是流氓话？”小婆娘红着脸说：“你，你少‘干了’‘干了’的，恶心不恶心?!”大胜故意说：“那你说咋说？说‘弄了’‘搞了’，行不？”小婆娘撇一下嘴说：“这是强奸，应该说‘强奸’。”大胜说：“啥？强奸？你好好看看，那是强奸吗？你家悠悠都受活成啥样了，还能说是强奸？想陷害讹人呀。”小婆娘说：“我警告你少耍流氓。”大胜说：“你少警告我，我虚说了，就说我家黑豹有强奸的想法，你家悠悠不支定，我家黑豹能上了你家悠悠的身？这是一个巴掌能拍响的事？”小婆娘说：“我家悠悠支定，把你说得美死了。”大胜说：“你好好看你录下的，你家悠悠是不是支得定定的，多配合，眼睛都眯缝了。”

这话在已经围上来的人群中引发了一片哄笑。

小婆娘柳眉倒竖，杏眼暴睁，说：“你嘴巴干净点儿。”大胜说：“这咋是嘴巴不干净，我说错了？你让大家都看看，那是强奸吗？”小婆娘气得嘴唇乌青，说：“你……”大胜说：“我咋了？哼，应该说强奸，我要说了‘强奸’那就说明我承认了，强奸啥罪行，当我不知道，想往里套我，墙上挂门帘——没门儿。”小婆娘往地上呸了一口，说：“你当你油嘴滑舌就能把事结了？”大胜说：“我这是油嘴滑舌吗？我这是在讲事实摆道理。”

大胜确实不是油嘴滑舌，也不是嘴不饶人，更不是爱找事的人，他进城打工已经好几年了，依然胆小如鼠，一直都是谨言慎行的，他知道在城市里一句话不小心也能惹出大事来。这是人家的地盘，连广告上都说“我的地盘我做主”。他之所以这样不怯场，也不是要逞口舌之快，他是在抗，是在争。但凡给他们这样的人找事的人，开始都会挑起事端，虚张声势地诈唬你，揣摩你的脾性。如果你一声不吭，他们就会确认你胆怯怕事，把你诈唬住了，就会把事情弄成他们想弄成的那样；诈唬不住，也就骂骂咧咧走人了。这几年的打工经历，大胜见过遇过这样的事不少，就因为怕事，吃了不少亏。有一次，工地上丢了一卷钢筋，老板就认定是他们十几个民工合起来偷了，把他们圈了起来审了又审，最后报了警。警察来后，三唬二喝的，大家都不敢说话，怕说了话惹事，结果警察就判定是他们干的，把他们的工钱扣了顶账。后来案破了，是城里人干的。一个老警察说：“当时审问你们，你们一个个嘴抽得像个包子，一句话不说，给人的感觉就像事是你们做下的。”又对他们说：“遇事别怕事，越怕越有事，石头滚过来了，你不推回去，石头只能从你们身上碾过去。以后遇了事该说要说，该喊要喊，自己没错，就要据理力争，理直气壮地摆事实讲道理。你不争，人家就以为你们理亏心虚，有啥怕的，喊了争了又不犯法。”老警察的话对他们的作用真大，他们虽然不找事，但经常被事找上来，有些事他们还真这样扛过去了。有一回，下工后大胜掮着锹回工棚，一个骑电动车的为躲避迎面冲过来的车冲到人行道上来，结果头碰到了大胜的锹把上，那家伙停下电动车就对他发怒，说把他碰成脑震荡了。大胜说：“你说咋办？”那汉子说：“你得赔偿我。”大胜说：“讹人是吧，你眼瞎了，碰咋不往锹头上碰，见了血就更好讹了，老子这锹头挖土铲石磨得好锋利的，要不要老子给你拉一道口子，见了血你再讹老子就更有力了。”说着把锹往起一抡，那家伙翻身上了电动车就“飞”了。今天这事在大胜看来，这小婆娘就是存心想讹他，先用强奸诈唬他，把他诈唬住了，就要他赔偿，不是讹人是啥？他很鄙视小婆娘，长得有姿有色的，干这等龌龊的事，简直可恶。这么一想，嘴头上自然就不留情，而这小婆娘又总是把话头喂到他嘴里让他咬住，他的口齿就伶俐了。当然，大胜的抗争对答也是带有乡下人抬杠那种特点（拿这事找事可不就是像抬杠），因此，听上去给人的感觉是有些油嘴滑舌。

在安逸闲散的通昊别墅区，这就是一个爆炸性的场面。虽然是星期一早晨九点左右，但通昊别墅区啥时间都不缺人，这里面住着的都是些有权有钱的闲人，整日都有遛鸟的遛狗的遛胳膊遛腿的。天湖、树苑、草坪、健苑、歌台、舞榭……通昊别墅区又有那么多可遛的地方。对于这些闲人来说哪点起了事哪儿就是最有号召力的，那是他们日常生活中的一种寄托，他们从四面八方往这边聚过来。

小婆娘脸都气紫了，说："保安，你们看着办，这事要不给我满意地解决了，小心你们的饭碗。"保安甲赔着笑脸对小婆娘说："您别生气，气大伤身，您说想咋解决？"小婆娘说："必须赔偿我的经济损失。"果然从大胜想的上来了，这小婆娘是想讹他。于是绷着眼睛说："赔偿经济损失？你想钱想疯了，那咋不去抢银行呢？昨天电视上不是还说有人抢银行来着。"小婆娘却不理会大胜，对保安说："你们知道我家悠悠值多少钱，从法国带回来的，纯种的，现在被玷污了。"保安乙说："知道，知道，您别着急，我们会给您一个满意的答复。"大胜说："给你赔偿经济损失，我还没找你赔偿哩，在我们老家，公的配了母的，那叫配种，是要收钱的。"

保安甲又把大胜往另一边拽拽，说："我给你说，这事你有责任。"大胜说："我有个屎，我有责任。"保安甲阴沉下脸说："你说话文明点儿，这是你耍歪的地方？狗是你家的，你就有监管的责任，现在出来闯下祸了，你就该承担责任，应该赔偿。”大胜说：“狗干的让我赔偿？你们合伙讹人呀。”保安乙说：“这不是狗的事。”大胜说：“难道你们还会赖我是我干的？”保安甲说：“你别胡搅蛮缠，不赔偿你是说不过去的。”保安乙说：“人家那狗十几万哩，这辈子你怕还没见过那么多钱吧。”大胜说：“就是一千万又能咋，她家悠悠都不嫌弃我家黑豹，她找个啥事？”小婆娘说：“我是她妈妈，是她的监护人，咋了，管不着？”大胜说：“你就是她奶奶又能咋样？管她吃管她喝，还管得了她跟谁好？”小婆娘杏眼怒睁说：“看把你说得好听的，跟谁好？那是强奸。”保安甲瞪着大胜说：“你嘴别犟。”大胜说：“我这是犟吗，犟人能犟过理？”大胜觉得这些保安虽然是山里来的，但在城里待得久了，都成了势利眼，成了城里人的走狗，就说：“赔偿个尿，就我家黑豹，判刑枪毙随你们，你们是城里人吗？城里狗吧。”围观的人哧哧笑起来，还伴有掌声，就像配合着大胜一般。

因为小婆娘极白，一脸绯红就如朝霞，竟像个小姑娘。她跺着脚说：“别跟他说那么多没用的恶心话，报警，报警。”大胜扑到小婆娘跟前说：“报警抓我呀，你啥人啊，咱们就说是强奸，我家黑豹强奸你家悠悠，你为啥不扯开，不把你家悠悠拉走，站在那里看着它们干完，还录像，你看黄色录像啊。”小婆娘说：“放屁，你给我嘴巴干净点儿。”大胜说：“这分明就是讹诈，我还没说你家狗勾引了我家黑豹哩。”小婆娘说：“你……”大胜说：“我咋，你看嘛，你家的狗还在勾引我家的狗。”小婆娘大概气晕了，并没发现悠悠已经从她手里拽走了牵引绳撵着黑豹去了。小婆娘跺着脚骂了句：“没出息的东西，悠悠，你给我回来。”说着就撵了上去。

大胜觉得事情该是了了，便又戴上了手套，继续摆弄道牙石。大胜的活儿是给通昊别墅区立道牙石，分段承包。跟小婆娘这一通吵，已经耽误了他立两块道牙石的时间了。一块道牙石还没摆弄好，小婆娘拉着悠悠又回来了，杵在他眼前，大胜说：“你到底想咋，没完没了？”小婆娘说：“这么就想把事了了，你做大头梦去吧。”

那悠悠立了起来，两只前爪攀起，搭在小婆娘的小肚子上，小婆娘推开悠悠说：“谁抱你，脏死了，从今儿以后，休想我再抱你，没出息的东西，恶心死人了。”说着扯着悠悠拴到了一棵树上。

这话让大胜倍感污辱，说悠悠脏，当然是因为悠悠和黑豹那啥了，那就是说黑豹脏了，说黑豹脏就是说他大胜脏了，这和打狗看主人一个理。黑豹多么英俊，要是给城里人养着，谁会说他脏，配那个悠悠还觉得亏了呢。大胜正想着反击的话，就见黑豹站在不远处偏着脖儿又往悠悠跟前去了，便泛上话来了。他叫了一声“黑豹”，黑豹摇着尾巴过来，把头抵在大胜怀里，大胜摸了摸黑豹头说："你个倒眼窝，啥眼光嘛，到了城里眼光要高，去，发展个新朋友耍去，兄弟如手足，女人如衣服。"这话他是听工头说过的。

"懒得跟你这种人理论，你等着有人跟你理论。"

小婆娘又往地上呸了一口，不再理会大胜，掏出手机就打电话。

大胜以为小婆娘要给她男人打电话，他倒也希望小婆娘的男人出面，女人天生就是弄这种没名堂的事的，比男人麻缠，这种事上男人的话要好说多了。然而，大胜没想到小婆娘打的是110，立马就慌神儿了，往小婆娘跟前扑了一下，说："你，你打110呀？"小婆娘往后一闪，说："你，你要干啥？别过来。"两个保安立刻横在大胜和小婆娘之间。

到这时大胜才明白这事不是个简单的事了，被警察弄住，没事也会说出事来，警察最会套人弄事。大胜说："你别没事找事嘛，这有意思吗？"

"我就想没事找事，你能把我咋样？"小婆娘吼叫完，一脸不屑地往远处挪挪，就像大胜有传染病似的。

"妈的，啥人嘛，没见过你们这样的人。"大胜的声音软了下来，也小了下来。

110警车呼啸而来。警车上下来两个警察，一高一矮。小婆娘叽叽喳喳地把事说完，高警察走到大胜跟前说："你生的事？"大胜说："嗯。"高警察盯了大胜两眼，大胜忙又说："不是我生的事，是狗生的事。"高警察说："不说狗的事。"大胜说："明明是狗的事，咋能不说狗的事。"高警察拧着眉头说："我说了不说狗的事，听不懂？"大胜说："你，你要不信，看她手机里录下的是不是狗的事。""身份证！"矮警察说。大胜头皮噌一下就麻了，说："警察同志，我……"矮警察说："身份证！"大胜就忙把身份证掏出来递了过去。矮警察一把夺过来对比着看看递给高警察，高警察看也不看，递给小婆娘说："他的身份证你装着，你们互相调解，啥时满意了啥时再把身份证还他。"说完，一高一矮就上了警车走了。

身份证给人家押了，这事的严重性就彻底显出来。没有身份证寸步难行，坐车、住店、找活儿、寄钱，啥事都办不了，而且一点儿都不安全，遇上个事，你没身份证，人家就直接把你看成那样的人。在这城里揽活儿谁知道还会遇上啥事，管得了你不找事，但管不了事不找你。就像今儿这事是他找的吗？大胜一点儿办法都没有，他蹲了下去，双手紧紧搂住了头。

人越围越多，连干活儿的都撂下活儿围过来。保安甲扬着两手像驱鸡赶狗一样说："散了散了，拜托各位各忙各的去，没啥好看的。"没有人听保安的话。小婆娘对保安说："你们必须给我个交代。"说完一扭身解下悠悠，拉着就咯噔咯噔径直走了。保安甲立刻撵上去说："咱们去物业上调解，这里人太多。”说着随着小婆娘亦步亦趋去了。大胜还蹴在那里，保安乙过去踢了大胜一脚，说：“跟上走呀，当没事了？”大胜只能起身紧跟着去了。对他来说身份证就是一根绳子。

进了保安室，保安乙说：“咱们就开门见山吧。”小婆娘撇着嘴说：“谁愿意在这里耗着。”保安乙说：“您说赔偿经济损失，那您想要多少钱的赔偿？”大胜接了话茬就说：“反正我就那一条狗，想咋处置你们就咋处置好了。”小婆娘说：“你那条破狗，连我家悠悠的一根毛都顶不了。”大胜说：“你家悠悠名贵得很嘛，洋气得很嘛，咋还支定让我家破狗干，不对，你们是文明人，应该讲文明话是不？应该说你家洋狗支定让我家破狗‘那啥’了？”小婆娘忽地站起来说：“就凭他这态度，就凭他这张破嘴，我告诉你们，五万块，就这个价，你们跟他协调去。”说着便又咯噔咯噔地走了。保安甲一个箭步冲上去拦在她前面，满面堆笑说：“咱们不赌气，赌气多伤身啊，您说是不？和谐社会嘛，好好说，早早把事了了。您心里没事了，多开阔，多幸福，您说天天纠缠在这事里，您心里能安宁？那不影响健康嘛，现在全社会不都讲养生嘛。”

小婆娘回身重新靠着窗口站了。大胜说：“五万！当我是开银行的还是抢银行的，你想钱想疯了？！”小婆娘说：“就是想疯了，咋了？五万！没商量，有本事管住你家的破狗啊。”大胜说：“那你咋不管住你家的破狗，领出来招啥骚？”保安甲踢了大胜一脚，说：“你他妈的嘴能不能不这么损，掂不出来个轻重？少说两句怕哑巴了？”保安乙说：“从现在开始你一句话不许说，问到你你才能说，听见没？”大胜不说话。保安甲对小婆娘说：“您再考虑考虑，五万……”小婆娘说：“五万，不用考虑。”保安甲说：“咱们不斗气不抬杠……”小婆娘说：“我跟他斗气、抬杠？他也配。”大胜说：“我有自知之明，那你找配的去呀，往我们这些人身上找啥事？”

保安甲掏了一根烟点了，说：“事已经出了，要解决这事咱们都得切合实际，您看他是能掏出五万的人？”小婆娘说：“那我不管，给你们明说，我不在乎钱，但就他这态度，四万九千九百九十九都不行。”大胜刚要开口，保安甲立刻说：“你给我闭嘴，闭嘴！”保安乙说：“你能掏多少钱？”大胜不说话。保安乙瞪了大胜一眼说：“问你哩，耳背呀。”大胜说：“不是让我闭嘴吗？”小婆娘冷笑一声说：“看出来吗？就凭你们是处理不了这事的。”保安甲瞪着大胜说：“我给你说你要再是这态度，我们确实处理不了，如果交上去你当有的你好果子吃？”大胜说：“我没钱。”保安乙说：“这事你也看明白了，不掏钱是处理不了了。”大胜说：“就按她说的是强奸，也没见儿子强奸了把老子拉去顶罪的，还是那句话，我就那条狗，想判想毙由你们。”小婆娘说：“听到了吧，你们也别费劲协调了，就当案报了让警察来处理吧。”又要走，保安甲忙拦住说：“您得相信我们的工作能力，别让我们为难。”又咬牙切齿地对大胜说：“你认清形势，到底能出多少钱？”大胜说：“我没钱，来了三个月，发了两个月工资，都寄回家去了。”保安乙说：“你自己就不留钱？”大胜说：“只留了两百，要的话都拿去。”小婆娘说：“你好大的两百，欧元还是美元，就是欧元美元也不行。”这次任两个保安围追堵截，小婆娘是坚决地走了。

剩下三个就都默不作声了，大胜掏出烟来，对两个保安说：“两块钱的烟你们吃不吃？”两个保安齐声说：“吃。”于是三个人点了烟一起冒着，保安甲对大胜说：“兄弟，咋整的，人到城里打工，把狗也带来，难道它也打工？”大胜说：“谁知道狗日的咋跟来的，我从工棚里出来一眨眼，黑豹就站在眼前，变戏法一样。”

对于黑豹到底是咋跑到五百公里以外的这座城市里来的，而且跟他同时进城，大胜是想出个大概来了，只是他心里烦，没心思给两个保安讲说。

从家里走的那天，黑豹就一直尾随着他，以前大胜进城走时，黑豹也撵，他只要回头呵斥几句，黑豹就不撵了，站在梁上望上一阵儿也就回去了。这次黑豹很纠缠，他回头驱赶了三回。他知道黑豹也想进城，黑豹跟长山家的阿花相好，去年长山爹去世了，家里没了老人拖累，长山就连家带营搬进城打工，把阿花也带进城里去了。大胜来到大路边等车，班车还没等来，过来一辆客货两运的四门六座。他往路边闪了一下，因为路是石子路，车卷起的尘土足能把人掩埋了。可车到了他站的地方“嘎吱——”停下了。他以为司机要问路，司机却问他：“去省城不？”他说：“去。”司机说：“搭顺车不？”他就明白了，这是个吃过水面的主儿，路上拾一个人，一路上的过路过桥费、吃喝抽的开销钱就挣回来了，小本生意，省下的就是挣下的。大胜假装考虑了一会儿，说：“车费贵不？”司机说：“和班车同价。”大胜说：“你这车还和大班车同价？”司机说：“咋了，驾驶楼不比塞进班车肚子里挤来晃去的舒服？这时节正是打工的进城的高峰，班车到了这儿不一定有座位，再说一路上上人下人走走停停的，班车能有我这车快？”这大胜当然知道，就说：“少点儿，你捎带着挣的钱，人家班车上还发一瓶水哩。”司机说：“我这上面也有矿泉水呀！”又说：“到了省城我还能把你送到你要去的地方，你还省了打的钱呢。”大胜说：“少点儿。”司机说：“少五块，坐不坐，不坐拉倒，走不上几里，就能拾上人，这时节进城的人多的是。”大胜打定主意要坐，就说：“少十块我就坐。”司机说：“行吧。”黑豹肯定是在这个时候悄悄溜上了车厢藏下来进的城。

司机没食言，直接把他送到了工地。他把东西放进工棚，一出门黑豹就扑了过来，他就像在城里见到亲人一样一阵激动。抚着黑豹，拉起爪子看看，磨得潮红潮红的，大胜心疼了一下。他想送黑豹回去，可一回一来车费不说，还要误几天工，里出外进的就多了，觉得不划算。又想反正黑豹又不用住店，吃的嘛也好解决，索性让黑豹也在这城里逛逛，到了七月，回家收麦时带回去。这么想定了，他就带着黑豹去路边的小卖店，先买了两根香肠给黑豹喂了，又花了五十块钱买了一条哈德门烟，去了顾师傅那里。顾师傅是给工地上的民工做饭的厨子，也是他们那一坨儿的人。他把烟塞给顾师傅说："你看这狗日的不知咋跟来的，每日剩饭剩菜啥的你给捞点儿。"顾师傅说："这还有啥说的，就当我养着给我解闷看门。"他拍拍黑豹的脑袋，黑豹对着顾师傅叫了两声，算是谢过顾师傅。顾师傅说："不咬人吧，别把祸给你闯下了，城里人娇气，不要说咬伤了，就是追撵得吓着了，都找麻烦哩。"他嘿嘿一笑说："出门狗了，没势了，见人沟子松着哩，你没见尾巴都奓不起来了。"从此，大胜在通昊别墅区立道牙石，黑豹就在通昊别墅区里晃悠，就像他的一个尾巴。

连吃了两根烟，保安甲说："你就不该跟人家犟嘴，你说你跟人家犟个啥嘴，出门在外，服个软不行，三句好话当钱使哩，没听过？"保安乙说："要是一开始说软话，事情也不致弄这么僵。"大胜说："不是我嘴犟，你们说我说得有理没，说我家狗强奸，这不是屁话，她录下的像你们也看了，她家悠悠像是被强奸吗？我看还倒受活得不行哩。”保安乙哈哈哈哈地笑了一起子，说：“不管咋，这事惹下了就是事，得抓紧时间了了，一心一意去打工。”

保安甲说：“你好好说，到底能拿出多少钱？”大胜说：“我真的只有二百块钱。”保安乙说：“二百块钱解决不了问题。”大胜说：“那我再没办法了。”保安甲说：“家里也没钱？”保安乙说：“你说你到城里来是干啥的，不就是挣钱的吗，耗在这事里不打工了？”大胜说：“哪个孙子才想缠在这烂事哩。”保安甲说：“这不是耍赖就能赖过去的事，耍赖你耍不过他们。”

大胜长叹一口气，说：“爹娘都是六十多的人了，下了一辈子苦，苦下一身子病，靠药养着哩，两个娃老大三岁多一点儿，老二才八个月，媳妇没奶，靠奶粉养着哩。爹娘的药钱和儿子的奶粉钱、家里的零七八碎的搅销，一个月下来得六百。我结婚家里没钱，拉下五万块的高利贷，这都还了三年了，才还掉了两万块的本钱，还有三万块本钱，每个月光利息要还一千两百块，本钱要还一千块，迟还一天驴打滚地算钱。我打工一月才能挣三千块，留给自己的只有一百块的烟钱和一百块的救急钱。这几年，我都紧咬牙关在还债，债一还清我的日子就翻过身来了。”

保安乙说：“你给我们哭穷有啥用。”大胜说：“我给你们哭穷做啥？你们能帮我一个两个？”保安乙说：“那你说咋办，我给你说你不要把这事不当事，这别墅区里住的不是王子就是公主，都有钱有权有背景的，都是些麻缠人，弄起事来没有一个放闲的，跟他们起了事，他们有的是工夫跟你耗，有的是关系跟你整，那小婆娘没说假话，那只狗确实十几万哩。”大胜说：“她到底是做啥的？”保安乙说：“你管人家是干啥的，都啥时候了还有心思打听人家的隐私。”

保安甲在地上转了几圈儿，说：“这样吧，她前两天找我说过想把别墅前后的小院子重新拾掇一下，让我给找人，我明天给人家说，看人家同意不同意你干，要是同意，你就上个心把活儿给做了。”大胜说：“我给她白干啊？”保安甲说：“你还想挣钱啊？”大胜说：“那我工地上的活儿不做了？”保安甲说：“还想着挣钱，你先想着咋把这事了了，我给你说，那小婆娘真个不缺钱，你把活儿干漂亮一点儿，态度好一点儿，她心情一好，这事也许就结了，弄不好就是个泥潭，陷进去一时半会儿出不来，麻缠着哩。”大胜说：“不缺钱还一开口就五万？”保安甲说：“人家那么大的别墅住着，十几万的狗养着，你说缺钱？”大胜说：“我还觉得她这别墅就是讹来的呢，拉着个招骚的母狗，别的狗一上就五万，用不了几年时间就能弄套别墅。”保安乙说：“别嘴犟了，记住，明天见面，忍气吞声，咱们都是打工的，打工就是忍气吞声的事，我们老总说过这样两句话：‘跟有钱人弄事你得拿钱弄，跟有权人弄事你得拿权弄。’你有啥？惹下这些人，不要说钱，就是一把捏了你比捻死个蚂蚁还简单。”大胜长长嘘出一口气来，说：“× 他妈，这是啥事嘛。”保安甲说：“这样，明天谈判的时候你一句话不要说，只是赔着笑脸，腰往下佝一点儿，别老站得笔直挺拔的，摆个不尿人的架势，你当你是谁。”大胜说：“还谈判？”保安乙说：“不是谈判是什么！”

两个保安带着大胜去小婆娘别墅前隔着铁栅栏把前后院子看了，大胜心里稍宽了些，活儿不大，觉得也就是几天工夫的活儿，心里说：× 他妈就当个亏吃，亏吃下去都是福。保安甲说：“明天可千万别跟人家顶牛，把事顶砸了。”

大胜回到工棚，看到黑豹已在工棚前踱来踱去等着开饭，尾巴竖得就像旗杆。大胜心里说：你狗日的把好事干了，让老子给你擦屁股。黑豹亲得两个前爪举着站起来，像人一样走过来。大胜给了黑豹一脚。黑豹呜哇呜哇叫着，跑得远远的，偏着头看着大胜，大胜又心疼了。到了城里，他们也说得上相依为命了，何况黑豹也被人家冤枉了，明明是两个都好的事情，却被人家说成强奸，这是多难听、多污辱的事，如果黑豹听得懂人话，不扑过去咬她几口才怪哩。吃过饭，大胜征得顾师傅同意，从泔水桶里多捞了几漏勺，弄了大半盆端给了黑豹。

晚上睡下，大胜后悔得翻来覆去睡不着，要是不在通昊别墅区立道牙石，而是去建筑工地做工，哪能遇上这样的烂事。给通昊别墅区立道牙石这活儿是他挑来的。工头手头儿有两种活计，一种是到通昊别墅区立道牙石，一种是在盖楼工地起楼。领活儿的时候，大胜领了别墅区立道牙石这活儿。其实在别墅区立道牙石并不比盖楼工地上砌墙、抹缝、搬砖、卸灰轻松，一块道牙石有几十公斤重，相当于几十块砖的重量，摆弄一天胳膊酸困得都提不起来，工钱却都一样。可是盖楼工地不好的是整日尘飞土扬的，一天下来，人就灰头土脸脏得没法看。在别墅区立道牙石就干净多了，因为通昊别墅区是个已经很成熟的小区了，以前的道牙石是水泥的，不上档次，现在要换成大理石的。大胜爱干净。大胜当过三年兵，当兵原本是想见见世面，回来碰个运气给公家单位开车。可三年兵大胜是在荒无人烟的大戈壁滩上的一个农场当的，整日带着一帮犯人垦荒种庄稼，和在家里种地没啥区别，复员后也没碰上好运气给公家单位开上车。不过当了三年兵，大胜还是有收获的，他养成了爱干净讲卫生的习惯，倒不是他刻意做到的，而是因为部队里经常检查个人卫生，而那些老兵更是把衣服袜子往面前一扔，说洗了。回到家大胜就显得和别人不一样了，衣服都洗得发白了，头发也干干净净的，指甲缝里也没有积攒下黑乌乌的甲垢。尽管爱干净讲卫生的习惯让大胜遭受许多人耍笑，但大胜再也脏不回去了。一起打工的洗脸不过三把，连脖子都不洗，更不打香皂，因此脖子老黑乎乎的像个车轴，刷牙就像拉大锯东拉西拽拉不过八下，因此牙缝里黑得像上了釉。指甲缝里老是有一圈儿乌涂的淤泥。毛巾从来都不淘洗，上面的花色都看不出来了，总有一股抹布味儿或臭袜子味儿，他们用过的梳子梳齿上腻着一层污垢，梳齿都快贴到一起了。至于衣服就更不经常洗了，还说洗得勤了烂得快。一年半载不洗一回澡，身上老有汗腥味儿。别人讲不讲卫生，大胜管不了，可让大胜难以忍受的是他们乱用毛巾、茶缸子、梳子。为此，大胜没少跟人吵，惹得大家不待见，骂他是姑娘的身子丫鬟的命。大胜就不得不买了个锁，将自己的东西装进拉杆箱锁起来，这样就很麻烦，时不时得开箱子，可他宁愿多打麻烦。习惯一旦养成，就像你身上的瘊子。不过，大胜却因这一习惯把自己的终身大事至少提前三至五年解决了。以他家的境况，不要说当兵回来的第二年春上娶媳妇，没有三五年打工的积攒，没人愿意把女儿嫁他。当兵回来，腊月爱上了他，他也爱上了腊月，可腊月的父母哥嫂嫌他家穷，死活不同意，一心要撬散这门婚事，最后拗不过腊月。腊月喜欢他的一个原因就是他爱干净讲卫生。

第二日谈判，小婆娘显然还在气头上，眼吊眉立鼻歪嘴斜的。大胜尽管心里憋屈，可不想黏在这件烂事里，就不敢轻易开口说话，始终赔着笑脸。两个保安赔着笑脸你一言我一语，保安甲说：“您大人大量，跟他生啥气。”保安乙说：“是个可怜人嘛，他家着实可怜哩。”保安甲说：“他爹瘫在炕了，他娘又瘸着一条腿，都是靠药养着哩。”大胜听不下去，这不是咒我爹我娘吗，刚要张嘴，被保安乙踩了脚尖，便忍住了。保安甲说：“他有四个娃，一个比一个大一岁多点儿，媳妇还在月子里，就靠他一个人打工养活一家人哩。”保安乙说：“娶女人背了八万的高利贷，还了几年了还有五万。”

小婆娘一脸霜色，吸吸鼻子说：“你们就编吧，编这样的故事你们最拿手了。”保安甲说：“我们编啥，让他自己说。”说着递给大胜一个眼色，说：“是不是？”大胜勉强点点头。保安甲说：“赠人玫瑰，手有余香。”小婆娘难得一笑，说：“还赠人玫瑰，手有余香，你们倒还知道这词。”保安乙说：“您就当日行一善，给他一个机会吧。”小婆娘睨了大胜一眼说：“日行一善，也要给那些善良的人才行。”大胜一张嘴，又给保安甲踩了脚尖。保安乙说：“就把活儿让他给你干了吧，给他条活路。”小婆娘在地上走了几圈儿，说：“活儿给他干可以，但我先声明，活儿要干得我不中意，别到时候怪我翻脸。”两个保安齐声说：“他天生就是个干活儿的，您看这身体壮的，活儿干得没说的。”

活儿就这么要下来了。可真正干起来，大胜才发现这活儿并不像他想象的那么好干。这小婆娘实在是太难缠了，整日无所事事，大胜干活儿，她在一边就像个监工一样盯着，这倒也能容忍，难以容忍的是小婆娘弄了一张图纸，大胜按图纸把活儿干出来了，小婆娘又觉得不好了，提出自己的想法，要大胜按她的想法返工。一次两次的大胜还能接受，三次四次大胜就受不了，说："你孙悟空七十二变呀，你这样变来变去的，活儿啥时间才能干完？"小婆娘眉梢一挑说："不想干了你走啊，谁拦你了？"小婆娘声音很冲，大胜气得干脆蹴在一边吃烟。吃了一根烟只能起来再干，他能有啥办法呢。

活儿干了一天，就跟没干一样。第二日，又是如此折腾，大胜实在受不了，说："你忙你的去，不必监督我，我不会偷工的，我保证活儿干出来跟图纸一模一样，到时候你来验工就行了。"小婆娘却说："图纸只是个大概，重要的是要符合我的心思，你能知道我心里咋想的？"大胜说："我要知道你心里咋想的，还能把事弄成这样？"小婆娘说："有这认识就对头了，那就得听我的。"大胜长长吐出一口气来。小婆娘说："你别觉得自己吃亏了，咋不想想，就说我这活儿干一个月，这一月等于你挣了五万块钱。"大胜说："这点儿活儿你不指手画脚，我放开干用不了几天。"心里却说：五万块，你倒想得美，真是想钱想疯了。

几天过去了，活儿干了没有五分之一，时间全浪费在毫无意义的返工上。大胜不明白：一棵树栽这儿跟栽那儿有啥区别？一株花栽左边和右边有啥不同？而且往往是才干两个小时，小婆娘就说“上午就干到这儿吧”或者说“今天就干到这儿吧”。上午两小时，下午两小时，一天等于只干了半天的活儿，半天的时间就浪费了。大胜给高利贷逼得都恨不能生出四只手来，哪有这么多可浪费的时间。把大胜搞得很郁闷，小婆娘反倒心情好起来，吱吱呀呀地哼着唱着，指手画脚的，全凭兴趣，不停地挑毛病返工，完全是一副不想早日了事的架势。大胜就觉得这小婆娘一看从他身上讹不出钱来，故意刁难他，用老家的话说是“磨他”。再回想这件莫名其妙的事，越发觉得小婆娘就是专门拉着一条招骚的母狗晃荡着找这样的机会讹人，这种人实在是太可恶了。大胜是越想越气。

大胜实在熬不住就去找保安甲保安乙，保安乙说：“你要明白自己为啥给人家干活儿。不要跟人家耍态度，好好干活儿，早日解脱。”大胜说：“我没耍态度，就是好好干活儿哩，可她总是搅打不让你好好干。”保安乙说：“没耍态度，我们经过几次，都看到你脸吊得秤砣一样，掉下来能把地砸个大坑。”保安甲说：“你要改变态度，不要老觉得在这事上自己没错，你跟人家争啥对错？这世上没有对错，你是对的，你的身份证咋让公安收了给人家押了？你能说公安错了？公安咋没把人家的身份证收了让你押了？就说对错，你一条土狗干了人家十几万的洋狗，这是对的？”大胜说：“这咋能说是错的，都是狗嘛，她那狗……”保安甲摆摆手说：“不说狗的事。”保安乙说：“我给你说，兄弟，这事人家还没往别处告，要告，这城里城管、居委会哪个部门都能收拾你，你的麻烦就更大了。”保安甲说：“兄弟，我们也知道你冤屈，可谁让你遇上了呢？遇上了明知是个亏你也得吃，你要忍，得忍辱负重。”保安乙说：“你这么想，这就等于让狗咬了一口，最好的办法就是快快让伤好了，难道你为了出气还要去咬狗一口？这是一件烂事，脱身快才是对的。”保安甲说：“你是来挣钱的，还是来跟人家赌气的？人家有时间熬，你陪得住？她让你咋干你就咋干，把事抓紧时间了了，拿了身份证走人。”保安乙说：“忍字心头一把刀，那也得忍，别再惹人家不高兴了，把人家惹毛了，人家一个电话打给谁，麻烦就大了，人家用指头抠个壕壕，咱们这些人当大沟翻哩。”大胜说：“你说的‘谁’是谁？”保安甲说：“你管人家‘谁’是谁，你咋就不明白呢，你想人家才多大，也就三十岁左右吧，凭啥住这样豪华的别墅，养十几万的狗？出来进去坐的车最低档次都是四个圈儿的，人家背后有人，肯定不是有钱的就是有权的。”

大胜诚恳地点着头，虽然说他晓得保安让他忍，无非是为了自己快点儿从事里脱身，那小婆娘威胁解决不满意要投诉他们，一投诉不但会扣钱，弄不好连饭碗也保不了，但保安这话说得贴心，理也对着哩，跟小婆娘拧着一股劲儿，小婆娘就越不会轻易放过他，工期就会拖延，多拖延一天，他就等于损失一百块钱，加上不能按时还高利贷，利滚利可就多了，最后吃亏的还是自己。更重要的是这小婆娘不知什么来头，惹急了小婆娘把那“谁”叫出来，听保安的口气麻烦可就大了，再说保安说得对，城管、居委会这些部门可都厉害着哩，连工头、老板见着都点头哈腰的，找他们干活儿，工钱都是工头掏哩，他们要给他找麻烦，那还有活路？

保安甲拍拍大胜的肩膀说：“好男不跟女斗。”保安乙说：“再有钱还是女人嘛，多说下情话，给她戴高帽子，恭维她，哄她高兴。”大胜说：“咋恭维？”保安甲说：“就是贬低自己抬高人家，装孙子不会？”保安甲说：“说人家漂亮呀，幸福呀，高贵呀，有气质呀，有钱呀，舔沟子的话不会说？”保安乙说：“跟人家说话的时候要称您，别老你你你的。”

第二日，大胜就满脸堆笑，口气和软，始终弯着腰。小婆娘看上去心情也不错，大胜就边干活儿边感慨说：“我就不明白，平展展的地栽啥种啥不好，你非要弄得一山一岭的。”

虽然保安乙说跟人家说话的时候要说您，可大胜却称不出您来，也就跟自己一般大小，称个您她好意思，他还不好意思呢。

小婆娘似乎不想和他说话，但最后还是说："你知道我要把这里造成个啥，你看不出来这张图纸像个啥？"

大胜说："一道梁一道壕的，就像我们那里的山梁沟谷。"大胜晓得图纸设计的是个钢琴，旁边也明白地写着，他也读过书，钢琴两个字还是认得的，他这样说就是为了抬高小婆娘，讨小婆娘的好。

小婆娘说："这是一架钢琴，看不出来？我要造一架钢琴，大地钢琴。"

大胜献媚地一笑说："你吃饱了撑的，在地上造个钢琴能弹？"当然在地上造个钢琴是不能弹的，大胜晓得那是造景哩。他在公园里干过几个月，就是造过景，一坨儿种这、一坨儿种那地组成图案，把树修成塔、球、鸟、伞、人的模样。他这样说就显得自己无知，就能突出小婆娘的优势，小婆娘自然就高兴了。

小婆娘说："咋不能弹，长风为我弹奏。"

大胜就说："你真会想，想得真好。"心里却说：长风为你弹奏，这里有长风吗？风一刮给这里一遮那里一挡的，都成旋风了，尘飞土扬的，还长风。

果然小婆娘兴趣高涨，顺着这话路来了，撇撇嘴说："你知道钢琴吗？见过钢琴吗？你能体味到在大地上造一架钢琴包含的意义吗？"

大胜说："你别笑话我们这些粗人，钢琴一个说要多少万哩，我们哪里去见？”心里却说：别以为你们城里人啥都见过，现在电视上啥没有？大街上钢琴店里摆的钢琴我还进去敲了两下哩。沟子大的一坨地方还叫大地？

这样说话的效果不错，小婆娘也不闲着，帮他扶扶树苗，铲铲土，埋草种花的。大胜就继续说：“你不用上班吗？”小婆娘不回答他，大胜叹口气又说：“我们老家有句话，人比人活不成，骡子比马驮不成。你说你这日子过的，你有二十几岁了吧，还在地上造钢琴耍哩，嗬。”话是这么说，大胜心里可不这么想：这么豪华的别墅是自己挣下的吗？靠自己养活自己不一定比我强。

小婆娘不说话，但脸上一派灿烂，大胜晓得小婆娘心里很受用，就继续说：“唉，你说你跟我们这些人较什么劲呢，像我们这样的人，都是茶胀人，‘茶胀人’你听得懂吗？就是你们说的可怜人，活在这世上就是苦把苦拉个命。”

小婆娘冷笑一声说：“你一点儿都不可怜哩，昨天那些话说的，啧啧啧，好像是我无理取闹冤枉你哩。”大胜就嘿嘿一笑说：“我晓得事的错在我，可那不是怕事吗。”小婆娘说：“怕事嘴还那么硬那么损？”大胜说：“强撑呢，你话大得把人吓坏了，就想争一争扛一扛，看能不能把事扛过去，扛不过去也能减轻些嘛，都是没办法的办法嘛。”大胜嘴上这么说，心里却不这么想：就说是我把黑豹没管好，可你把悠悠就管好了？你家悠悠不出来招骚，我家黑豹能上？

用老家的话说："母鸡不咯咯咯地叫，公鸡能上得了身？"这别墅区有多少狗，黑豹咋没把别家的狗干了？

小婆娘嘴一撇说："强撑能强撑过理？昨天新闻没看？狗咬了人不还是狗主人赔偿的。"大胜嘿嘿一笑说："要是我家狗把你咬了我也就认了，可……"小婆娘打断大胜的话说："还你家狗把我咬了，你让黑豹来咬我一口试试，让你吃不了兜着走。"小婆娘的口气硬了，大胜忙赔着笑脸说："那是那是。"小婆娘说："你要是嘴不硬不损，让我吵吵几句，或许事也就过去了，可你那张嘴了得！"大胜说："在老家黑豹经常有这种事哩，谁拿这事弄过事？就觉得两个狗都得好的事嘛，能是个啥事。"小婆娘说："不看看我家悠悠啥品种，你家黑豹啥品种。"大胜真想把昨天那些话全部重复一遍，可还是忍住了，嘿嘿一笑说："山里人，没见过世面嘛，你别见怪噻，我还觉得你家悠悠羊不羊狗不狗的，我家黑豹也英俊着哩，你说是不是，仔细端详端详？"小婆娘说："再英俊也是土狗！"大胜心里说：土和洋还不是人闲得无聊分出来的，狗要知道土呀洋呀的，还能有这事？大胜说："咋没见悠悠？"小婆娘说："你想了？"大胜说："你看你说的这话。"小婆娘说："别再在我跟前提悠悠。"听不到悠悠的叫声，大胜想：她不会把悠悠卖了或者宰了吧。

大胜没想到小婆娘会给他端一杯茶出来。这茶真好喝，香香的甜甜的，大胜喝了几口，小婆娘说："这杯子活儿干完了你带走吧。”大胜就很高兴了，那是一个不锈钢的保温杯，他一直想有这么个杯子，不漏水，又耐摔，还保温，天凉了喝口热水，坐车也好带，可两百多块，一直舍不得钱买。尽管得了一个杯子心里高兴，可小婆娘的话让大胜不舒服，就说：“我们这些人用过的东西就脏了，活儿干完了，所有我用过的东西你要扔说一声我去扔，别把你的手也脏着了。”小婆娘抡了大胜一树苗说：“你这张嘴太臭了，再这么不识好歹地说话，吃大亏还在后面哩。”小婆娘生气了，扔了手里的小铲说：“今儿就干到这儿。”大胜就后悔不该说这句话，如果不说这句话，或许今天能多干掉一些活儿。

这一天，虽然活儿没干多少，但大胜感觉还是很好的，他觉得小婆娘是能被打动的，这让他看到了希望。晚上睡下，大胜想了许多要说的话，他决定把自己家里的真实情况讲给小婆娘，或许小婆娘心一软，就不再磨他了，他也就几天能把这活儿干完了，到时候身份证一拿到手，赶紧挣钱去。他给腊月许下愿，再有三年高利贷就能还完，然后他就起三间砖瓦新屋，松梁松椽，一家人风风光光地住进去。因为家里穷，外父一家老拿下眼看他们，腊月就连娘家都回得少了。

然而，第二天，大胜并没能按照昨晚的设想进行下去，因为小婆娘就像个神经病，又换成了一张冷脸，立眉吊眼的。大胜挑了几个话头，小婆娘一句都不回应，最后还说：“你不说话会憋死呀。”大胜就不说话了，专心干活儿，可他怎么干她都能挑出来毛病。一早晨连两个琴键都没干出来。大胜强忍着愤怒，提了个建议说：“你看这样好不好，你别指手画脚地影响我，我把活儿整体给你做出来，咱们再按你的心思修改。”

“毛病还多得不行，不愿意干了就走，谁拦你了?!”小婆娘就像吃了火药爆炸了，引得人都往这边看。大胜简直是七窍生烟，说：“你啥态度，不是跟你商量嘛，这样下去，啥时间才能干完？你有时间熬，我还没时间陪哩。”小婆娘说：“你给我滚，滚！”大胜说：“滚就滚，当我有劲没处使了，谁愿意伺候你，把身份证给我，我立马就滚。”小婆娘说：“你做大头梦去吧，想要身份证找警察要去。”

大胜就蔫了，蹴在一边吃烟，小婆娘倚门而立。吃了一根烟，大胜又开始干活儿了。身份证就像把柄给人家攥着，他咋能滚？大胜边干活儿边用眼梢扫了小婆娘一眼，见小婆娘竟在抹泪，身子还一抽一搐的。大胜心里说：你倒冤枉得不行，眼泪比尿还多。他觉得这不是好兆头，赔着小心警惕起来。刚结婚不久，他让腊月回娘家去借钱还高利贷，利息太高了。腊月去了，结果钱没借来倒让爹数落了一顿。大胜就有些不悦，说：“你说世上有你爹你哥这样的人吗？心这么歹毒，见死不救。”结果腊月就跟他吵了起来。吵后过了一会儿大胜就后悔了，觉得自己有些过分，听着腊月啜泣，他想女人抹泪的时候该是最好哄的时候，就去搂腊月，结果让腊月几把就抓得满身血痕。后来两个人好了，腊月说："你把人家都气哭了，还要招惹人家，手里有刀我都会剁在你身上。"他就记住了，女人哭泣的时候一定要躲得远远的。大胜怕这小婆娘抹完泪又出啥狠招儿，就小心翼翼地干自己的活儿，连个大气儿都不敢喘。不过还好，小婆娘抹了一阵儿泪进了屋哐地将门关上，隔着窗子大胜窥到小婆娘在屋里发威，大胜是见识了小婆娘的坏脾气，叮哐咚啪的，那么好的花瓶都砸了，大胜觉得毛骨悚然的，心里说：这么好的日子，怎么舒服怎么过，哪么好了哪么来，还哪里那么大的脾气，这就是作弄。还好，小婆娘这天再没出来。这一天没有小婆娘搅扰，大胜干了不少活儿，可第二天，百分之八十的都返工了。返工就返工吧，他忍，保安说要忍辱负重。

在接下来的一周里，小婆娘的情绪都很坏，就像时刻要发威的母老虎，脸子霜得吓人，大胜想重新创造说话的气氛，可才扯起话头，都被小婆娘盯着他眼睛一眨不眨地盯了回去。大胜不敢多言，赔着小心，极其听话地任小婆娘指手画脚地摆布。

半个月时间过去了，活儿才干了不到一半，这个样子下去，一个月未必干得完。大胜熬不住了，又找保安，希望他们出面给协调协调，人磨人也得有个限度。保安甲说："我们去给说说？我们要是能说进去，事还能闹到这个地步？"

保安乙说："还是一个字，忍，忍气吞声的'忍'。"大胜跺着脚说："忍，忍辱负重，忍气吞声，我忍到啥时候？眼望着要给人家还高利贷的时候了。"保安甲说："忍到她忍不了的时候。"大胜说："她家有男人没？"保安乙撇着嘴"切"了一声，说："陷在烂事里拔不出来，还有心思打人家的主意，人家的主意也是你打的？"大胜说："哪敢打人家的主意，我是想找她男人谈，男人好谈事，这女人太麻缠了。"保安乙说："不要说没见人家有男人没男人，就是有男人，你当人家男人跟你谈，你算个甚？举着杵子打月亮，不知天高地厚，人家男人要闪了面，你只会比现在更惨的，你当人家男人跟你一样？"大胜来气了，说："我也就是这么个想法，你说上这么一堆屁话。"

吃晚饭的时候，顾师傅说："这是你最后的晚餐了。"大胜说："咋了？"顾师傅说："工头说了，他不是放舍饭的。"大胜说："啥意思？"顾师傅说："你想嘛，你都不在这里干了，工头还给你管饭，那可不就成了早年间放舍饭的了。"大胜说："我咋不在这里干了，不是遇了事嘛，事了了就来上工。"顾师傅说："我也这么说了，可工头说他的事一年了不了，一年都在我这儿白吃白喝，当我这儿是非洲难民营啊？"大胜就晓得了肯定是出来干活儿的人多了，工头不愁雇不上人，边扒饭边说："找不上人干活儿恨不得把人当爷哩，干活儿的人多了当害除哩，× 他妈，人还不如狗，他咋没叫你把黑豹的伙食也断了。”

吃过饭，大胜去大众澡堂洗了个澡，出来坐在一个长条椅上吃烟。澡堂临着一条渠，渠水哗哗的，两岸的垂柳枝都拂到水面上了。大胜揪着树叶，看着水里闪烁着的灯火，吃完第三根烟，他决定去找小婆娘。工头把伙食一断，他的麻烦就大了。他身上二百块钱买了条烟，只有一百多块了，要在外面下馆子下不了几天，一碗牛肉拉面都六块，一个馒头都八毛了。他想好好说些软话，求个饶，小婆娘或许能放他一条生路，不再磨他，让他连天连夜把活儿干完了。如果小婆娘不想饶过他，那就经公，让判去，总之，今天咋也得跟小婆娘摊牌。

尽管到了现在大胜也不认为在这事上自己有责任，可终归是自己有求于人家，因此，经过水果店时，他咬咬牙花了三十六元买了水果。大胜知道住在别墅区的人怕入室抢劫，轻易不会让他这样的人进门，如果小婆娘不让进门，他就把小婆娘请出来站在院子外面说，半个月了，小婆娘跟他也不算太生，应该能叫出来。

大胜摁了大门铃，小婆娘在门铃里问：“谁？”大胜报了名，并且在门铃正前方站直。这门铃从里面能看到外面的来人，大胜给一家清理过装修的垃圾。小婆娘迟疑了一下把大门开了。对扇的别墅门开了半扇，门洞粉色的灯光下，小婆娘背靠着门扇问：“你要做啥？”大胜的眼睛都直了，因为出现在他面前的小婆娘竟然赤身裸体。她这是要干啥，要干啥嘛。心里这么想着，大胜就感到浑身的血直冲脑顶，脑子嗡的一下蒙了。

大胜饿虎扑食似的扑上去，这一扑跌跌撞撞的，把自己和小婆娘一同扑进屋内。大胜张开两臂紧紧搠住了小婆娘。就在搠住小婆娘的瞬间，大胜打了个冷战，因为小婆娘原来是穿着衣服的，那是一种非常滑润的贴身一体衣，完全是肉色的，就像大街上那些女子穿的长袜，看上去像没穿着，等挨近细看或者碰触一下，才发现是穿着的。大胜惊愣了，但这惊愣很短暂，因为欲火熊熊燃烧，他已经把持不住了。大胜身高一米八二，双臂就像起重机的大铁钳，一搠小婆娘就被搠离了地面。小婆娘很轻，大胜觉得比一块道牙石重不到哪里去。小婆娘没怎么挣扎，只是用小拳头捶着大胜，说："放开我，放开我，你要干啥？干啥？！"小婆娘的声音不大。大胜用力一搠，小婆娘叫唤一声就安生了。大胜不想用话语威胁小婆娘，他用起重机大铁钳一样的双臂告诉小婆娘："敢乱喊乱叫，不要说掐死你，就是搠也能把你搠死。"

大胜搠着小婆娘在大厅里转圈圈，他要找一个地方。他看到了地上铺着一方地毯，比双人床还大，雪一样洁净。竟然还有枕头。在他把女人放到地毯上的同时，那贴身的衣服已经被扒光了。大胜浑身都疯了，他压了上去。离家已三个多月，憋得太久，加之害怕紧张，没几下大胜就结束了。从小婆娘身上下来的瞬间，大胜又打了个冷战，发蒙的脑壳立刻清醒过来，他翻将起来，腿一软，差点儿一屁股坐下去。大胜不敢看小婆娘，他害怕了，这回是真正把祸闯下了，与黑豹闯下的祸相比，这祸大到哪里去了，连狗干了狗都不放过，小婆娘咋会放过他呢？面临的后果是清楚的。大胜摸了一根烟，点火时手抖得打了几次火，抽了几口烟，镇定了点儿，怒火随着烟雾升腾起来。

这小婆娘就是他的祸。大胜心里说。那年小富和屋后的邻居家媳妇起了口舌，结果失手打死了邻居家的媳妇。这女人先和小富找过对象，眼看成了又散了，散了不久两人又找到了一起，最后还是没成，嫁人时却又嫁到门跟前来了。小富是娘的侄儿。娘去监狱里看了小富回来，泪水汪汪地说："那女人就是小富的祸啊，躲都躲不过。"

为了一只狗，小婆娘磨了他半个月时间，下一步还不把他送进监狱。这小婆娘不是他的祸又是什么？怒火在大胜心里燃烧成了仇恨，他的目光大胆地扑向小婆娘。小婆娘还躺在那里，侧卧着，很像一条从河里跃上岸的鱼，大胜恶狠狠地盯着小婆娘。当小婆娘将枕头抱在胸前护着要站起来，大胜急了，又扑倒了女人，压了上去。大胜终于精疲力竭了，他从小婆娘身上溜下来后，他并没有立刻跳起，而是坐在那里，把头埋在两腿间说："你，你报警，报吧，我等着。"

这时间大胜不敢看小婆娘了，他怕和小婆娘对眼，这回完完全全是他的错，他认了。小婆娘就那么躺着，过了好一会儿才坐起来，抱了枕头护着身子默默地向一间房去了。

是福不是祸，是祸躲不过，命里有个啥，你就得受个啥，都是有定数的，这么想着，大胜心里反倒平静了，松弛了。看到茶几上放着一盒中华，大胜抽出一根点上，这时才发现电视开着，电视里一个女人正在做体操。他晓得那是瑜伽。工头把家里淘汰的一台电视机搬到工棚里，这档节目他们经常看，工头笑话他们把那当黄色录像看。那女人就穿着小婆娘穿的那样的紧身衣，看上去就像没穿一样。大胜恍然明白了，他来的时候小婆娘正在练习瑜伽。大胜长长嘘了一口气，苦笑了。

大胜侧耳听听，没有听到这小婆娘打电话报警的声音，却听到哗哗哗的水声。大胜想：小婆娘一定是被吓坏了，不敢当着他的面打电话报警，强奸后杀人碎尸的事这城里发生过，电视上也播过。他想小婆娘一定是打开水龙头，借着哗哗的水声掩盖打电话报警的声音，这在电影里也演过。她想报就报，反正事已没法回头了。

大胜穿好衣服，又续了根中华。这烟一盒六七十，他妈的抽起来照样又呛又苦的。好一会儿了，还不见小婆娘出来，大胜有些心慌，怕小婆娘寻了死，那事可就大了。强奸不致被判死刑，最多七八年也就出来了，好点儿判四五年的也有，进去了好好改造，还能减一两年。要是出了人命，命怕是都保不住了，他可不想把命搭进去。大胜来到洗澡间门口，轻轻拧拧门把手，门是锁着的，把耳朵贴在门板上听，虽然水声哗哗的，但能听到女人的动静，心里稍安了些。电视上那女子还在做着瑜伽，大胜索性就看着。

小婆娘终于洗完出来，眼睛翻了半天，说："你，你怎么还没走？"大胜站起来说："你报警吧，我等着，好汉做事好汉当，这事我认。"小婆娘顿了一下，说："你走吧。"大胜霍地从沙发上站起来，说："你，你让我走？你不报，报警了？"小婆娘面无表情地说："你走吧，走吧。"大胜拔腿就走，刚刚迈出门槛，那小婆娘叫了声："站住。"大胜心里一凉，站住了，说："我就说你连狗都不放过，咋就会放过我呢，你报吧，我不会耍赖。"小婆娘把身份证递过来，说："你走吧。"大胜接过身份证看了小婆娘一眼，小婆娘已经把门哐地关上了。

大胜有些疑惑地走了，走了几步，又想到狗的事，回转头来，推推门，门却紧闭着，就隔着门板说："那我家黑豹的事也了了？"小婆娘在里面说："你走吧，咱们之间啥事都没了。"大胜想想说："可那活儿干了半杆儿，明天我来，总得把活儿给你干完……"小婆娘说："活儿不干了，你不要再来了。"大胜迟愣了一下，又说："那，那杯子，你说干完活儿让我带走的，反正你也不会用了。"

没有回答，大胜站了一会儿，叹了口气，掉头要走的时候，门又开了，小婆娘把杯子从门缝里塞出来说："走吧，走吧，你的工钱在杯子里。"

之后灯唰的一下全黑了。

大胜张张嘴，他想说点儿啥，但又不知说啥。在门前站了许久，听到小婆娘在里面哭，大胜害怕了，掉头就走。女人越哭就会越伤心，越伤心就会越生气，说不定就会报警了。

大胜继续在别墅区摆弄道牙石，他留心着整个别墅区的闲人，但再没见过小婆娘，也没见过那只狗——悠悠，黑豹在草坪上晃荡，也在找悠悠。歇缓儿的间隙，大胜会绕过去装作漫不经心地从小婆娘那栋别墅前经过，那别墅的所有窗帘都拉着，什么都看不见，他大着胆按了门铃，没有得到应答。干了半拉子的活儿就那么撂着，像个缭乱的残局，这让他心里很不爽，活儿干了半拉子给人家撂着，这不是不负责任嘛，让过来过去的人看了咋说？何况那小婆娘给他的工钱比他立一月道牙石还要多。他想把那半拉子活儿给人家干完了，把那架大地钢琴给人家造出来，这活难不住他。公园造景的活儿他干过几个月，那个主任还说他有艺术天赋，要跟他签合同，让他当编外工人，他嫌工资太低没干。

七月，大胜回家收麦，把黑豹带回了家。收完麦回来上工的第一天，大胜一直干到天黑尽了才收工，他来到小婆娘那栋别墅前，别墅内一片漆黑，大胜摁了门铃，也没人应答。大胜就从院墙翻进去，他想把那剩下的活儿做完，把那架钢琴造出来。风弹不弹是风的事，但活儿他得干完。虽然天黑了，但小院里有几盏灯，亮如白昼，干活儿一点儿都不受影响。大胜正干得起劲，两个保安过来了，保安甲说："你是咋进来的？"大胜说："我翻墙进来的。"保安甲说："谁让你进来的？"大胜说："活儿干个半拉子撂在这里，你能看得过眼？我不是不负责任的人。"保安乙说："闲得没事干了？人家不找你的麻烦了，你倒骚情得不行了，别没事找事，离这种人远着些。"大胜说："总得给人家把活儿干完吧。"保安甲说："别干了，人家都把别墅卖掉了，新主人还不知把这儿要整成个啥样子哩。"大胜望望一片漆黑的别墅，呃了一声。

绑　架

一

事情发生在上周四，谢东信报案说儿子谢小军被人绑架，绑匪让他拿一百万赎儿子的命。谢东信是东信集团董事长。东信集团可是全市妇孺皆知的大集团，谢东信这样的身份，报案自然不走寻常路，直接给局领导打的电话。顾大伟和陆小蝶受命赶到谢东信家，发现谢小军并没有被绑架，他正在电脑上打游戏，枪炮声大作，整座别墅就像硝烟弥漫的战场。谢东信说："是你们领导听错了，孩子没被绑架。"顾大伟松了一口气，只要人没有被绑架，案子就不棘手。这几年他遇到过几起绑架案，都是先绑了人，后索要赎金，很是棘手，有一个案子人质死了，有两个案子至今悬着。

顾大伟和陆小蝶守在谢东信的家里，按谢东信说绑匪要他等电话。第二日一大早，绑匪来了电话，谢东信按顾大伟交代的回答说："一百万不是小数目，银行规定须提前三天申请提款，今日已是周五，只能等到周一。"绑匪说了几句威胁的话就挂断了电话。查那个号码，不出所料，果然是公用电话亭的号码。接下来两天，绑匪再没来过电话。顾大伟断定案犯是个新手，像谢东信这样的大老板，一百万还要去银行取？就是去银行取，谢东信是银行的钻石客户，哪会像一个普通客户一样需要提前申请？不要说一百万，就是一千万也未必需要申请，对于这样的大老板，银行都会特事特办的。

顾大伟问谢东信："是不是得罪过什么人，结下仇家？"谢东信声称绝对没有，说："我这人做事很宽容的，过了知天命之年，行事就更宽泛了，退一步海阔天空，忍一时风平浪静，你看我这墙上都写着哩。"顾大伟抬头看看，是一个叫孟什么的书法家写的，许多字不认识。顾大伟问："生意上也没有？"谢东信说："没有，有钱大家挣，这是我的宗旨，这世界上的钱一个人是挣不完的。"顾大伟说："果真没什么恩怨情仇掺杂其中，只是为了钱，相对就好办多了。"

周一早晨八点半，绑匪的电话又来了，谢东信再次按顾大伟交代的，以金融危机为借口，说："一百万实在一时难以筹齐，正在筹钱。"绑匪说："跟我们玩儿是不是？听听你儿子的哭声吧。”电话里就传来了孩子的哭声。绑匪说：“少给我哭穷，明日上午是最后的期限，带着钱等电话，不然你知道会是什么后果。”之后，那孩子又哭叫了几声。谢小军没被绑架，那电话里孩子哭声从何而来？顾大伟头皮一阵发麻，立刻叫来谢小军问他学校还有没有跟他重名的。谢小军说：“我们班就有一个，我为大，他为小，我叫大小军，他叫小小军。”顾大伟交代陆小蝶几句，匆忙往市二小赶来。找到一年级二班班主任一问，班主任说：“两个谢小军都没到校，大小军家长来了电话，小小军家长还没联系上，打电话手机老关着。”顾大伟说：“小小军几天没来了？”班主任说：“上周四到现在。”顾大伟顾不上问一个孩子几天没上课，为什么到现在还没去家里找，就慌忙按班主任提供的地址往锦绣村而来。

锦绣村是个城中村，楼房见缝插针，街巷各种摊点占道经营，车开不进去，顾大伟只能步行。费了老大劲才在拥挤的楼房间找到谢东方家。这是一间在两栋房屋之间的过道搭建的棚房，门窗都是拆迁下来的老旧门窗，一块老旧的木板门半掩着，门板斜触地面，需要往起抬着门板才能推动。推开门，一股潮湿发霉的污浊气息热乎乎地扑面而来。因为没有侧窗，即使是上午九点多，屋内光线也很暗，进门便是床，顾大伟抬脚进去差点儿就扑上床。借着门缝里扑进来的阳光，顾大伟看到一个女人在缝纫机上忙活，缝纫机发出的嗒嗒嗒的声音，犹如拖拉机加大油门发出的，他感觉房屋都在声音里颤动。女人头也不抬说：“老板，活儿下午就全赶出来了。”顾大伟大声说：“你能不能停下手里的活计？”女人踩着踏板的脚停下了，抬起头看看顾大伟，站了起来。顾大伟问：“谢小军是你儿子？”女人点点头。顾大伟又问：“他不在家？”女人说：“上学去了。”顾大伟说：“啥时候去的学校？”女人说：“早晨。”顾大伟说：“从家里去的学校？”女人说：“不是从家里走的，是从他姑家走的。”女人说着又坐了下去，打算继续干活儿。顾大伟说：“你赶紧问问他姑。”女人说：“咋了，小军闯祸了？”顾大伟说：“没有，想问他点儿事。”女人说：“一个娃娃知道啥？问事你找别人问去吧。”顾大伟加重语气说：“赶紧问他姑。”女人瞥了顾大伟一眼说：“你是干啥的？”顾大伟说：“警察。”说着亮了一下证件。女人这才慌乱起来，说：“他，他闯下大祸了？”顾大伟说：“他没闯祸，快问他姑。”女人说：“肯定在学校，这娃再胆大也不敢旷课，他爹手重。”顾大伟说：“我就是从学校来的，他没去学校，你几天没见小军了？”女人说：“周四还是周五就没回来，不回来都是去他姑家。”女人掏出手机打电话。

已近六月，天气燥热，房子屋顶是铁皮的，又不透风，简直就是个蒸笼，顾大伟一身一身地出汗，不停地擦着脸上的汗水。女人打过电话说：“几日都没去他姑家了，狗日的敢旷课，看他爹咋拾掇他。”顾大伟说：“给小军爸打电话。”女人说：“他爹在工地上干活儿，手机老关着。”顾大伟说：“把有可能去的地方都问问。”女人接连打了许多电话，哇的一声哭起来，问：“我小军出啥事了？你们把我儿子到底咋了？”看女人瑟缩成寒风中的树叶，顾大伟说：“你别急，没出啥事，我是有事想问问他。”顾大伟掏出名片递给女人，说：“小军有消息立马给我打电话。”出门来，顾大伟感慨地想：一个孩子不见了四五天，家里人竟不知道，要是城里人家的孩子，几天不见，满城的人都知道了，这就是城乡差别啊。顾大伟回头看看这间破旧的出租屋，长嘘了一口气，心里说：点儿可真够背的，这抓阄都不一定抓上的事，咋就让她摊上了。

基本上可以确定绑匪绑错了人。顾大伟把情况给局里做了汇报，就往谢东信家赶。快到谢东信家门口时，陆小蝶打来电话说谢东信走了。顾大伟问：“去哪里了？”陆小蝶说：“他说几天没去公司，堆下一大堆事情等他处理，我拦了，没拦住。”顾大伟心里骂了声：妈的，谁嘴这么长，刚给局里汇报，他就接到了消息。顾大伟明白，像谢东信这样屈指可数的大老板，警察队伍里怎么会没几个“好朋友”呢？顾大伟打谢东信手机，不接；又往办公室打，占线；再打，又没人接。这时，一辆奔驰开出来，错车时顾大伟看到是谢东信的小老婆（他心里是这么认为的，因为最多也不过三十岁，而谢东信应该是奔六十的人）。第一天进入谢东信家，他曾经怀疑过这个女人。老板身边的这些小女人都是不安分的，在外面养小白脸的不少。有一个案子就是老板杀了小女人和小白脸，还有一个案子则是小女人与小白脸绑架了老板的女儿。顾大伟打了手势截停了车，说："你不能出去。"那女人问："为啥？"顾大伟说："还要细说？"女人说："不是说跟我们没关系了吗？"顾大伟说："谁给你说没关系了？"女人说："老谢说的，他说是绑错人了。"顾大伟心里骂声"妈的"，说："你能不能为替你儿子受难的孩子想想，你这是借刀杀人，知道不？"女人嘟囔着把车退进车库。顾大伟对陆小蝶说："从现在起，这个家里一个人都不许出门。"

顾大伟不敢耽误，直奔东信集团而来。他必须找到谢东信，因为绑匪只跟谢东信联系，而且绑匪声明交换人必须是谢东信本人。再说时间紧迫，一百万赎金现在也只有先从谢东信这里拿上，局里是指望不上的。车流就像一条河，在阳光下泛着金光，顾大伟着急，他怕谢东信离开公司，那可就麻烦了，上哪里去找。他打着喇叭，最后打开警灯警笛，可是车就像陷入泥潭，挪动都难。

好不容易到了东信集团大门口，顾大伟又被保安拦住了，顾大伟掏出证件，保安看了看说："董事长不在。"顾大伟说："你怎么知道我要找董事长？董事长交代过了？"

保安张张嘴，却没说话。顾大伟直接往里走，另一个保安拦在面前说：“请您约好了再来吧。”顾大伟笑笑说：“还挺客气的，让开。”保安说：“我们有制度，您别让我们这些人为难。”顾大伟说：“制度没有告诉你不能妨碍公务吗？让开！”顾大伟拨开保安，问：“董事长办公室在几楼？”两个保安齐齐摇头。顾大伟往前走，耳缝里听到保安说：“没拦住，进去了。”这让顾大伟心安，说明谢东信在公司。

碰上一个夹包的，顾大伟问：“谢总在几楼？”那人说：“八楼，不在。”神神秘秘的。进了大厅，顾大伟向电梯走去，一个姑娘跟上来说：“董事长不在。”顾大伟笑了说：“知道我找董事长？”姑娘也笑了，说：“那您找谁？”顾大伟说：“董事长。”姑娘拦在前面说：“董事长几天都没来了。”顾大伟说：“门卫没告诉你我的身份？”姑娘摇摇头，顾大伟亮了一下证件，姑娘说：“就算您是警察，董事长也真不在。”

上了八楼，顾大伟在楼道里走了一遍，没见“董事长”的牌子，走进集团办公室，一个姑娘站起来说：“董事长不在。”顾大伟说：“你告诉我董事长办公室是哪间就行。”姑娘嫣然一笑说：“董事长真不在。”顾大伟沉下脸说：“告诉我董事长办公室是哪间。”姑娘咬咬嘴唇说：“您约好了再来吧。”顾大伟看见小马坐在一台电脑前，身子伏得很低。小马是谢东信的司机，这几天顾大伟在谢东信家，见过几面。顾大伟走过去拍拍小马的肩膀说："装作没看见我？"小马抬起头来说："顾警官来了，董事长不在。"顾大伟说："董事长不在，你怎么在？"小马说："董事长会开车，有时自己开车出去。"顾大伟笑笑说："你也不会告诉我董事长办公室是吧？"小马不接话茬，却递给他一根烟。顾大伟要用办公室电话给谢东信打，那姑娘立刻按住电话说："公，公司电话，不能随便打，我们有规定。"顾大伟笑笑。

出了集团办公室，顾大伟又在楼道里走了一遍，所有的门上都挂了牌，只有一个门没挂牌，有三间房子大，窗户就有两个，他确定这是谢东信的办公室。用手机拨了谢东信办公室的电话号码，房间传来电话铃声。半天没有人接，姑娘说："警官，我说不在，您看不在吧，我们董事长事多，您得提前预约。"顾大伟知道办公室一般会有董事长办公室的钥匙，因为要打扫整理，就说："你把董事长办公室打开，我进去看一眼，董事长不在，立马走人。"姑娘说："我没有董事长办公室的钥匙，没有董事长的话，董事长办公室我们不能随便进去。"顾大伟站在门前，拨谢东信的手机，手机铃声从里面传来，只响了两声就断了。顾大伟虽然面容平静，甚至带着笑意，可他的内心已燃起怒火。他抬手敲门，敲了许久，没人开门。顾大伟越敲越重。姑娘拉着顾大伟说："董事长真不在，您把电话留下，我约好了给您打电话。”顾大伟甩开姑娘的手，像擂鼓一样擂门，最后用上了脚。

踹门声在楼道里发出很大声响，惊出了所有办公室的人，他们从两头围过来，叽叽喳喳地议论：

“董事长不见他，走就算了，真以为警察就了不起。”

“这些人就是狗皮膏药，黏上了你撕不掉的。”

“不自量，咱们董事长是怕他的？”

“一看就是个愣货，他们局长来了也不敢这么敲哩。”

过来两条汉子，顾大伟认得他们，这几日在谢东信家里出现过，想必是内保或者谢东信的保镖。汉子甲说：“顾警官，改日再来吧。”说着挤到顾大伟前面，靠在门上。顾大伟阴沉着脸说：“请让开。”汉子乙说：“董事长不在，您不要让我们为难。”说着也挤到门前靠门而立。两人一人靠一扇门，顾大伟被从门前挤开了。顾大伟说：“让开，我在执行公务。”汉子乙说：“是啥样的公务？”顾大伟火了，说：“你算老几，我要告诉你？”汉子甲说：“既然您不能告诉我们是啥公务，那就请离开。”

顾大伟扯开一人，拼命似的踹门，边踹边吼：“谢东信，开门！”由于愤慨，顾大伟用足了力气在踹门，他要把门踹开。门板像陕北大鼓一样发出吼声，在整个楼道发出很大的回响。两个汉子扑上来扯顾大伟，顾大伟拔出枪来说：“让开！”两汉子一惊，闪在一边。

“哟，还带着枪，你们说他敢不敢开枪？”

“敢。”

“我说不敢。”

“咱俩打个赌，一张老人头？”

“当我是傻瓜，明摆着的事，董事长跟他们头儿论哥们儿，他敢开枪？”

警察开枪只能在危及生命的时候。

楼道里的人越聚越多，顾大伟对着门锁就开了一枪。

当警察十年了，尘世间的风雨，早已把他的性子磨柔了，棱角磨没了，不像当初那样爱冲动了，这样的挑衅甚至是侮辱性的话语他也承受得了，开枪的后果他也清楚。他们说得没错，除非生命受到威胁等紧急状况，否则警察开枪是要受处罚的。可现在的情况在他看来就是紧急状况，人命关天，必须把谢东信找出来。绑匪要求明日一早交换，而且要谢东信亲自去送赎金，那肯定是认识谢东信，谁也替不了，谢东信不出面，引起绑匪的怀疑，极有可能出人命。

随着枪响，人群发出一阵锐利的尖叫，就像鸟群受到鹰隼的攻击发出的。顾大伟自己也吓了一大跳。有一声尖叫是从门里传出来的，他以为子弹击穿了门板，定睛去看，子弹是打在了门锁那块钢板上，钢板被击出一个小坑，并没穿透，而子弹被弹射到对面的壁灯上，灯罩破碎，玻璃碴子四溅。

随着尖叫声，拥挤在楼道的人一阵骚动混乱，往后撤去。

顾大伟也有些后怕了，他没有如此近距离地开过枪，他以为门锁那块金黄是一块铁皮包衣，会被子弹击穿，没想到是一块厚度硬度足够的钢板。他明白自己是受了枪战片的影响，那些枪战片里门锁都是能被手枪击穿的。

门开了，谢东信出现在门口，脸色有些苍白。顾大伟长出了一口气。

谢东信跨出门来，往楼道两边扫视，员工一窝蜂地往办公室钻。谢东信说："所有员工本月奖金全部扣除。"说完冲顾大伟笑笑："请进，请进。"还在顾大伟的肩膀上拍拍。

顾大伟有些吃惊，原以为谢东信定会咆哮，没想到他会这样平和，倒觉得自己有些过分了，本想说几句抱歉的话，但又想自己并没错。

谢东信拍着沙发说："请坐，请坐，提心吊胆好几天，实在困得不行了，竟然倒头就睡着了。"

顾大伟心里冷笑，懒得和谢东信虚与委蛇，开门见山地说："谢总，明早交换，绑匪声明必须是你亲自去，人命关天……"

谢东信摆摆手打断顾大伟的话说："顾警官，咱们打开窗子说亮话，既然绑匪绑错了，那这事就跟我没关系了，我不想再扯进去。"

顾大伟一愣说："谢总，这可是人命关天的大事，开不起玩笑。"

谢东信一绷脸说："你觉得我是在开玩笑？"

顾大伟从椅子站起来，说："谢总，这事可是冲着你来的，是……"

谢东信又摆摆手说："你听我说，这事是冲着我来的，敢对我这样的人下手，不是街上敲诈勒索小店主的地痞混混，他们想打我的主意也得掂量掂量。打我的主意的都不是一般来头，肯定是有黑社会背景，我不想招惹他们。这样吧，不让你为难，我给你们领导打电话。"

谢东信去抓桌上的电话，顾大伟忙按住电话，说："谢总，你就是给领导打电话，这事也还得你去，别无选择。"

谢东信说："大伟……"

顾大伟打断谢东信的话："谢总，这事因你而生，是你把别人扯进事里，只不过是绑匪绑错了孩子。希望你换位思考，站在那孩子和他家人的角度想想，说穿了那孩子是在替你儿子受罪，假如绑匪不愚蠢，这时间该是你……"

谢东信打断顾大伟的话说："我们不做假设，这世上因为假设，才造成了许多矛盾仇恨，说句实话，如果是我的孩子，粉身碎骨我也在所不辞。"

顾大伟咬住不停哆嗦的嘴唇，说："谢总，你想过没有，如果绑匪这次抓不住，他们会放过你不再打你的主意吗？如果有下次，你还会这么走运吗？"

谢东信说："没有下次，道上有道上的规矩，他们不会再打我的主意，绑错了，他们会认为这是天意，会认为我是个命硬的人，会认为这是老天爷在帮我，他们这些人很迷信的。如果我配合你们抓捕他们，我跟他们之间就交了恶，他们就不会放过我，再说来交换的都是小喽啰，抓了无济于事，真正厉害的都躲在背后，深不可测啊。”

顾大伟冷笑着说：“就是你们这些大老板的懦弱，才助长了这些人的嚣张气焰。”

谢东信笑着说：“不是我们懦弱，破财免灾，明哲保身，好兄弟，体谅体谅我吧。”

顾大伟说：“你体谅体谅那家人，体谅体谅那个孩子，你不出面他会有生命危险的。”

两人都沉默了，谢东信眉头皱成了一个疙瘩，在那里走来走去。

顾大伟点了根烟，一根烟抽完，又续了一根烟。

谢东信从保险柜拿出一沓百元大钞推到顾大伟面前，顾大伟说：“你什么意思？”

谢东信说：“破财消灾，花钱买平安。”

顾大伟脸子沉了下来，没有说话，谢东信说：“天知地知，你知我知。”

顾大伟说：“你是这样看我的？”

谢东信说：“我没那意思，为我的事你也操心了几天，现在都这样。希望你也换位思考，站在我这个角度想想。”

顾大伟把钱推了回去说："这关系到一条人命，一点儿闪失都不能有，你必须出面，别无选择。"

谢东信说："事很明白，就是要钱，他们绝对不会撕票，谁也不愿背上人命，他们和你们一样怕出人命，孩子不会有危险。"

顾大伟说："如果我们这样做，就是拿孩子的命在赌，出了事你我一辈子心里都会不安的。"

谢东信呃了一声，双手往后捋着稀疏的头发说："那这样吧，我找一个人替我去，绝对不会露出破绽。"

说着把钱又推了过来说："你通融通融，只要答应让人替我去，替我的人保证像我，这事岂不两全其美。"

顾大伟断然否定："那不行，绑匪指名要你去，肯定对你特别熟悉，万一露出破绽，那孩子就很危险，必须确保万无一失。"

谢东信两个指头捻捻说："给我一支烟。"

顾大伟说："你也抽烟？这几天没见你抽过。"

谢东信说："戒了几年了，现在想抽一支。"

顾大伟说："那你最好还是别抽了。"

谢东信说："没关系，来一支。"

顾大伟说："十块钱的烟你也抽？"

谢东信说："烟嘛，就是冒股烟。"

点了烟，顾大伟说："谢总，说穿了，这事你我都没有退路。”

谢东信笑笑说：“如果我不答应去，你该怎么办呢？”

顾大伟说：“公民有公民的权利，也有公民的义务，你有这个义务。”

谢东信说：“大道理谁都会讲，可如果我只享受权利不尽义务呢？现在这样的人少吗？”

顾大伟说：“谢总，真相迟早会水落石出的，媒体最爱炒作这些事。”

谢东信笑着说：“这是威胁我哩。”

顾大伟说：“不敢，是讲实情，想想那个孩子吧，想想他正在替你儿子受罪，你还有什么害怕的？做事最好不要留下遗憾，万一出个啥事，你有再多的钱也减轻不了心灵上的负担。”

谢东信说：“大伟，你还挺认真的，问个不合适的话，你怕死吗？”

顾大伟说：“蝼蚁尚且偷生，只要是人，都会怕死。”

谢东信说：“咱们说俗气一点儿，如果你有我这么多钱，会不会怕死？”

顾大伟说：“怕死跟钱多钱少没关系，难道钱多命就是命，没钱命就不是命？”

这时顾大伟手机响起来，一接是谢东方。谢东方哭着说：“我是谢小军的爹，警官同志，我儿子到底出啥事了？”顾大伟说：“没啥大事，你放心，不会有事的。”谢东方说：“警察同志，我就这一个儿子……”顾大伟忙说：“你放心，小军没事。”

挂了电话，顾大伟盯着谢东信说：“这孩子的爹叫谢东方，你叫谢东信，不知底细的人会以为你们是弟兄。”

谢东信伸出手来说：“不扯这个话题了，我想我们可以成为朋友。”

顾大伟握住谢东信的手说：“就是朋友也没有商量的余地。”

谢东信说：“这我明白，敢当着我的员工的面对我开枪，又拒绝了十万的诱惑，我就知道这事没商量，你放心，我配合你。”

顾大伟心情松弛下来，又递给谢东信一支烟点上，说：“谢总，你放心，一点儿危险都不会有，我们会给你准备防弹衣，我们既要保证那孩子万无一失，更要确保你万无一失，请你相信我。”

谢东信嘿嘿一笑说：“我都不记得多久没相信过人了，但我信你。”

顾大伟说：“一百万赎金准备好了吧？”

谢东信说：“钱得你们想办法。”

顾大伟说：“谢总，一百万不是个小数目，局里经费紧张，没钱，现在几点了，就是想办法也来不及，会误事的。”

谢东信说：“不让你为难，我给你们局领导打电话。”

顾大伟说：“不是我为难不为难的问题，领导也解决不了，绑匪说的是明早，看不到钱会出人命的。谢总，这样，就算我借你的，我给你打欠条。”

谢东信说：“你借我的？一百万？”

顾大伟说：“我知道我不值一百万，但我会还你一百万。”

谢东信说：“我不是那意思。”

顾大伟说：“我们不是要拿钱赎孩子，赎金就是个诱饵，我保证一百万一分不少地给你拿回来。我给分管局长打电话，让财务过来出个手续，算局里借你的。”

谢东信说：“不用，我信你，不信局里。”

顾大伟看着谢东信说：“你不信局里信我？”

谢东信笑笑说：“钱进入公安局那就是一入侯门深似海，收回的就只有发票了，我就认你。”

谢东信打了个电话，说：“把一百万送过来。”

一个小伙子把钱送过来，顾大伟趴在那里打欠条，谢东信说：“不用打欠条，我信你。”

顾大伟说：“万一我死了呢？”

顾大伟打好欠条，谢东信说：“把小陆叫来，晚上一起吃个饭吧。”

顾大伟说："这么大的案子压着，还吃饭？"

谢东信说："神经别绷得太紧，吃饭可以缓解压力。"

顾大伟说："我得好好想想，千万别出纰漏，案子破了我请你。"

二

因为案件发生在5月29日，就被定为"5·29"案。倘若不是谢东方忽然冒出来被绑匪刺了一刀，"5·29"案破得近乎完美。

绑匪选的第一个点是香炉寺。香炉寺在香炉山上，香炉山是国家AAAA级旅游景区。香炉寺建于唐朝，香火极盛，香炉寺庙会更是远近闻名，绑匪选的这天正是庙会的正日子。根据经验，顾大伟判断很可能这是虚招儿。一般情况下，绑匪不会在第一个点就进行交易，往往会三番五次改变地点，观察是否有警察，然后才确定地点进行交易。但凡事不怕一万，就怕万一，万一绑匪抓住他们这种常规心理就会出事，因此想可以这样想，该做的准备却一点儿都不能马虎，尤其是绑架这种事。但绑匪选择香炉寺庙会正日子交换，让顾大伟觉得很有头脑，庙会日香客多，利于乔装和隐藏，利于扰乱视线，趁机溜掉，但有利就有弊，人多也利于更多的警察伪装成香客混迹人群中，而且香炉山进出只有一条道，利于围捕。因此顾大伟对大家说绝对不可掉以轻心。

谢东信穿了防弹背心，还要求保镖跟着。顾大伟说："你那保镖没经过正规训练，弄不好会暴露，几十个警察都撒在香炉寺里，都是你的保镖，我的拳脚功夫不比你的保镖差，跟着你你还信不过？再说真正的保镖不是靠身强力壮。"谢东信说："让他们跟着吧，千载难逢的机会，考验考验他们的忠诚度。"顾大伟笑了，心说你倒会充分利用，真是老奸巨猾。怕惹得谢东信不高兴不好好配合，顾大伟只能应允。出门时，谢东信与儿子和小自己二十几岁的老婆拥抱道别，一副赴死殉难的模样，矫情得他不忍去看。

到了香炉寺，穿过大雄宝殿时有抽签的，抽签的人很多。谢东信压了一百块要抽签，顾大伟从人群中挤进去拉了谢东信一下悄声说："小心暴露，心要安，别胡思乱想。"谢东信也悄声说："命中注定有一劫，人是没办法的，我既然来了，就认命了，我习惯了抽签，见签必抽，这也是一种施舍。"说着抱起一个签筒摇。顾大伟也只能跟着压了十块钱，抱了另一个签筒摇。谢东信摇出一支签来，展开一看，脸色灰白，额上汗水如豌豆般滚落下来，手抖如霜叶。顾大伟扫了一眼，是个下下签："莫说春花开不败，算尽机谋天无奈。独木桥上霜如雪，无须灾难有中来。"顾大伟后悔没有制止谢东信抽签，往前抻抻脖子悄声说："镇静点儿，不会有事的，多少人在保护你。”他展开自己摇出来的签一看，却是上上签：“贺君步步好前程，出入求谋事事通，人似中秋明月夜，运如杨柳遇春风。”顾大伟想两支签调一下该多好。

几个小时过去，绑匪来了电话，恶声恶气说：“你报警了？我们看到好多警察。”谢东信说：“我哪敢报警，连我公司的人都不知道，钱我不在乎，只希望孩子平安。”绑匪说：“那为啥会有警察？”谢东信说：“大哥，警察也是人，也求神拜佛，你选这地方这时间，啥人不会有？”绑匪警告谢东信别耍花招儿，另等时间。谢东信挂断电话，顾大伟竖个大拇指说：“话说得真好。”接着批评谢东信：“这么大的事你还有心思抽签？这会增加那孩子的危险，也增加你的危险。”谢东信说：“我抽签就是让绑匪看，我很淡定，不就是钱吗？我有钱，给你钱，让他们感觉出我就是想花钱买平安。”顾大伟知道谢东信没说心里话，那张汗津津的脸和湿透的衣衫欺骗不了他。他看过一项调查，说有钱人怕死程度比普通人高出十几倍。顾大伟说：“把这个孩子解救出来是最好的积德行善，一个积德行善之人老天爷会保佑的。”谢东信说：“你相信抽签？”顾大伟摇摇头。谢东信说：“你不也抽签了吗？”顾大伟说：“我抽签是一种掩护。”谢东信说：“抽签那就是一种游戏。”

之后绑匪又选了两个点，都没有交换，完全是虚招儿。

第四个点绑匪选在了城郊一个已经开始拆迁的旧货场。按绑匪要求，谢东信将钱箱放进一个喷着“拆”的门面房门边的垃圾箱里，然后离开。过了许久，一个捡破烂的过来，四处巡视了许久，才取了钱箱，又捡了一会儿破烂，才上了一辆东风小康。专案组沿途布控，一直盯着东风小康，顾大伟尾随着东风小康，说一定要接到孩子安全的消息后，再下手围捕。同时对谢东信说：“打电话催绑匪放孩子。”谢东信按顾大伟教的说：“我就是花钱买平安，就当我施舍了。”绑匪却不回应。东风小康出城上了109国道，出了布控区，谢东信又按顾大伟教的再次给绑匪打电话说：“你们很安全，这事自始至终就只有我和我老婆知道。”绑匪才说出了孩子所在的地方。孩子很快找到了。专案组开始对绑匪围追堵截，东风小康被逼停在一片农田，就在对罪犯实施抓捕之际，出了意外，又一辆东风小康驶进了现场，车上冲下来几个人挥舞着刀棒镐锹，场面一时大乱。顾大伟吃了一惊，以为是绑匪的接应，他朝天放了一枪，却没有镇住。绑匪借机反扑，一女绑匪高叫着剁了狗日的，扑向谢东信，一口唾沫啐向谢东信，谢东信那张大脸盘就让这一口唾沫覆盖了。与此同时，一个黑塔似的绑匪，挥舞一把斩马刀冲谢东信劈来，阳光下斩马刀发出一道白光。那真是一条壮汉，让你想到黑旋风李逵、花和尚鲁智深，他扑向谢东信时踏得大地震颤。所有人都往后闪去，包括持枪警察。谢东信的两个保镖自顾不暇，掉头就跑。而谢东信竟然呆若木鸡，都不知道躲避。顾大伟在朝“黑塔”腿上打出一枪的同时，一跃扑过去几乎是撞开了谢东信，“黑塔”倒下时斩马刀就砍在了顾大伟的胳膊上。“黑塔”倒地，就像从高空坠落重物，发出巨大的声响。场面很快就控制住了。

从惊吓中醒过神来的谢东信狂扇两个保镖耳刮子，吼道：“你两个狗日的，滚！”

却说第二辆东风小康上冲下来的不是绑匪的接应，而是谢东方和一伙工友。近日来他们一直跟踪着顾大伟。在打斗中，谢东方扑向绑匪，被一个绑匪戳了一刀，这一刀伤得太重，送进重症室抢救。

这个谢东方又是如何突然出现在现场的呢？

谢东方是老婆找到工地才知道儿子出了事。谢东方当过三年兵，复员回村后娶了媳妇，夫妻俩进城打工。小军出生后，一直在老家由父母抚养，到了上学年纪，才接到城里，因为没有户口加上择校，花了不少钱才进了二小。老婆哭哭啼啼地到工地说小军不见几天了，警察都找上门了。谢东方看着老婆带来的那张名片，觉得“顾大伟”这个名字有些眼熟，细细想想却又模糊。他预感儿子出事了，给顾大伟打电话，顾大伟说：“你儿子没事，你放心。”他听出来话外音，儿子既然没事，让他“放心”什么？

谢东方心里咯噔一下，一阵下沉。他又找一位战友通过七拐八套的关系，找到了刑警队里的熟人，拐弯抹角确认了“顾大伟”“重案组”“儿童绑架案”之后，猜测儿子小军被绑架了，急得不行。谢东方当兵时是武警，是在南方当的兵。南方经济繁荣，各种案件频发，武警跟公安合作非常多，常常是三更半夜一块儿出警，突发、杀人、绑架等恶性案子他接触过不少，听到的也不少。谢东方从顾大伟那里打听不出太多东西，于是他叫来了几个要好的兄弟，把自己的猜测说了，让他们和他一起蹲守盯人。蹲守跟踪这样的事谢东方是有经验的，当兵时武警配合公安行动这是常事。而他进城之初跟着人讨过债，这也是需要蹲守和跟踪技能的。后来，这种讨债公司在这座城市致残死人的事发生过几起，国家开始打击这种讨债，他就脱离了这个行业。几日来谢东方他们就一直蹲守跟踪着顾大伟、陆小蝶等人，还真给他们跟着了。

顾大伟倒没什么大碍，就是失血过多，虽说伤了骨头，大夫说不碍事的，他这年龄骨头修复能力极强的。顾大伟躺在病床上感慨地想：倘若不是半路上杀出个谢东方，这个案子可以说破得完美。顾大伟虽不是个完美主义者，但这类案子，他追求完美，如果有缺憾，定然是有人命了。至于他挨一刀完全可以忽略不计，并不影响这近乎的完美。

东信集团专门定做了营养餐，一日三餐专供，还专门派了一位漂亮女士陪护。老婆萧思棉问：“疼不？”因为有止疼泵，几乎感觉不到疼痛，但顾大伟还是矫情地说：“针扎一下你都掉眼泪，巴掌大的一块肉都削掉了，你说疼不疼？咋娶了你这么个没心没肺的婆娘。”萧思棉说：“那就多看那小姐两眼，那是最好的止疼药。”顾大伟看了小姐几眼，说：“还真止疼，哎呀你说这些大老板，做事就是想得周到，再派两个更止疼。”

全城的媒体都不惜篇幅报道了“5·29”案，写得极其详尽，并配发了他接受治疗的照片。但报道聚焦的几乎全部都是谢东信，把谢东信写得跟英雄一样，一个身价多少亿的企业家是如何冒着生命危险，配合干警完成人质解救。什么“临危不惧”“大义凛然”“高尚情怀”“楷模表率”之类的词语全用上了，看得顾大伟都觉得肉麻。

谢东信每天都来两趟，搞得顾大伟很不好意思。他不喜欢黏糊腻歪、婆婆妈妈，他喜欢清爽利落，事过了就了了。不过他从内心感激谢东信，与绑匪打交道，那可真是冒生命危险的，绑匪中不乏亡命之徒，如果谢东信不配合，他还真一点儿办法都没有，这案子就很麻烦，谢东信做得确实够可以了。他对谢东信说：“我这点儿小伤，你别往来跑了，快忙你的去，那么大的集团，这几日肯定积了好多事等你处理。”谢东信却说：“现在这就是我最重要的工作。”顾大伟觉得谢东信矫情了，为了让谢东信心安理得不用再来，他说：“要说吧我也是为我自己，我们可以受伤，受害人绝对不能受伤，这是原则。再说谁不惜命，我也怕死，我是权衡过的，我是练过的，也有经验，比你能扛。要说我还得感谢你，难为你冒了那么大的险，事过了一切就都结束了，别再费心了。”谢东信说：“对我来说事情并没有结束。”

第五天，大夫说可以适当活动活动。顾大伟和萧思棉把大家探望带来的营养品和水果全提了去看谢东方，才知道这一刀伤了肝肺，谢东方还在重症监护室，可因为交不起费用面临弃医。萧思棉说：“妈的，什么大老板，恶心！”顾大伟牙齿咬得咯咯作响，他以为谢东信对谢东方的医药费已做了安排。回到病房，顾大伟问萧思棉：“家里有多少钱？”萧思棉说：“一二百万吧。”顾大伟噗地笑了，萧思棉说：“你弟买房把零头都取走了，你不知道？”顾大伟拍拍脑袋说：“一分都没了？”萧思棉说：“就两个月工资。”顾大伟说：“先取出来垫上，让谢东方先看病。”

顾大伟给分管的方副局长打电话，把谢东方的情况说了，希望局里能给予资助。方局长说：“不要说局里寅吃卯粮，就是有钱也没这项开支，他这又不算是见义勇为。”顾大伟说：“能不能动员大家捐一点儿？”方局长说：“这类事一年要发生多少起，让大家都去捐？再说一年地震、水灾，局里一些大病特病的各种捐款本就不少。”

谢东信来了，说这说那的。顾大伟沉默了许久，说起谢东方的情况，谢东信说：“救助是政府、社会的事。”顾大伟不客气地说：“这阵儿跟我讲大道理有意思吗？医院都要

年轮典存藏书局福利卡

年轮典存藏书局以推广文学类图书为宗旨，此番推荐书籍32款。为答谢各位读者的支持，特发放如下福利：

①拍照发微博并@北京长江新世纪即可99元购得限量超值图书盲盒。

②随书获得一张藏书票，拍照发微博并@北京长江新世纪，您就可以8.8折购得该藏书票对应的盖有限定收藏码+纪念章的图书。

③集齐年轮典存藏书局的任意6张不同的藏书票，拍照发微博并@北京长江新世纪，您将获赠『年轮典存丛书』中随机一本盖有限定收藏码+纪念章的图书。

EXLIBRIS 年輪典存 藏書局

年輪典存藏書局 16 X 最后的墓穴 石鍾山

赶他出去了。”谢东信没说话。

顾大伟还是对谢东信寄托了厚望。他一趟一趟跑缴费处，直到晚上，谢东信依然没有替谢东方缴费。第二天他又跑了一个上午，长长叹了一口气，给李凡打了电话。李凡是都市报跑公检法司口的记者，绑架这类深度报道最吸引读者眼球，当然也是他关注的重点。李凡很快就到了，说：“案子有进展了？”顾大伟摇摇头，说：“给谢东方写篇报道，呼吁社会各界给捐点儿款。”李凡说：“写报道没问题，可别抱过高的期待，社会上需要救助的人太多了，大灾大难大病呼吁捐款的报道也太多了，领导说报纸都快办成慈善公益报了。人们也都疲了，前几天我们还报道过两个，没什么效果。”顾大伟说：“你报道一下，未必没人捐，能捐几个捐几个。”李凡说：“让老谢捐点儿，他财大气粗的，这事怎么说也因他而起，他一出手一下子就把问题解决了。”顾大伟摇摇头说：“穷舍命富抽筋，他说救助是政府、社会的事。”

三

顾大伟出院当日，谢东信在大豪酒店摆宴庆贺。陆小蝶说：“不去，这么自私的人以后见了面我会装不认识的。”顾大伟说：“去吧，这么大的老板，那么多家产，谁不惜命，要说他也够配合了。”吃饭时，谢东信给了顾大伟和陆小蝶一人一张卡，说：“奖励你们的，密码就是卡的后六位数字。”顾大伟笑笑，接过来就装起来了。陆小蝶看了顾大伟一眼，把卡放在桌上，给顾大伟发了个信息：“真收？”顾大伟回信息：“收！”

宴席结束后，顾大伟从酒店出来直接去了医院，到缴费处把卡递给收费员说：“全交在谢东方名下。”收费员问：“多少钱？”他说：“你看卡上有多少？”收费员查过后说：“十万，都交？”他说：“都交。”交了钱，他来到病房，谢东方还在重症监护室。谢东方老婆搓着双手说：“李记者刚送来一万六千块钱，医疗费又续上了。”顾大伟说：“有人捐助了十万，刚刚交到账上，让东方好好治疗，别为医疗费担心，医疗费不是问题。”谢东方老婆说：“那咋也得见见恩人，让娃给人家磕个头。”顾大伟说：“他很忙，已经走了，以后再说，别动不动就让儿子给人磕头。”

从医院出来，陆小蝶打电话说：“你，你真收了？”顾大伟说：“收了，你不也收了？”陆小蝶说：“我才不想收，可我看你收了，怕坏了你的事。”顾大伟说：“收，咋不收，他有钱又不是没钱，你卡里多少？”陆小蝶说：“三万。”顾大伟说：“那就当嫁妆吧。”陆小蝶说：“那么恶心的人，把我的婚礼污染了，我这就退给他，拿他的钱恶心恶心他。”说完就把电话挂了。顾大伟忙拨过去说：

“你退他钱，他以为你嫌少，会重新给你一张卡的。”陆小蝶说：“十万？二十万我都不稀罕，拿了，我一辈子都会恶心我自己。”顾大伟说：“他再给你卡你就要……”陆小蝶说：“你怎么成了这样的人。”顾大伟说：“你要来给谢东方呀，他正缺钱哩。”陆小蝶说：“哦，我就想你咋那么奇怪，收他的钱。”顾大伟说：“记着，卡一定要当面交给谢东信，而且要表现出嫌少的意思。”陆小蝶说：“谢东方的医疗费都不出，退给他他怕是真就收下了，我明白给我三万，是为了给你十万。”顾大伟说：“或许你把他想得太那个了，我觉得他会给你十万。”下午，陆小蝶打来电话，顾大伟说：“老谢给了你十万？”陆小蝶说：“我分析了，那老家伙不会给我十万的，别把三万也丢了，三万也能救谢东方的命哩。”陆小蝶也是部队转业的，虽是姑娘，但有男子气息，她是厌恶了其他部门执法时乱七八糟的人际关系，申请调到重案组的。陆小蝶说：“妈的，遇到案子那就是对手，你死我活，没人说情，单纯。”

第二天，顾大伟去了田晓琼家里。住院的第三天，田晓琼曾给他打电话说卫生间的灯泡不亮了。他说：“换个灯泡呀。”田晓琼说：“我怕电。”他说：“让小区物业帮你换。”田晓琼不说话了。他说：“我在外办案，我让朱亮去给你换。”田晓琼说：“那算了吧，等你忙完了，我先黑着。”他说：“咋能先黑着，我得几天后才能回去。”

田晓琼说："我这两天也有事要出门，等你回来吧。"田晓琼不挂电话，他说："还有事吗？"田晓琼停顿了许久，才说没事了，挂了电话。他觉得田晓琼有些不对劲，对萧思棉说："你去趟田晓琼家，看有没有啥事。"萧思棉说："我去给她当灯泡？"萧思棉一语双关。

五年前的一天，本该他值班，可女儿小玉拉肚子，萧思棉又出差，他只能让搭档郝小民顶班。谁知道就出了突发事件，郝小民赶赴现场处理时被捅了一刀没抢救过来。尽管郝小民被追认为烈士，享尽哀荣，但毕竟英年早逝啊，这在他心里留下巨大的阴影。尽管没有人对他有丝毫埋怨的意思，而且都在安慰他，但这安慰分明还是表达了如果郝小民不替他顶班怎么会出事的意思。大家是这样想的，他也是这样想的。要说顶班是再正常不过的事，谁家没有事？他也不止一次给郝小民顶班，可是，出了事自己难以推得一干二净，这件事让他很纠结很压抑。

田晓琼和郝小民两个人都是考上大学留在这城里的，父母都在乡下，孩子才三岁，刚上幼儿园，正需要人照顾。为了不让英雄流血又流泪，局里安排他照顾烈士的家属。他心里绾个疙瘩，老大不爽。倒不是他不想照顾，他和郝小民是搭档，亲如兄弟，两家也走动频繁，但按规矩讲，照顾烈士的家属是老干部处或工会的事，二者都有这样的职能，至于他个人怎么照顾，那是组织以外的事，局里不安排，他也得去照顾。局里这样安排，局领导虽然没有明说，但意思却明了，郝小民是为他顶班牺牲的，让他去照顾田晓琼母子就好像给他一个赎罪的机会。这他倒也不在乎，可问题是田晓琼即使是烈士的妻子，但也是个寡妇，寡妇门前是非多。他去找方副局长，方副局长说："你想多了，谁也不会这样想事，你跟小民好得跟兄弟一样，再说又是组织决定的。"这样照顾田晓琼母子就成了他的一份工作。周末不加班，他带着老婆孩子去公园，小长假自驾踏青赏花，也都是将田晓琼母子带上。问题还在于田晓琼本来生活自理能力就差，越来越依赖他，鸡毛蒜皮的事都往他身上靠，去幼儿园接田晓琼儿子春天也成了他的常事，结果搞得人家把他当成春天的爹。他经常往田晓琼家里跑，久了知情者都不一定理解，不知情者就更会说三道四，何况郝小民是个公众人物，田晓琼家左邻右舍包括那门卫，看他的目光都很暧昧。渐渐地同事间也有了议论，半真半假地开玩笑。这导致从不吃醋的萧思棉也怀疑他，忌讳他去找田晓琼。

萧思棉说："你知道外面怎么说吗？一夫二妻，都可羡慕你了。"他说："没说一夫三妻？"萧思棉说："有说的，还有陆小蝶。"他说："你信了？"郝小民牺牲后，他与陆小蝶搭档，男女搭档同事都开玩笑叫"搭裆"，但他知道萧思棉重点怀疑的还是他和田晓琼。萧思棉不说话，只是一眼一眼地扇他，毛茸茸的眼睫毛就像蝴蝶的翅膀。萧思棉受了委屈就是这样。他说："你想想，我的搭档，我的兄弟，牺牲了，我，我做那样的事还是人吗？你还是大学生，思想境界到哪里去了？"萧思棉却说："你换位思考，要是你，你会有多高境界？有些人跟人家父母是哥们儿朋友，还勾引人家女儿哩。"他说："看来你中毒不轻。"他曾经动员田晓琼再嫁，他说："小民不会让你为他守寡，更不会看着你受罪的，也没哪条规定烈士的妻子就得为烈士守寡，别活得太沉重了。"可田晓琼只是摇头。他把这个任务交给了萧思棉。萧思棉前后介绍了几个对象，田晓琼都不见，捎带地连萧思棉也不愿见。萧思棉说："她心里有你，没别人的位置。"他不是傻瓜，哪能感觉不出来。他说："管住你的嘴好不好？"萧思棉说："装，你就装。"又说："女人活的就是个年龄，要有跟人家好的意思就跟人家好起来，我给你们腾位置，别把人家青春耽误了。"

正因为如此，郝小民在他心里的阴影就无法被轻易拂去。五年了，再不能这么下去了，他有许多话想和田晓琼好好说说，他得把田晓琼的心结打开了。

顾大伟到了田晓琼家，田晓琼正坐在沙发上发呆。他一眼就看见挂在客厅里的郝小民的照片没有了，只剩下曾经挂照片的印痕，像个虚拟的相框，但郝小民分明还在那虚拟的相框里，他每次来时都像冲他笑着。他曾劝田晓琼把相片收起来，他说让一个人在那世安息，获得新生，就是活在这世的人不再牵念他。可田晓琼并没有把照片收起来。

顾大伟说："今儿咱们出去吃顿饭吧，把春天接上，一起去吃德克士。"

田晓琼说："在家吃吧。"

顾大伟说："做起来多麻烦……"

田晓琼说："小民走后你还没在家吃过一顿饭，以前你最爱吃我做的饭。"

田晓琼生活自理能力差，但厨艺很好，有几样菜做得很地道，小民活着的时候，他动不动会对郝小民说："让你婆娘把饭做上，我和我婆娘一起过去吃。"郝小民说："我婆娘又不是你婆娘，要不你去我家吃，我去你家吃。"田晓琼喜欢他们一家去吃饭，总是准备得很充分，做得很精致。小民去世后，田晓琼多次做好了饭给他打电话，为了避嫌，他没吃过一顿，去田晓琼家他也总是饭后去。

顾大伟就不好再说去外面吃的话，看看时间说："晓琼，你做饭，我去接春天。"

田晓琼说："春天有人接，你帮我择菜吧。"

顾大伟择菜，几次想扯起话头，可总是扯不出话头——他实在不知如何说。

四菜一汤很快上了桌，田晓琼还拿出了一瓶红酒，顾大伟没阻止田晓琼打开酒瓶，他想：喝点儿酒有些话就好开口了。

吃过饭，酒喝了有半瓶，顾大伟觉得和没喝差不多，话题还是扯不出来。顾大伟点了支烟，田晓琼却打开了“BOSE”，放起了音乐。郝小民和田晓琼都是音乐发烧友，一套“BOSE”音响老贵的，两人买房只交了三分之一首付，连装潢的钱都是贷款，却买了一套昂贵的音响，小日子过得蛮有情调的。音乐响起来了，是舒缓的慢四舞曲。

田晓琼夺过顾大伟手里的烟，掐了说：“跳支舞吧。”

顾大伟迟疑了一下，看了看坚持候在一边的田晓琼，只得站起身来。

田晓琼舞跳得有专业水平，顾大伟舞也跳得不错，以前他们两家经常一起跳舞 K 歌，有了孩子就没时间了，也就渐渐失落了那份情趣。今儿他舞跳得有些心不在焉。因为一抬头就看见那虚拟的相框，看到郝小民在那虚拟的相框里对他笑，而他更感到了田晓琼对他的依赖。跳了几支曲子，田晓琼换了一张碟，说：“你抽烟吧，我给你跳舞。”

田晓琼一曲接一曲地跳，跳得实在太投入。顾大伟坐在那里抽烟，越抽越别扭也越痛苦，又不好打断田晓琼跳舞。田晓琼跳完了一张碟才停下来，顾大伟把水递过去，田晓琼接水时手触到他的手，他感到那手很冰凉。

田晓琼说：“我把小民的照片收起来了。”

顾大伟说："收起来好。"又说："记在心里就行了，人生聚散无常。"

田晓琼说："明天我就去深圳了。"

顾大伟唰地站起来说："你，你要去深圳？"

田晓琼说："谢谢你。"

顾大伟说："你……孤儿寡母去深圳……"

田晓琼说："谢谢你。"

四

谢东信又策划"5·29"专案庆功会，各大报刊的记者均被邀请来了，东信集团奖励顾大伟和陆小蝶每人十万，奖金牌匾做得好大，记者的照相机咔嚓声响成一片。因为奖励的事事先没透任何口风，会场一时很轰动。

省、市所有媒体都进行了大篇幅报道，依然聚焦谢东信，聚焦东信集团，省报都市报半版整版的通讯，省台市台几十分钟的专题。李凡拍着报纸说："你说人家这免费广告做的，这头脑，不发财能行？"顾大伟说："免费广告？"李凡说："'5·29'专案庆功会是谢东信为新闻报道制造的新闻噱头，他要在这么多的媒体上这样宣传自己，给你们俩的二十万奖金，能买多少版面？"

周末，谢东信约顾大伟打高尔夫，顾大伟说："不会。"谢东信说："我也不会，你只管把球打出去就行了，有什么会不会的，咱们又不是运动员。"

晚上，谢东信又在"太子龙"摆宴，顾大伟推辞说："我晚上值班。"谢东信说："调个班，你不好说，我给你们局长打电话说。"顾大伟看推辞不过，说："调班哪能让局长出面，我找个弟兄替一下。"

进了雅间，才发现包间像宴会厅一样豪奢，能坐三十人的桌子已坐满了人，只有主席和左手的位置空着，显然是给谢东信和他留的。左为上，看来他是这桌的重要客人。顾大伟看看在座的人，年龄都比自己大，五六十岁的不少，就坚持往下坐，可没人给他让位置，都把他往上推。谢东信硬把他按在左边的位置上，说："今儿是为你摆宴，你是主角，下面没有你的位置，他们以前都有过这样的待遇，今儿是来陪你的。"顾大伟坐得就有些别扭，他实在不习惯这样的应酬。谢东信一一做了介绍，介绍时既介绍如今的职位，又介绍出身——以前的职务。顾大伟听明白了，这些人都曾是官场上的，多数是退休的厅局级干部，有几位是从党政重要部门跳槽过来，有几位还在职，但在公司兼职。有两个同行，大名他听过。

开席后，大家都围绕着顾大伟敬酒，顾大伟能喝酒，在青藏高原当兵，酒可是离不开的。可今儿这场合不是喝酒的场合，他推说伤口还没痊愈，只能表示一下。

宴席散后，谢东信对顾大伟说："去洗个澡？"

顾大伟说："回去洗。"

谢东信说："不是色情的，盲人按摩，就想和你说说话。"

果然很正统，按摩后，又去"八仙楼"喝茶。

谢东信说："今天这顿饭你有什么感想？"

顾大伟说："没什么感想。"

谢东信话题一转问："你有没有想过要换换工作？"

顾大伟说："换工作？"

"比如跟着我干。"谢东信点了一根烟吸了两口说。

顾大伟有过换工作的想法。他是大学毕业后当的兵，面对严峻的就业形势，当兵也是不错的就业选择。在青藏高原服役五年，他转业到市公安局。起初是交通警察，干了一段时日就开始烦这个工作。不是烦警察工作，而是烦热带植物的触须般疯狂延伸的人际关系，车祸、碰撞、追尾、剐蹭、超速，只要出了事，首先想到的是找关系，有的像穿糖葫芦一样串起几个人才找到关系，却乐此不疲，一个进城打工的都能把关系找到局里。就连闯红灯这样的事都要找关系解决，给了面子，放车走人，扔给你一条烟几百块，还要请你吃饭，罚款也不过百元，就是不愿受罚。曾经有一个时髦女子，开着宝马 X5，闯了红灯被他截停，不接受处罚，打电话找人，一个找一个，串了七个人才找到他这里。他说："串了七个人才找到我，你又何苦呢？有找七个人的工夫，你能消消停停过多少个红绿灯。"女子说："我乐意啊。"他一时语塞，只好说："一百元的罚款都不想缴，不说你开宝马，就你那些指甲上的绣花，怕也得几个一百元吧，这样很有意思吗？"女子说："不是一百块钱的事，一千块也不是事，问题是被罚了款那多没面子，会惹人耻笑的，找不出关系解决以后还怎么混？再说我不找他们，怎么知道他们是为了泡我在吹牛皮，还是真有办事的实力？"他说："我奉劝你一句，你用什么样的方式验证都可以，千万别拿闯红灯验证，要是出了事，你就啥都验证不了了。"女子说："这话很有道理啊。"他说："不管你听进去听不进去，我还是要劝你，闯红灯……"女子打断他的话说："闯红灯就像闯鬼门关，那不，墙上写着哩。"他开罚单，女子说："你对我这么有耐心，我想知道你是真关心我要我感谢你，还是想泡我？"他笑笑说："我还觉得你想泡我哩。"女子接过罚单嘻嘻一笑说："看来他们都是狗屎。"他对女子打了个走的手势，女子却说："你不想留我的电话号码吗？"他说："你的电话号码知道的人太多了。"女子一踩油门走了。

这让他困惑，吃拿卡要倒也罢了，为人家负责人家却不领情，反被认为刁难。有一个家伙超速被他截下，那家伙说不就是为了罚几个臭钱嘛。掏出几张百元大钞甩给他，说：

“拿去吃药去。”还有一个闯红灯的被拦下后，那家伙说：“你想找事？”他说：“你想找死？”结果人家一个电话打到了局领导那里，局领导一句话两个字：“放了。”才过一周，那人就在闯红灯的路口让一辆大卡车撞飞了，事故还是他处理的。他曾经扣过一辆车，司机喝多了，有人说情，他烦躁地说：“罚单都开出来了。”女儿上小学，托关系好不容易报到一个好班，结果班主任竟是那醉驾，冲他说：“不是冤家不聚首啊，你也有求人的那一天啊！”他说：“你不知道酒驾的危害吗？”班主任不耐烦地说：“你上次就问过了。”这让他很感慨，很无奈。

人人都找关系解决，人人都得互相关照。事实上这种状况大家都烦得要命，牢骚满腹，可都做得一丝不苟，兢兢业业。他觉得实在是无聊又无奈。他喜欢规规矩矩做人，清清爽爽做事。

后来他要求调整工作，以为到刑警队会好一点儿，都是跟罪犯打交道，结果更麻烦。扫黄制暴，抓赌抓毒，所有的行动都会遭遇人情关。关系就像热带丛林中疯狂生长的绞杀榕，将你死死地捆绑着，想畅快地出口气都难。他想过转行，可没有关系，转行实在不易，但他从没想过辞职，更没想过跟着谢东信这样的老板去干，否则他早就转行了。他知道东信集团的中层干部都是拿年薪的，二三十万。像他进去，至少也该有个十万的年薪，这比他干警察一年的收入要多出一倍多。

谢东信说："我身边最缺的就是你这样的人才。"

顾大伟说："我没有他们那样积聚的人脉，也没有背景，为你创造不了财富，你白养我呀？我不是你需要的人才。"

谢东信伸个懒腰说："他们这样的人才我不缺，要多少有多少。说实话想到我这儿来的人很多，不仅有仕途无望的，仕途无量的也不少，走仕途还不就是图个以后日子过得宽裕阔绰吗？到我这里年薪几十万，十年就是几百万，做官十年工资能有多少？搞腐败弄几百万就得整日提心吊胆，没好觉睡。"

顾大伟笑笑说："那你要我干什么？看大门、当保镖？我有一战友，特种兵，功夫了得，五六个人近不了身，正找事做哩。"

谢东信摆摆手说："你没理解我的意思，要说功夫，我那两个保镖也是特种部队出身，他们中任何一个跟你动手，你都不是对手，但那天你看到了，你为我挡了一刀，他们闪得比孙子都快。"

谢东信站起来走了几步说："你身上有他们都没有的东西！"

顾大伟看看谢东信，谢东信说："忠诚！现在已经没有人能像你这样忠诚于本职工作。"

顾大伟说："你太夸张了。"

谢东信说："我这人不吹捧人，说实话，我许久没有见到你这样的人了，从一开始我就在观察你，现在的人都是什么都可以变通的人，什么是变通？变通就是放弃原则，丧失忠诚，当你开出的条件达到一定程度，他们就会顺着你的意来。可你不一样，就说那几天，你限制小军出门，小军怎么闹你都不答应，还吼小军，我说让保镖带着不去远处，你也不答应，你还凶我。要换了别人，他们不会对我的孩子和我那样凶蛮，我只要说了，他们就会变通同意，我前后给你二十万……"

顾大伟说："是三十万。"

谢东信说："后面那十万是公开的奖励，前面二十万我是有用意的，想试探试探你。第一次你拒绝了，第二次你收了，但你捐给了谢东方，我就觉得从始至终没看错你。"

顾大伟说："你怎么知道我捐了？"

谢东信说："我在试探你，当然要知道了。"

顾大伟说："你，你跟踪我？"

谢东信说："你的情况我都知道，你没多少钱，工薪阶层，老婆还带家教。"

这话让顾大伟脊骨发凉。谢东信说："我遇到的人只有嫌少的，没一个不要的，只要你收一次，我可能都不会对你动心。"

顾大伟说："你并不了解我，我知道我的毛病在哪里，用我这样的人你心里会不舒服的。”

谢东信说：“人无完人，用一个人也只是用他的优点。”

回家的路上，谢东信说：“我想问你一个问题，你想过没想过，你在我的公司当着我员工的面，对着我的办公室开枪，会给自己惹很大的麻烦的。”

顾大伟说：“这我知道，但我就想着逼你现身。人命关天，你不现身下一步咋办？对不起，我向你道歉……”

谢东信拍拍顾大伟的肩膀说：“你不用道歉，我是感慨啊！能够把别人的事当自己的事一样负责的人，现在真是凤毛麟角。”

顾大伟说：“那是你没有接触到。”

到了小区门口，顾大伟下车时，谢东信说：“考虑考虑我的建议，考虑好了给我个信儿，我接你过来。”

顾大伟说：“谢总，你真的不了解我这个人……”

谢东信说：“我相信自己的眼光和判断，好好考虑考虑。”

回到家顾大伟跟萧思棉说了：“说年薪至少应该有十万。”

萧思棉说：“跟着谢东信，能过个好日子，重要的是心情。跟了谢东信要没有好心情，要钱又有什么用？不跟着谢东信，日子也能过。”

顾大伟说：“有钱了，心情有何不好呢？”

萧思棉说："如果你感觉会有好心情，你在告诉我的时候就不会这么平静了。"

顾大伟吻着萧思棉说："知夫莫如妻，好心情才是最重要的。"

萧思棉说："你不是伺候那些人的人，挣不了那种钱。"

五

审讯犯人的黄金时段，是在抓捕之后，抓住犯人遭受意外打击和巨大心理落差，以及对情况的不清楚而感到极度恐慌绝望，马上展开侦讯。然而，这次对绑匪的审讯不得不延后，一是因为顾大伟受伤住院，二是因为主犯高秀莲被捕时一头撞向东风小康，头上撞开了五寸长的口子，骨头都看得清楚，人也昏死过去，不得不送医院救治。

绑匪是一家人，高秀莲和两个哥哥以及她的丈夫。已提审过两回，高秀莲说："都是我的主意，跟他们无关，没啥说的，你们判我吧。"然后就紧闭双目，一言不发。高秀莲的两个哥哥也是一言不发，而高秀莲的丈夫却是个半成人——痴呆。

顾大伟和陆小蝶在高秀莲对面坐下，高秀莲闭着眼睛看都不看他们，说："没审头，想咋判就咋判吧。"他们再问，她一言不发。

顾大伟说："给你明说了，你想就这么解脱。没那么容易，这事要不了你的命。要不了你的命，你就永远解脱不了，你的日子还得过，你只有好好配合我们，把该说的都说了，争取宽大处理，早点儿出来。"停顿了一下，又说："想想你三个孩子吧，就你那男人，能把孩子带好？"

高秀莲虽然双目紧闭，但手就像被针扎了一样哆嗦了一下。顾大伟知道对于一个母亲，"孩子"像一把利刃，内心的盔甲再坚硬都能刺穿。拿孩子说事，就是要挟，是专砸软肋，这很不道德，但审讯就是这样残酷。他抓住时机说："你能放心让孩子跟着痴呆的爹过上一辈子吗？那就是你将来流不尽的泪水。可你不把事情交代清楚，又怎么能争取到宽大处理？"

高秀莲眼睛睁开了，盯着顾大伟，顾大伟趁热打铁说："如果你有理由，或许我们可以根据你的家庭情况，为你争取宽大处理。"

又跟了一句："还有你两个哥哥。"

高秀莲说："能给我根烟吗？"

顾大伟把烟递给她。高秀莲抽完一根烟，又续了一根，讲述了一切。

高秀莲家在一个小山村，叫胡家湾，90% 的人都姓胡。她的爷爷是拉长工拉到那里的，后来就落脚在那里。只生了一个儿子，单门独户，凡事就都得看胡家人的眼色，被人家欺负是经常的，她爹的一条腿就是被胡家人打折的。她爹想回老家，可老家包产到户了，地无一亩，瓦无一片，回不去了。她有两个哥哥，爹就拼尽全力供他们读书，希望他们考上学，就能离开这个鬼地方。至于她，长大让她嫁回老家。那年，她两个哥哥一同考上大学（大哥复读了一年），家里既喜且愁。喜的是一家的根再也不用扎在这个鬼地方了；愁的是家里供养一个大学生都艰难，何况两个。大哥说他去打工，让二哥上大学，二哥的学习比他的好。爹坚决不同意。爹东求西借只借到了两千块钱，只能去求胡大有家。胡大有家开着一个沙厂，很有钱，但人家提出一个条件，她必须嫁给胡大有。那胡大有是个痴呆，爹答应了。当下就摆了订婚宴，胡大有家上了六万元彩礼，喜日子定在了腊月初八。两个哥哥上学走后，她偷跑了出来。她不想守着一个痴呆过一辈子，她想挣钱还胡大有家。到了城里，经人介绍，她给谢东信家做了保姆。没出一个月，谢东信就对她下手了。开始她反抗，后来也就同意了，她想从谢东信那里拿到六万块钱，把家里的危机解了。她听人说谢东信给过一个女人一百万，谢东信那么有钱，给她六万块钱没麻达（问题）。一天晚上，她把家里的情况给谢东信说了，提了八万。胡家本就一直放高利贷，要还胡家的钱肯定要利息，六万本钱一年没有两万的利息是还不清的。谢东信说：“你这样一个可人儿，不要说八万，八十万都值。”还说：“如果我高兴了，我会娶了你，我有多少你就有多少。”她不敢奢望八十万，也不敢奢望他娶她，她只企求把自己的事了了。可是，眼看三个月过去了，谢东信还没有给她八万块钱，她不知道胡家人把爹逼成啥样子了，更怕胡家弟兄追到城里来。胡大有弟兄六个，个个都是彪形大汉，胳膊粗得像树一样，打起架来都是不要命的货，甚至老大胡大民人们都叫他“屠夫”。眼看到腊月了，她着急得不行，她一提，谢东信总说：“你急啥，年底给你十万，你回去把事解决了。”胡家弟兄几个人找到城里来了。他们谎说是修下水道的，骗过了门卫，直接扑到谢东信家里来。她说：“我还你们钱，我有的是钱。”胡大民一巴掌扇得她满嘴喷血，说：“你个贱货，卖下钱了。”说着一把就把谢东信的杯子摔了，说：“你钱很多是不，一百万，给老子拿来。”谢东信说：“好好好，你们的家务事，我不管，你们赶紧带她走，离开我家，不然，我就报警。”

她被胡家人带回去后，就成了痴呆胡大有的女人。胡家把她看得很严，门是防盗门，窗子是铁栅栏，吃喝拉撒都出不了门。胡大有虽是个痴呆，那事上却是懂的，力气又大，她把裤带系成了死疙瘩，胡大有抽出一尺多长的刀子挑开了。在一间房子里她被圈了五年，生下三个娃，娃是拴娘的石头，她也就认命了。那年，胡家老汉死了，胡家分家，弟兄几个没给他们分多少家产。娃一天天大了，村里人都进城了，村上的学校也撤了，她想着要到城里去，咋也得让娃把书念成，她把这辈子的希望寄托在孩子身上。胡大有虽然痴呆，但啥活儿都能干，力气大，打工倒不存在问题。来到城里，才知道娃念书要掏大价钱，哪里有钱啊，她去找谢东信，她不能让他白占了几个月的便宜。谢东信却说不认识她。她气昏了头，就想出这一招儿。她不想把两个哥哥扯进来，可这种事只能亲人一起上。她要一百万，也是想着给两个哥哥成家立业。两个哥哥大学毕业，找不到好工作，跟打工没啥区别，都已过了结婚年龄。

那天本打算在香炉寺交换，电话打过后，她小儿子就摔了一个跟头，头磕一大口子，流血不止，她想一定是神灵在给她一个兆头，她后悔了，不打算干了，她这辈子已经没有好日子过了，不想作下恶把儿子的日子搭进去，更不想把下辈子也搭上，下辈子她想转个好世。可想了一个晚上，后来还是干了，谁知道一个班有两个谢小军，把人绑错了。“唉，连老天爷都瞎了眼帮有钱人，这都是命中注定的，啥都不说了，你们判吧，我认命。”

高秀莲始终没有流泪，但她胸脯在一起一伏，顾大伟知道她的心在哭，在号啕大哭，她把眼泪全咽进了肚里，他多么希望她放声大哭出来。

陆小蝶拍着桌子说：“认命，你就知道认命，当初你为什么不告呢？”

高秀莲说："告？上哪里告？不要说我在这城里两眼一抹黑，他那么有钱，我能告赢吗？"

接下来，是长久的沉默。高秀莲的嘴角突然流出殷红的血来，顾大伟吃了一惊，他担心她把舌头咬掉了。

陆小蝶扑过去，掰开高秀莲的嘴巴。咬伤的却是唇角。高秀莲说："你们说得对，我有三个儿哩，我咋会咬舌自尽，我没干成的事他们还要干哩，麻烦你们传个话，我做鬼都不会放过他狗日的，我儿长大也不会放过他狗日的。"

陆小蝶给高秀莲倒了杯水，高秀莲说："谢谢。"

侦讯室素有黑房子之称，光线极暗。顾大伟走出侦讯室，被阳光强烈地刺激，太阳穴狂跳不止，眼里金星乱冒，瞬间一片赤白。他靠着墙根站住，深呼吸了几口，靠着墙抽掉了烟盒里最后三根烟，又去对面的小卖店买了包烟，往东信集团而来。他百分之百相信高秀莲说的全是真的。

谢东信坐在办公桌后面闭目养神，见到顾大伟，谢东信很高兴，第一句话就是："想通了？"

顾大伟说："想通了。"

谢东信拍拍顾大伟的肩膀说："我就说，没有人想不通的。"

顾大伟说："谢总，我想问你一个问题，高秀莲你真不认识？"

谢东信愣了一下，说："高秀莲是谁？"

顾大伟说："女绑匪。"

谢东信脸上泛起一丝不悦，说："你不是已经问过了吗？"

顾大伟说："我想再问一遍。"

谢东信没有回答。

"高秀莲说你把她给糟蹋了。"顾大伟目光盯死了谢东信，把话说得很扎实。他知道像谢东信这样的人，就是咸肉腌菜，撂到太阳底下都坏不了，但他要让谢东信的心里不好受，因此他用了"糟蹋"这个词。

谢东信面不改色，手里捻着一串珠子说："这话你信？有句话咋说的，人怕出名猪怕壮，你说像我这么大的老板，哪个有好名声？还有人说我为睡一个女明星，花了几百万，街谈巷议的你没听说？许多人百分之百相信是真的，我能有什么办法，一张嘴一张嘴去捂？这些日子正整顿谣言，你看那些'大V'们，多么恶劣。"

顾大伟盯着谢东信说："老谢，高秀莲真是虚咬你一口？"

谢东信没有说话，顾大伟这样的问话让他很不舒服，可顾大伟又说："那天那么多人，高秀莲为什么偏偏就唾了你一口？你这张大脸盘让一口唾沫覆盖了，那口唾沫为你准备了多长时间，你能说是无缘无故的吗？"

谢东信说："一口唾沫又能说明什么呢？就说我曾经那啥了她，也得有证据，没有证据，我可以告她诽谤的！不过这我也能理解，反咬我一口无非是想减轻刑罚，我不会去追究。"

顾大伟说："老谢，我干警察十年，如果说证据，这世上有百分之八十的证据都在人心里。老谢，说实话，我百分之百相信高秀莲的话。你能说她编造了这么一个故事，背负这样的名声就是为了减轻自己的刑罚？"

谢东信脸上的笑意没有了，顾大伟说："老谢，她奈何不了你，但这事你能搪塞别人，能搪塞整个社会，可搪塞不了自己，你会遭受自己良心的折磨的。人会放过你，事不会放过你。夜深人静之时，当你面对的不再是法官、警察、部下、官员、记者，而是自己的时候，这事就会从你心里浮现出来。对那个高秀莲，你干过什么，对别人不重要，对这个社会也不重要，但她就是你心里的梦魇，你害了她的前半生，又害了她的后半生。"

谢东信不说话，把肥胖的身子靠进椅子里，盯着顾大伟看。

顾大伟说："看你这满屋的健身器材，想必对生命是无限热爱的，但你要知道最健康的人是心里没有亏欠的人，倘若你心里装着事，锻炼也未必能够获得健康。不会忏悔，这就是你致命的弱点。"

谢东信勉强笑笑说："忏悔？如果大家都去忏悔，上帝能听得过来？你看过《非诚勿扰》吧，一个人的忏悔，一座教堂都盛不下。"

顾大伟说："教堂里没有上帝，但每个人都有自己的上帝，就是他自己；每个人都有自己的教堂，就是他的心。"

谢东信说："这话有新意。"

顾大伟说："高秀莲让我给你带个话，她做鬼都不会放过你。"

谢东信点了根烟，顾大伟说："你都戒烟十年了，又复吸了，这说明什么？你心里有事！"

谢东信看看顾大伟说："我想不通，这事跟你有什么关系？你这样较真。"

顾大伟说："你不是说我有一种品质，忠诚。"

谢东信说："对她忠诚？"

顾大伟说："不，是对当事人忠诚，对当事人忠诚就是对自己忠诚，这事我遇上了，如果我不让事情向着正确的方向走，那就是对自己不忠，就不会快乐。"

谢东信不语。

顾大伟说："老谢，你奔六十了吧，你需要别人对你忠诚，忠诚是双方面的，你对别人忠诚，别人才对你忠诚。你对别人忠诚吗？"

"对了，"顾大伟说，"我还想问问谢总，你去看过那个谢东方吗？你看过那个谢小军吗？他们为你儿子受了多大的难，你就没有丝毫的怜悯之心？”

顾大伟知道他的质问挖苦已经让谢东信很难受了，但他就是要这样说，他不能让谢东信心里好过。

顾大伟说：“就拿这个案子来说，我的心里没有留下后遗症，我对得起我的工作，也对得起被绑架的孩子及所有人，包括你。可是你呢？这件事会在你心里装着，将像梦魇一样让你今生不得不时刻想起那些人那些事。还是那句话，钱不是万能的，你再有钱，也摆脱不了！”

谢东信舔舔嘴唇，顾大伟看着谢东信忽然笑起来，笑的时间太长，把谢东信笑得莫名其妙，极不自然。顾大伟对自己的这种笑声也感到奇怪。他从来没这样笑过，这种笑就像是一个诗人忽然来了灵感的那种。

谢东信说：“你笑什么？”

顾大伟说：“我这笑让你毛骨悚然了吧？”

谢东信说：“是有些让人毛骨悚然。”

顾大伟说：“你知道你现在是个什么境界吗？”

谢东信说：“什么境界？”

顾大伟说：“你现在的境界还在挣一百万未必高兴，却会为花掉一块钱而痛苦。”

顾大伟往外走，谢东信说：“你今天来就是为了跟我说这些？总归有个目的吧。”

顾大伟说：“目的就是出气，我得把气出了，要不会把我憋死的。”

六

顾大伟睡得正香被手机吵醒，一看是个陌生号码，想想便接了。对方说：“我是南湖的李光。”顾大伟笑了，说：“还南湖的李光，当南湖是中南海呀。”

李光是个老邻居，有十多年不联系了。结婚后的几年里，顾大伟都租住在南湖，那时候这个城市还是很老旧的，楼也少，高楼大厦就更少了，最高的楼是十六层的百货大楼，城里多是集体宿舍式的平房。南湖是平房区，去年改造的脚步才踏过去。

电话里寒暄过后，李光说：“你这阵儿在哪里？”

顾大伟说：“我在家。”

李光就说：“你家在哪儿，我马上过去，有急事。”

顾大伟说了地址，李光说：“我马上就过来，千万别走啊。”

不一会儿李光就来了，提着两大包东西。

顾大伟说：“你这是干什么？”

李光说：“唉，家门不幸呀。”

顾大伟说："出什么事了？"

李光说："还记得我家门前的那片空地吗？"

顾大伟说："记得，你和瞿志前总是在那里下棋，冬天一个炉子，夏天一把大伞，动不动掀了棋盘，有时候为了一个卒子都翻脸，过不了一个小时，棋又摆开了。那个时候人可真是单纯，有意思啊。"

李光说："别提那个老王八了，就是他把豆豆给害了。"

顾大伟问："怎么回事？"

李光说："事就出在那块空地上。那块空地按照我们两家的住房来划分，是一人一半的。瞿志前的大儿子结婚了，家里小没处住，就在那块空地上盖了房子。他给我打过招呼，当时我想，盖就盖吧，他家有困难嘛。可是现在老城区要改造，我们那里要拆建，政策就是按现有建筑面积补住房。于是我就找瞿志前谈，他应该把那片属于我家的空地还我们的。可是一谈他不承认那块空地有我家的份儿。你说还有这样的人，你说怎么就变成了这么个世道。"

顾大伟给李光倒了杯水，说："你喝点儿水，慢慢说。"

李光喝了几口水说："我跟他谈了几次，他态度越来越恶劣，他的大儿子就更不是个东西了，竟然骂我不要脸，拳头在我面前扬来扬去。豆豆你还记得吧？爱往你家里跑，爱动你家里的手铐和警棍。高中毕业没有考上大学，就一直干临时工。他也到结婚年龄了。他说：'爹，你不要去，我去。'

我没有阻拦。他去了就被瞿志前几个儿子打了个鼻青脸肿。我找他们说理，他们蛮不讲理，瞿志前和大儿子将我推搡了几个跟头。可是我没有想到，第二天，豆豆就找来了十几个人，将瞿志前一家子打了，屋里也砸了个七零八落。结果豆豆就被捕了。”

李光又喝了杯水说：“豆豆犯了事，该捕，可是现在人家活动哩，人家大儿子的小舅子在公安局，说要判豆豆黑社会，人家有人咱没人嘛，想来想去就想到你这儿来了。我不要什么宽大处理，我只是希望能公平公正，不要拿偏刃斧头砍人就行。”

顾大伟说：“不会的，怎么会呢？”

李光说：“不管咋说豆豆的事就靠你了。”

顾大伟说：“我问问情况，不过你还是应该相信公安的。”

李光说：“那是，公安怎么能不相信呢，我就是不相信一些人罢了。”

顾大伟问：“豆豆的大名叫什么？”

李光说：“李大。”

顾大伟说：“怎么起了李大这名字，太霸道了吧？”

李光说：“本来是飞黄腾达的‘达’，可他自己改成李大了，这个驴日的，把事弄大了。”

顾大伟又问：“老瞿大儿子的小舅子叫什么名字？”

李光说："叫朱大海，那是个混混，后来不知咋就成协警了。"

顾大伟说："协警没那么大能耐……"

李光拍着手说："你可别小看他，一来耀武扬威的，耍得大得很，说公安局领导跟他这么铁那么铁的。"

顾大伟把李光提来的烟酒水果又给李光提上，李光坚决不提，说："你不收就是不诚心办。再说你找人说话总不能连个烟都不带吧，现在就这么个事。"

李光将东西硬放下走了。

顾大伟看看时间，便给南湖派出所的朱放打了电话。

朱放说："这事麻烦，这个案子定性具有黑社会性质。"

顾大伟说："怎么可能？"

朱放说："这帮家伙三十多号人呢，是你什么人？"

顾大伟说："原来的邻居的儿子。"

朱放说："那你甭管了，现在正专项整治抓典型，触到风头上了，局里当大案抓哩。"

挂了电话，顾大伟想了想，便不再想这件事了，听天由命吧。过上几天，看趟李光，把礼物还回去就行了。

顾大伟躺在沙发上看书，陆小蝶带着谢东方一家来家里，陆小蝶说："他们去局里找你，我说你还没上班，他们非要让我带他们来家里。"

谢东方提着一大包东西，顾大伟接过放下说："你在家好好休息，别乱跑。”

谢东方说：“好了，没事了，再过几天就能上工了。”

谢东方还时有咳嗽，顾大伟说：“多休息几天，让身体好好恢复恢复，别落下毛病。”

谢东方说：“没事的，大夫说恢复得很好哩。”

顾大伟摸摸谢小军的头说：“你还害怕不？那些坏人已经抓起来了。”

谢小军说：“我不害怕，他们没打我，还给我巧克力吃，牛奶喝，就是不让我出去玩儿，那房子里有老鼠，可大可多了。”

顾大伟笑笑说：“一定要好好念书。”

他掏出几百元钱塞给谢小军，谢东方一把接过去塞回顾大伟手里说：“这咋行。”

顾大伟又把钱塞给谢小军说：“给孩子的。”

他们还带着一面锦旗，顾大伟看看陆小蝶，陆小蝶说：“我让他们把锦旗送到局里，他们坚持要等你上班了再送过去。”

顾大伟说：“那就放家里吧。”

谢东方说：“还是送到局里好，等你上班了我们送到你办公室去。”

顾大伟说：“谢谢你，就别麻烦送了。”

谢东方说：“咋能不送，一定要送哩。”

这几日，亲戚朋友陆续来家里看望他，送来不少果篮、牛奶和营养品，顾大伟拿出来一大堆，让谢东方两口子提回去。谢东方两口子不提，顾大伟说："放在我家就坏了。"谢东方搓着手说："这咋好，这咋好。"

送走了谢东方一家，顾大伟回来，发现给谢小军的钱压在茶杯下了。

周一顾大伟一上班，局大院里敲锣打鼓，鞭炮大作，顾大伟从窗户往外一看，谢东方竟然带着四十多号人，高举着锦旗。

方副局长打来电话说："快下去接锦旗。"

又说："也不早点儿说一声，好把媒体记者请来。"

七

就在局里准备给顾大伟和陆小蝶报请立功的时候，谢东信告了顾大伟，告顾大伟在他的办公大楼内开枪。既有监控录像，又有手机照片，证据确凿。人们在吃惊的同时，都觉得顾大伟真有点儿背运。抛开别的不说，就按论资排辈，顾大伟也早该提拔了，局里虽然职数紧张，但每年总有升职的，升职这种事是牵一发而动全身。比方说局长升了，就意味着每一个官阶都会有一个机会——当然外派这种情况除外。那年空出个职位，领导也有过提拔顾大伟的动议，结果郝小民为他顶班出了事。这次又是在关键时刻——刑警队队长退休了，副队长升队长，顾大伟要被提拔为副队长，都传开来了，而且“5·29”这个案子办得近于完美，副队长非顾大伟莫属，偏又出了这事。

谢东信是政协委员，他这一告分量就重了，局里压力很大。局领导出面请谢东信吃饭，谢东信说：“饭可以吃，其余免谈。”席间，方副局长才扯起话头，谢东信放下筷子就走。

陆小蝶去找谢东信，谢东信说：“如果是顾大伟的事，就请回吧。”

陆小蝶说：“别的不说，他可为你挨了一刀。”

谢东信说：“那是他的工作职责。”

陆小蝶咬着嘴唇说：“他马上要升职了。”

谢东信说：“那与我又有什么关系呢？”

陆小蝶呸了一口，掉头就走了。

方副局长对顾大伟说：“先休假吧，好好放松放松。”

顾大伟却无所谓，不过，这倒引起他对自己那天冲动的反思，他也有些后怕。后怕的不是自己开枪，而是如果谢东信当时真不配合，他不知道自己还会做出什么出格的举动来。

几天来网上和局里因为这事吵得沸沸扬扬，各种说法都有。局长把顾大伟叫了去，中指蜷着叩着桌面说：“你咋能这样干，开枪，谁给你的权力？你是个老公安了，做事还这么冲动，不知道这么做的后果？授人以柄，网上都炒成啥样了？”

顾大伟说：“这不是冲动，是万不得已逼出来的，如果不把谢东信逼出来……”

局长一摆手说：“还犟！你请示过局里还是请示过专案组？逞什么个人英雄！”

顾大伟听到这话就什么也不想说了，就说：“我错了，愿意接受任何惩罚，毫无怨言。”

接着是方副局长找他，方副局长说：“不冷静啊，你看现在执法部门开枪惹出多少麻烦。”

顾大伟说：“当领导当然可以这样说了，你们想过没有，绑匪只跟谢东信联系，而且要谢东信提钱交换，如果不把谢东信逼出来，你知道什么后果。”

方副局长说：“先写一篇深刻的剖析材料。”

顾大伟不想再纠缠了，说：“我知道这事让局里很为难，还是跟局长说过的那句话，我错了，愿意接受任何惩罚，毫无怨言。”

方副局长说：“你去找找谢东信，怎么说也替他挨了一刀……”

顾大伟打断方副局长的话说：“你别说了，我不去求他。”

局领导班子轮流跟顾大伟谈过，警务督察就上阵了。对于这一波一波袭来的谈话调查，顾大伟是理解的，机关就是一台机器，一旦一种程序启动开始运转，那这个程序就一定得进行完。因此对于督察处的干部他很配合，尽管他们的问话是那么无聊，甚至幼稚，但他有问必答，一一解释，即使说他逞英雄他也认了，最后还是那句话：“我错了，愿意接受任何惩罚，毫无怨言。”

即使到了这时候，顾大伟感到纠结、无聊，但他依然没有辞职的念头。然而，督察中一个文质彬彬的家伙忽然这样问他：“开枪的时候，你能说你没有仇富心理吗？”顾大伟暴怒了，他一拍桌子，吼道：“老子仇富?！去你妈的！”说着抓起笔记本，砸了过去，掉头就走了，到了门口他又回过头来说：“老子辞职总可以了吧。”

顾大伟知道自己的事让局里很为难，也不想干公安十来年，最后背个处分甚至落个被辞退的下场，就写了辞职书，想想他直接递交给了局长。

方副局长来找顾大伟，说：“大伟，你也别制气，事情还不到这个地步。”顾大伟说：“不是制气，我也想换个工作环境。”方副局长说：“这样吧，我尽量给你协调个好点儿的工作岗位，说实话吧，重案组也不能长期待下去，我想你也明白。”顾大伟笑笑说：“我倒不这么认为，重案组单纯，遇事就是你死我活，其余的太烦人，扣一辆车人家都能找到局长副局长。”方副局长摆摆手说：“不说这些了，相信我，千万别辞职，先休假去。”说着把辞职信放在他桌上。

顾大伟看着辞职信，抽了根烟，又写了封辞职信，连同第一封信一起送往局长办公室。局长不在，他把信从门缝塞了进去。从大楼出来，他感到一种彻骨的轻松。

正值暑假，顾大伟决定带着萧思棉和女儿小玉去青海。一是他早就答应和萧思棉去青海，现在女儿都大了，还未成行，他也想青海了；二是有些战友朋友想见见，也十多年了；更重要的是去参加洛佳坚赞的婚礼。洛佳坚赞是他在青海当兵时资助的一个藏族孩子。有一次，他开车去刚察县，回到营地，发现车厢里不知何时何地钻进了一个蓬头垢面的藏族小孩儿。他就资助了这个小孩儿，一直资助到洛佳坚赞也当了兵。洛佳坚赞临近转业时，向他询问该转业到什么地方，他参谋说公安局。

几周前，洛佳坚赞打来电话，说这个月他结婚，请阿爸带阿妈和阿妹来青海瞧瞧，同时喝他的喜酒。

在火车上，顾大伟一阵阵亢奋。望着窗外，火车已经进入青藏高原，白云、雪山、草地、寺庙、信徒、牛羊、油菜花、路边淳朴的小店，像放电影似的，一幕一幕闪现，一切都像画儿一样。大美青海，依旧大美。青海还是那么漂亮。自退役以来，顾大伟这是第一次来青海，很有些游子回归的感怀。

顾大伟在青海当兵五年，开着大卡车跑遍了青藏高原，那真是壮丽的旅行。一路上鲜花相伴，歌声相随，藏族民歌、回族花儿竞相嘹亮。

这些歌在辽阔的天地里唱响，比起那些城市舞台上的音乐更淳朴，更有味儿，更震撼人心。

洛佳坚赞带着朋友在火车站迎候，哈达献上，青稞酒斟满。顾大伟说："你搞这么隆重。"洛佳坚赞说："阿爸阿妈阿妹是我尊贵的客人啊。"顾大伟对萧思棉说："看着，跟我学。"萧思棉说："你喝你的，都学过多少遍了，洛佳坚赞来了两次，我做得不好？"洛佳坚赞来过顾大伟家两次，顾大伟教过萧思棉藏族的礼节，说："失了礼节他们多心了，一辈子就不会再来往了。"顾大伟双手接过酒杯，一手拿杯，一手的中指伸进杯子，轻蘸一下，以拇指和中指朝天一弹，再蘸一下，朝地一弹，再蘸一下，朝空中一弹，这分别代表敬天、敬地、敬佛。然后在五谷斗里抓一点儿青稞，向空中抛撒三次。藏族人民认为美酒的来历与天、地、佛的慷慨恩赐分不开，所以先要敬天、敬地、敬佛。顾大伟做得虔诚认真。不要说萧思棉，连小玉做得也很虔诚认真，不过小玉的酒是洛佳坚赞喝的，洛佳坚赞说："阿妹不能喝酒，把脑子烧坏了就不认得阿哥了。"

洛佳坚赞的婚礼在八天后举行，顾大伟说："有什么要帮忙的？”洛佳坚赞说：“我都没忙的，陪阿爸阿妈，就等到那天喝酒吃肉。”说着，洛佳坚赞一甩袍袖唱起来：

格色那热甲得末拉
答捏只捏耶末色杜吉
沃油者乍韦格针那
宁得拉白比娘列嘎
阿拉穷色罗……
拉依格麻乍过油尼
穷得奏色末切棒伯
亚得麻击波种佳耶
里龙答答沃并基耶
阿拉穷色罗……
萨嘎龙别麻答吉拉
节嘎切捏答嘎素甲
龙弄切乐甲跌拉者
吉挫哇亚吉放耶吉
阿拉穷色罗……

这是藏族《饮酒欢歌》，无词有调，每逢喝酒他们都要唱。顾大伟和洛佳坚赞一同又跳又唱，小玉简直开心死了，拿个手机又拍又录的。洛佳坚赞一把扯过小玉，带着小玉跳。

顾大伟说：“你别陪我们，忙去。”洛佳坚赞说：“全都有人干着，我就是陪尊贵的阿爸阿妈阿妹。”顾大伟说：“我到青海要你陪？忙你的去吧。”他知道藏族婚礼，新郎天天都有事，要忙上半个月的。他开着洛佳坚赞的北京吉普，一天走几个营地，营地就在旷野之中，美景如画儿。一起当兵的有许多藏族兵，转业到了当地，顾大伟没有给他们打电话。打电话他们肯定要陪，他不想让人陪。但在快离开青海的时候，他会和他们喝几场酒。那可是一场场大酒。

那些天在青海湖边，见到了磕等身长头的朝圣者，双手合十高举过顶，仰望蓝天，念念有词，匍匐在地，如是往复。女儿惊呼，又拍又摄又发微信。顾大伟想到他第一次见到磕等身长头的朝圣者，听人说一直要磕到布达拉宫，磕到雪峰，觉得简直是太愚昧了，现在他却不这么想了。他们是有信仰的人，顾大伟现在觉得信仰对一个人实在是太重要了。

洛佳坚赞的婚礼办三天，顾大伟醉了三天，给战友朋友只留了一天时间。“谁的酒不喝，你说！”他们质问道。结果又醉了三天，各种特产弄了五大箱。洛佳坚赞说：“带上太麻烦了，我给阿爸邮回去。”

从青海回来，顾大伟把第三封辞职信塞进了局长办公室。局长找顾大伟谈了一次话，顾大伟表明去意已定，说：

"局长你就批了吧。"

八

顾大伟辞职被批准的消息传出来，大楼里炸了锅，有安慰的，有谩骂的，有竖大拇指的，还有说"他妈的，我也要辞职"的。

顾大伟把办公室收拾清理完毕，一一道过别，从公安局出来，见谢东信站在大门外。他倒想看看这个家伙还想干什么，就走过去。

谢东信说："上车吧。"

顾大伟上了车，谢东信看看顾大伟，说："到'八仙楼'坐坐？"

"八仙楼"是个茶楼，来到"八仙楼"，在雅座里坐定，服务员开始摆弄工夫茶具的时候，谢东信说："上两杯龙井就行了。"

服务员上了两杯龙井退出去后，谢东信笑笑，顾大伟也笑笑。

谢东信把一张纸递给顾大伟，顾大伟接过来一看是为他设计的未来：一、职务：董事长助理、副总经理，配备一辆奥迪轿车。二、待遇：年薪三十万，孩子出国留学的所有费用由集团承担。三、……顾大伟没往下看，说：“我这是丢了芝麻，捡了西瓜。”

谢东信说：“如果你不相信我，可以公证，小玉出国的钱和你今年的年薪，我都可以一次性打到你的卡上。”

顾大伟抽着烟，没有说话。

谢东信说：“尽管那天你对我很残酷，不，应该是残忍，但我还是无法遏制对你的喜欢，真心话。”

顾大伟笑笑说：“如果我跟你干，你见到的将会是另一个我，和你现在身边的人没什么两样，到时你会很后悔的。”又说：“因为你把我对你的忠诚毁了。”

谢东信说：“是吗？”

顾大伟说：“我这人不容易被改变，一旦改变后，就更不容易再改变。”

谢东信说：“我不在乎，我在乎的是你来不来。”

顾大伟摇摇头。

谢东信说：“一点儿都不考虑了？”

顾大伟点点头。

沉默了一会儿，谢东信说：“很遗憾啊，这样吧，如果你想回去上班，我可以让你回去上班，而且保证升职。”又说：“说实话，不是为了你，我告你，惹这闲事干什么？”

顾大伟笑笑走了，到了门口，谢东信一拍桌子说：“妈的，别把我看得那么一无是处，我真要一无是处也不会有今天。”

隔了两天，顾大伟接到局里的电话，要他回去上班，调往东山坡监狱任副狱长。顾大伟推辞说：“我已经跟公司签约了。”

大家都热心地给顾大伟介绍工作，有给老板开车的，有做保安的，顾大伟都谢绝了。他还没搞清自己要干什么，就做着宅男，整天在家做饭，接女儿，看看书。

这天顾大伟拖地时，看到李光提来的烟酒，便出门买了烟酒向着李光家而来。

南湖区已给拆得七零八落的。李光似乎老了很多。他坐了会儿，问及李大，李光说：“还关着，最近要判，我找了个有门路的人，想花点儿钱判轻一点儿，判得重了这辈子就完了，可一听钱数咱花不起。唉，有啥别有难，没啥别没钱，和李大一起的一个孩子已经保外就医了。”

顾大伟安慰了李光几句，出门来，看看原来的那片空地，长叹一声。

李光说：“他狗日的什么都得不到，上面明确了，空地是国家的。”

回家的路上，顾大伟看到一家公司招保安，想想就进去了，跟经理谈过后，经理说：“先填张表。”顾大伟填表时发现表格抬头印着东信集团字样，原来这家公司属于东信集团。他放下笔告辞，那经理说：“咋不填了？我看你当保安应该不错的。”顾大伟笑笑，经理说：“现在工作不好找。”

真正开始找工作，顾大伟才知道找工作比他大学毕业时更艰难。先后应聘了几家公司，竟都是东信集团的。方副局长给他介绍了个工作，去一家公司做保安科长。方副局长说：“先干着吧，我再托托关系。”顾大伟去了，公司很大，效益看上去不错。干了一个月，领工资时他才知道公司还是东信集团的子公司。他想：难道整座城市都是谢东信的吗？

一个月后，顾大伟成了一家物流公司的卡车司机，跑青藏线运输。起初萧思棉不同意，说：“跑长途太辛苦，尤其是青藏高原上跑长途，既辛苦又危险。”顾大伟说：“沿途有那么壮美的景致，心情多开阔，一路有那么多朋友，生活淳朴，天籁般的歌声伴行，辛苦什么？”萧思棉说：“一个月两趟也太辛苦，你一个月跑一趟吧。”

在青藏线上跑运输，当然是辛苦的，但顾大伟心情很好。

玉树大地震时，顾大伟正在青海。逗留了半月，一一打听确认朋友都安好才离开。回来后，休息了两天，公司通知开大会，说董事长要来看望大家，通知全部都要到。到了公司，看到公司就像政府工程奠基仪式，阵势老大的，顾大伟心里说：董事长来看望大家搞这么大阵势。

当董事长出现的时候，顾大伟大张着嘴半天没有合拢，董事长竟然是谢东信。他问旁边的老牛，说：“这公司董事长不是李成峰吗，咋就成了他的？”老牛说：“让人家吞并了。”老牛又说：“吞并了对咱们这些人好，东信多大的集团，背靠大树好乘凉。”顾大伟说：“李董干得好好的，咋就让人吞并了？”老牛说：“东信集团的老总盯上了，能跑脱？东信集团想吃啥吃不进去？”

白衣苍狗

一

“打造全省西大门”的构想是梅志远在年夜饭上提出的。

自从在大饭店吃年夜饭成为一种时尚盛行开来之后，梅家就自觉地加入这一行列中来。其实梅家的年夜饭最没吃头，不是饭菜不好，主要是气氛不好。梅志远盛气凌人地坐在上面，板着一张面孔不说话，说话也是颐指气使，其他人就吃得沉默寡言，就是几个在外上天入地的孩子坐到桌前也敛手敛脚悄无声息。因此，即使是年夜饭，时间也长不到哪里去。才起了几道热菜，几个孩子就叫嚷着去大厅抽奖，看演出。梅志远皱皱眉头说：“去吧，去吧，我和史国谈点儿事。”魏淑花说：“大闸蟹、霸王虾还都没上呢。”梅志远瞪了老婆一眼说：“他们都吃腻歪这些了。”

史国最怕和梅志远单独待在一起，烦闷压抑，浑身发紧。可他只能坐下来。他揣摩梅志远要和他谈他和梅惠媛的事。自结婚到现在，他和梅惠媛一直陌如路人，虽然没有大吵大闹的冲突，甚至看上去有些相敬如宾，但两人从不一同参加亲友召集的活动，从不出双入对逛街购物，更不在人前亲昵交谈，生活过程中也缺乏不离不弃的细节，梅志远自然是看得明白。

梅志远抽了一支烟叼在嘴上，史国忙打着火机点了，梅志远吸了一口气，悠悠吐出来，说："今年工作上有什么打算？"

史国长长嘘出一口气来，大年三十晚上谈工作是有些滑稽，可他和梅志远单独待在一起，谈工作却是最轻松最适合的。

史国说："穷县嘛，想做个啥都不容易，省市两级给蛇县确立的目标还是想围绕着特色农业、设施农业、劳务输出做文章。"

梅志远摇摇头说："蛇县归根结底是个靠天吃饭的地方，十年九旱之地，农业并不是优势，天不下雨谁也没有办法，再努力也是很难出成绩的，你还有力回天？而且，特色农业、设施农业、劳务输出，农业上该做的都已做了多少年了，可以说是无路可走。"

史国也点了支烟，梅志远接着说："有个短信你看过没？‘若要想升官，国道两边贴瓷砖’，这话的出发点是在讽刺，但不能不承认这是可行的，为什么要在国道两边贴瓷砖，因为来来往往的人一眼就能看见。李桃、周原、天峰、柳县等县市也都是农业大县，可哪个是靠农业引起上面重视的？建设了那么多园区，起了那么多高楼大厦，楼新了，路宽了，地绿了，领导耳目一新，当然心情舒畅，虽然都在强调农业，但农业到底至少缺乏观赏性嘛。”

史国点点头。

梅志远说：“京藏高速公路穿过蛇县，今年全线贯通，这对蛇县是个大好机遇，应该在这方面多动动脑筋啊，比跑田间地头更能取得短时间的成效。农业不是一年两年就能显示出效益来的，就是你有想法，也没时间。如今的形势啊，已不是一步一步往前走，而是要跳着往前蹦。”

史国苦笑一下说：“蛇县是边穷之地，财政收入两千多万，吃饭都保不了。每年七八月份开始就为工资跑来跑去，东挖西借的。又没资源、工业、特色产业，招商引资实在是不容易，去年一年招商引资连一千万都不到，费用倒花了几百万。”

梅志远摆摆手说：“不能站在蛇县的高度谋蛇县的发展，要站在全省甚至全国的高度去谋划。省委、省政府提出要在全国重塑新形象，就是站在全国甚至是全球的高度去谋划的，要是站在全省的高度，还用提重塑新形象吗？谁不知道自己的锅大碗小？”

鲍鱼捞饭上来，史国说：“我去叫他们。”

梅志远摆摆手说：“叫什么叫，他们都吃烦了，别管他们。”

梅志远边切鲍鱼边说：“上次我从蛇县回来就一直在思考，对蛇县，我倒有一个思路。”看了一眼史国说：“打造全省西大门！”

史国说：“打造全省西大门？”

梅志远用刀子敲敲盘子说：“你不要把嘴巴张那么大，好像多么不切实际似的，我给你说，提出‘打造全省西大门’不是空穴来风毫无根据：一是蛇县是全省最西边的一个县，是从西进入我省的第一县。二是全省东、南、北三个大门都已发展起来了，虽然都有资源依托，可蛇县是‘西大门’，没资源就不发展了？三是京藏高速穿越蛇县全境。四是‘西部大开发’，中央明确在未来十年将加大对西部的投资力度，蛇县是国家级贫困县，‘国家级贫困’如今也是资源。五是蛇县是革命老区、根据地，红色旅游资源富集，现在中央对这方面很重视。六是省委书记提出来的‘重塑全省新形象，提升全省竞争力’的号召，蛇县提出打造‘西大门’正是对省委书记提出的发展思路的最好最快响应。”

史国说：“打造全省西大门，这不是个小……”

梅志远打断他的话说：“以前说人有多大胆，地有多大产，现在说只有想不到，没有做不到。你的观念还没有转变，思想还没有放开。我再重申一遍，不要老站在蛇县的高度来看待这件事，要跳出蛇县看蛇县，跳出蛇县谋蛇县，对蛇县来讲，打造'西大门'确实是个老虎吃天的大事，可这个'西大门'不是蛇县的'西大门'，是全省的'西大门'，那是要举全省之力来建设，上面要重视，资金、项目会源源不断而来，蛇县还愁什么？我告诉你，现在那些小打小闹的项目不一定让领导动心，往往是那些看上去有些天方夜谭的想法却容易引起领导重视，就像时下流行的一句话：'按套路出牌，成不了赢家。'更为重要的是'打造全省西大门'是在省委书记提出'重塑全省新形象，提升全省竞争力'的思路中。"

史国听得频频点头。

梅志远说："你抽空到李桃县去看看，李桃县和蛇县的条件差不多，还没有蛇县是全省'西大门'这样的优势，可这几年发展多快，就是把住省委、省政府加强城镇化建设，推动县域经济快速高效发展的脉搏，没有在农业上磨缠，而是走城市建设立体开发招商引资之路，发展县域经济这一创新之举，很得领导赞赏。领导赞赏就能要风得风，要雨得雨，什么项目资金都能争取到。李桃县顺风顺水，官员也顺风顺水，鲤鱼跳龙门，嗖嗖嗖地往上蹿，大市、大厅局都有从李桃县提拔的干部，马太效应就呈现出来了。别人争取不到的项目，李桃县能争取到，别人要不来的资金，李桃县能要来。最近李桃县的书记要到云水市做副市长，而且要进市常委班子，一个偏僻地区的县委书记直接进入首府市委常委当市长是很少见的。”

史国说：“你是说郑柏，他去了还不到两年吧。”

梅志远说：“对呀，他一上任就提出把李桃县打造成西部什么基地，吹嘘在‘西部大开发’中要把整个西部的资金、项目吸纳过来，谁都知道那是有些胡吹冒料，一个李桃县有这么大的魅力吗？可就是这不切实际的提法与领导的心思很吻合，领导高度评价说：‘就要有这样敢争天下第一的精神。’基地才奠基，郑柏人就升了，领导欣赏嘛。”

史国噢噢地应着。

梅志远说：“我研究了李桃县这几年的发展，有一条经验值得借鉴，以土地换发展，无偿向开发商提供土地。从县上来讲，土地就是最好的资本，盘活后就是资金，大家都在拿土地招商引资，谁开发谁受益，谁种树谁乘凉。如今老板们圈地成风，你看那些发展速度快的市县哪个不是靠盘活土地吸引投资？李桃县最黄金的地段现在都成私人的了。”

史国自言自语地念叨：“以土地换发展，以土地换发展。”

梅志远说：“你有个同学，叫葛兆北是吧，兆北集团的老总，集团很有实力，现在是省工商联副会长，我们吃过几次饭，此人很有头脑。李桃县的情况你好好和他谈谈，李桃县起步时，兆北集团全方位进驻，发挥了很大作用。他在我跟前提起过你，可我从来没听你说起过他，你们不常联系？”

史国挠挠头说：“那人……人品不怎么样。”

梅志远拍着餐桌说：“你怎么还是这个观念？不要把人一棍子打死，要以发展的眼光看人，人是会变的，尤其是人有钱以后。不是有人提出要清算第一桶金吗？最后为啥不提了，如果追究第一桶金，那就是洪洞县里没好人。你看这几年的公益慈善事业，私营企业做了多少？”

史国说：“那倒是。”

梅志远说：“省委、省政府的思路很明确，‘重塑全省新形象，提升全省竞争力’，你要在这方面多下功夫研究研究，不要一天老往乡下跑，往乡下跑能解决发展的问题？跑得多了，没有举措，解决不了实际问题，反给人家摆谱作秀的感觉。”

史国斟满一杯酒，双手递给梅志远，梅志远接过抿了一小口说：“按我对当前形势把握看，‘打造全省西大门’这个构想一提出，是能把领导们的目光吸引过来的，书记有一次明确地讲，要让人们一进我省境内立刻有耳目一新之感，现在对东、南、北三个大门的打造都已完成，唯‘西大门’还荒凉落后着，这正是机遇。换届明年上半年该拉开序幕了，这一年对你尤其重要。‘打造全省西大门’的事，要抓紧运作,春节期间能推的应酬就推一推,深入思考思考,得有一个整体的思路，一上班你到形象工程搞得好的省市县去考察一下，然后，高调提出这一构想，力争在苟远山回来之前奠基开工，这个意思你明白吗？”

苟远山是蛇县的县委书记，正在中央党校学习，再有半年就回来了。

史国点点头说：“我这就安排，让相关部门在春节期间好好想想，准备准备。”

梅志远却说：“他们能想出个啥？再说以蛇县提出来，没有高度，缺乏说服力，没人会重视，领导也未必动心。”想想又说：“这样吧，三天年过了，年初四你拜访一下孟云长，孟云长这个人你知道吗？”

史国说：“不知道。”

梅志远长叹一声说：“到一个地方，首先要把一个地方的人脉梳理清楚，那也是资源。按说你在蛇县当官，这样的人物首先是要知道的，他就是蛇县人。孟云长现在活跃得很，呼风唤雨的，他背景很深，他小女儿孟雪跟阎副省长不是一般关系。”

史国有些诧异，说：“这阎副省长不是空降的京官吗，他们怎么就有了关系？”

梅志远说：“孟雪北大毕业后在阎副省长所在的部委工作过，后来下海办起了自己的规划咨询设计公司，这几年省上的一些大规划都是在那里做的。”

史国噢了一声，梅志远又说：“孟云长这人军人出身，要说没什么真才实学，但这几年也浪得许多虚名头衔，手上笼络了一批各方面的学者、专家、名流，很能影响决策，‘打造全省西大门’说得好是民生工程，说不好就是形象工程，要找一个好的说法，就需要这些学者、专家、名流的鼓与呼。”

二

要想在换届前取得政绩，“打造全省西大门”的构想无疑是短时间内最能见效的。史国不得不佩服梅志远的老谋深算。大年初三这天，史国决定和葛兆北接触接触。一方面想了解李桃县的情况——了解李桃县的情况，他可以通过考察学习的形式，不过通过葛兆北会了解得更全面，背后运作的优惠政策远比公开的要多，这是从李桃县领导班子里了解不到的；另一方面是想探探葛兆北和梅志远的关系到了什么程度，他怀疑梅志远提出“打造全省西大门”的构想是和葛兆北一起谋划过的。如果这一构想付诸实施，大规模建设工程就会上马，葛兆北的机遇就来了。虽然梅志远是他的岳父，也未必会把所有实情告诉他，何况他和梅惠媛的关系是那样的状况。他给梅志远打电话要葛兆北的手机号，梅志远说："你怎么连他的手机号都没有，等我从手机里翻出来给你发过去。"像梅志远这样的人物，储存的电话号码都不是一般关系。梅志远没有把葛兆北的手机号码发过来，葛兆北却把电话打了过来。显然梅志远跟葛兆北通过电话，这就已经说明葛兆北与梅志远不是一般关系了。

在史国记忆中，葛兆北留下了太多不堪的阴影。上高中时经常爬女生厕所墙偷窥，多次被捉，后来又钻进女生宿舍，企图强暴一个女生，被学校大会宣布开除。开除后，和一帮混社会的小青年纠集在一起，提着铁棍、板刀，靴子里插着匕首、改锥，一身像从泥浆里滚爬出来的牛仔衣，整天围着校园向学生和老师寻仇，收取保护费。不过，那时的葛兆北表现出来的就不是一般的混混作风，他把学生和老师进行了等级分类，分欺负、出气和报仇三等，又根据学生和老师的年龄、性别、身高、体重制定了详细的收费价目表，还将校长、班主任和体育老师单列出来，收取费用要高出一倍、两倍，更有意思的是还设有帮助学生清理情敌的项目。收费价目表还是油印出来的，在学生中大量散发，在教室、院墙及路旁的树木上到处张贴，弄得学校里人人恐慌，谈葛兆北而色变，许多学生包括老师被敲诈勒索，史国也被敲诈勒索过好几次。女生更是不敢单独出门，好几个女生被强奸的传说传得沸沸扬扬。史国考入大学那年，全国"严打"，葛兆北逃回村子瓦店，几年后成了村霸，当了村主任，又因强睡了一位大嫂，被判刑三年。服刑期间，结识了一个盗墓者，刑满出来，神出鬼没地盗起墓来，周边的墓几乎都让他盗了。瓦店是有些历史的，能追溯到春秋战国时期，修建污水处理厂时，挖出了一个大墓群，考古界为之震动，污水处理厂只能另行选址。盗墓就是掘祖坟啊，民愤极大，影响恶劣，有人说他连自家先人的墓都盗了。同学间曾有这样的说法，说葛兆北见个土堆都要挖几锹。公安部门的几次专项打击，捉住不少人，就是没捉住他，也没人咬出他来。盗了几年墓，葛兆北承包了一家煤矿，几年后又把这家煤矿变更在自家名下，据说都是凭借从古墓中挖出的老货打通了关节。煤就是黑金，十几年时间，葛兆北就把事做大了，组建了兆北集团。如今的兆北集团已是如日中天，涉足煤炭、石油、天然气、房地产、化工、运输、宾馆、餐饮等行业，不要说在云水市，就是在全国，葛兆北也是声名赫赫的企业家了。毕业之后这些年，他与葛兆北虽然没有交往，但因为同学这层关系，关于葛兆北的传闻他还是时有耳闻。说葛兆北有十几个情人，还包养着一个俄罗斯的，一个日本的、一个韩国的，还说他捧红了哪位歌星，跟哪位主持人这长那短的。史国也觉得奇怪，从毕业到现在，二十多年了，在云水市的大街小巷、应酬场所邂逅的同学多了，包括一些远走天涯海角觉得这辈子都不可能再相见的同学，可他和葛兆北一直生活在云水市，不说刻意找寻，就是偶尔的邂逅也该有一次两次，可他们却没一次相逢，想起来有些不可思议。

因为中间隔着这么多不堪的往事，见到葛兆北，史国并没有显出太大的热情。要是另一个二十多年未见的同学，他们会叫着绰号你捣我一拳我捣你一拳，会骂骂咧咧说上三天三夜，可跟葛兆北在你来我往的一番吹嘘客套之后，就有些无话可说了。因为涉及过去互相都会尴尬，不能涉及过去，就跟新相识一样，可谈的话就很少了，没话找话实在是有些无聊和沉闷，葛兆北显然也有同感，说："咱们先去李桃县看看吧，李桃县的今天可以说是我的一部作品，你也好对我有个全新的了解，看完回来咱们细谈，如何？"

史国说："好是好，可现在正放假哩，去了没人，我还想和他们座谈。"

葛兆北说："没关系，虽然许多领导家都安在云水市，可我给了他们电话，重要领导都在去往县上的路上，其实要说座谈不座谈也无所谓，这几年李桃县领导走马灯似的换，李桃县的崛起现任领导未必有我知道得多，你想知道的我都知道，他们不告诉你的我也知道。"

史国说："那好吧。"

葛兆北说："坐我的车吧。"

史国说："我还是开我那辆吧。"

每逢放假，史国一般是自己开车回家，让司机在家休息。他不想坐葛兆北的车，从蛇县到李桃县三个多小时路程，两个人坐在一辆车上总得说些啥，可要说又没啥说的，拧巴，不得劲。

葛兆北说："你那广本就像老牛车，啥时才能到，全耗在路上了。"

史国只能上了奔驰越野。上车没话找话说了几句，葛兆北说："睡一觉吧，为官的和经商的一样，应酬奔波的，啥都不缺，就是缺觉，一觉醒来就到了。"说完就闭上了眼睛。

史国明白葛兆北也是懂得三个多小时路程无话找话说的尴尬与疲惫，才有了睡觉一说，就觉得从葛兆北如此善解人意上来看，变化确实挺大的。

郑书记、牛县长在高速出口接了他们。史国觉得不好意思，说大过节的劳烦人家。葛兆北却说："没事的，我到李桃县他们都是这样接待。"葛兆北这么一说，史国心里坦然了。

十年前史国到过李桃县。不过，这几年的李桃县他也不陌生，领导在李桃县的活动很密集，省报、省台的宣传铺天盖地，每隔几天就有，但进入李桃县城，史国还是吃惊了，实景毕竟比电视画面、报纸文图更有视觉冲击力。大广场、宽马路，一个小县城，竟然也有二十余栋十层以上的高楼，大片大片的新型住宅小区很靓丽，两大工业园区虽然运转企业不多，但像公园一样漂亮。兆北大厦十二层，宾馆四星级。

酒宴结束，郑书记、牛县长还陪着他们逛了夜景，两边山顶上几柱射灯纵横交错，路旁的街灯、楼顶的霓虹灯让李桃县呈现出迷人的都市气息，却又比都市多了几分山城的神秘。不过，人还是太少了，本是节日期间，但街面上几乎看不到人影。寒风穿越街巷，发出空寂辽远的声响。

第二日回去途中，两个人话就多起来，葛兆北说："前年我去过蛇县，常务副县长刘贵请去的，我们深度地谈到了蛇县的发展，而且规划都出来了，万事俱备，只欠东风，刘贵就等挤走了县长吕方州他扶正后推进实施，没想到吕方州前脚走你后脚就来了。"

葛兆北让司机靠路边停了车，从后备厢里拿出一卷规划图。在葛兆北的讲解下，史国暗自佩服，这个规划其实就是围绕"打造全省西大门"而做的，很大气，很完美，很阔绰，但有一点他不明白：就是为什么规划重心不是向西，而是向东？外行都会看出这是这个规划的"死穴"。蛇县是一座历史老城，在古代是战略要地，背依蛇山而筑，城就建在山根下，向东只能是向蛇山山根靠，那就是说要围绕着老城区谋发展，人口稠密，空间小，难度大。

史国说："西边人烟稀少，有大面积的空闲荒地，又靠近高速公路，拆迁难度也小，为什么规划却是向东发展？"

葛兆北说："看来你对蛇县和刘贵还不是真的了解，刘贵的兄弟姐妹及诸多亲戚家都安在西边，这几年又押宝一样买下了不少旧房，等着拆迁补偿哩。”

史国说：“他也想得太简单了，规划出来肯定是要论证的，肯定是过不了关。”

葛兆北说：“刘贵没那么简单啊，你看这半截城墙，虽然塌得都快看不出样子来了，却是国家级重点文物保护单位，向西发展必须要越过城墙，有了这半截城墙说法就有了，提出恢复历史名城、打造历史名城的口号，把城市规模限定在老城墙之内；再说一个只有三万居民的县城要那么大面积干啥？国家也提倡县城不宜盲目扩张嘛，至于论证么都是县上操控之下，学者也好专家也罢，吃人家的饭难道还要砸人家的碗吗？”又说：“有一个很有意思的短信，我给你说说，一人说：‘牧师，祈祷时我可以抽烟吗？’牧师说：‘不行！’另一人说：‘牧师，抽烟时我可以祈祷吗？’牧师说：‘可以。’一切都在于一个说法，这世上没有困局，只是没有办法。”

史国说：“这个规划肯定得修改或者重做。”

葛兆北说：“那是当然了，如今是你主政，是要站在‘打造全省西大门’的高度，这个高度就是全省的高度，不过重做倒未必，整体框架不动，向东改为向西，其中的局部规划和细节调整改动就可以了。”

史国明白了，“打造全省西大门”梅志远显然是跟葛兆北一起谋划过的。

史国说："如果要向西拓展，这老城墙该怎么办，推倒显然是不可能的，确实还是一道障碍物。"

葛兆北说："这不难，一切都在于一个说法，可以建古城墙遗址公园，更好地保护起来，上面还会拨专款的。"

史国笑笑说："对'打造全省西大门'你有什么想法？"

葛兆北说："'打造全省西大门'单纯地提出来有形象工程之嫌，省上搞还可以，自己的事嘛，可要争取国家的支持就有难度了，但要是综合老城区改造、县域经济、革命老区、历史名城、改善民生这些元素，争取国家的支持就容易得多，当然我们还可以提炼更多元素。"

史国盯了葛兆北一眼，葛兆北正盯着他，说："这是对我另眼相看？老同学，商人是在政策的夹缝中生存，就得研究政策，还得研究官员，政策是死的，官员是活的，我对政策研究得不比官员少，不比官员浅，官员研究不透政策，最多是罢官，照样吃公家饭，商人要是研究不透政策，会破产，只有讨饭。"

分手的时候，史国说："这样吧，上班后你到蛇县来，我们好好谈谈。"

葛兆北说："好，老同学，不管'打造全省西大门'的构想能否被推进，我保证在蛇县先期投资一个亿，为了你。"

史国笑笑说："一个亿？为了我？那你还不如把一个亿直接给我。"

葛兆北也笑了，说："如果一个亿不够，我还可以增加，我说的是实话。"

史国说："老同学，我问你一个可能不该问的话，凭你现在的实力，为什么不在大城市发展，偏对蛇县有这么大兴趣？蛇县是国家级贫困县，一分钱恨不能掰两半花，没多少油水可捞。"

葛兆北说："咱们是老同学，不打诳语，我实话告诉你，一是你需要政绩，二是我需要利润，三是咱们是老同学，四是大城市竞争激烈、利润薄。这就是我们的结合点。至于国家级贫困县，那是最好的资源，不是包袱，国家现在经济实力雄厚了，重点向解决贫困问题、发展问题倾斜，'西部大开发'就是一个证明。越是贫困的地方越有最优惠的政策，政策里面有黄金，那利润是不可估量的。"

停顿了一下，葛兆北又说："不过，还有一个小秘密，没有人能猜想出来，我只告诉你，蛇县历史多悠久啊，建县都过了两千年，地下埋着的东西海了，说不定会突然挖出什么来，当然我现在不是靠这发财求发展，只是一种嗜好。"

史国把身子往后靠靠，葛兆北说："我被学校开除混社会的时候，你记得我设计了一张价目表，把学生老师分类按项收费，那一套我现在都用在商业上了，很实用，人永远是有等级之分的。"

史国心里说：既然你自揭伤疤，那我就不客气。当然这得有个度，有些伤疤可以揭，有些伤疤永远都不能揭，比如偷窥、强奸未遂这样的伤疤是不可揭的，就像永世绝密的档案。但敲诈勒索这个伤疤是可以揭的，这时揭这类伤疤反而有些情趣，就笑笑说："你还敲诈勒索过我的钱，不止一次，还记得不？"

葛兆北哈哈大笑，拍了史国一巴掌，说："你能提，证明了你的坦诚，我们会合作得很好，我喜欢和坦诚的人打交道。我敲诈勒索过的同学很多，前两年，我给许多同学都说过，我以前敲诈勒索过谁，都可以找我来索赔，一万倍，只要来找我当面说我就认，我是真心的。可没有一个人来索赔，倒是有来借钱的，我从来都不让他们空手而归。"

临分手时，葛兆北说："蛇县的当务之急是建一个高档宾馆，蛇县太偏远，领导来一趟不容易，年龄又大，总是让他们披星戴月赶到河山市去住宿终归不好，你得让领导们住下来，才能够和他们亲近，才有表现的机会，才有项目和机遇。我给你说一晚等于一百个白天，一点儿都不夸张。"

史国说："一到蛇县我就有这打算，一直在招呀引呀的，可就是没人愿来投资。"

葛兆北说："为什么不联系我呢？我来建一个四星准五星的宾馆，建成蛇县的地标性建筑，标新立异。"

从李桃县回来的第二天，史国准备去拜访孟云长。梅志远打电话一联系，孟云长去了北京女儿家。梅志远说：“县上也是初七上班吧，你迟去一天，以蛇县的名义请政协领导吃个饭，给领导们讲讲‘打造全省西大门’的事，我想这事以政协提案的形式上报，胜算更大。平时这些人很难凑齐，这个在那个不在的。春节假满第一天上班，大家都在，因为要去看望慰问上班的人，重要的是一把手在，我让老孟初七赶回来，他对蛇县还是很有想法的。”

史国说：“对‘打造全省西大门’我现在还是有些模糊，跟政协领导们见了面说起来也不上口，那可都是些大领导，决策过大事的，说不好，思路不清，没有深度，印象会大打折扣。”

梅志远盯着史国看了半天，说：“有进步，继续说，还有啥想法？”

史国说：“我觉得，这单独地提出‘打造全省西大门’，有形象工程之嫌，我想出去考察一下，得给‘打造全省西大门’和蛇县经济发展、民生事业找个结合点、着力点，这样可能性会大一些。”

梅志远在地上踱来踱去说：“你的思路开了，这样想就是进步，继续。”

史国说：“李桃县我去看了一趟，确实变化挺大，可是起步早，一个县级架子，风头已经过时了，既然蛇县提出‘打造全省西大门’，就该有大手笔、大气概，让人们感到震撼，太仓促了怕是……”

梅志远说：“好，好，大手笔，大气概，讲得好，再加一个：高速度。要抓紧时间，一上班就去考察，时间不等人，我还是那句话，在苟远山回来之前，一定要奠基开工，时间就是位子。”

史国点点头。

梅志远说：“看样子去了一趟李桃县还是很有意义的。”

史国说：“李桃县几大工业园区建得倒是跟公园一样，可厂房都空置着，没有几家运转企业，我看报纸上说是引资多少，多少家企业，多少产值，都是胡吹冒料，跟宣传出来的大有出入。”

梅志远说：“你这观念怎么又倒回来了，企业运转不运转，只要落地就行，不要以为赔本赚吆喝只是在市场上有，官场上多的是，赚吆喝，赚彩头，你看看全省园区有多少，空置的有多少，可官一个比一个升得快。”

史国说：“那是，那是。”

三

从四川、陕西、山东、江苏、广东考察了一大圈儿回来，史国眼界大开、思路大开，城镇化、工业化、现代化，要推进工业化，实现现代化，就必须推进城镇化。城镇是二、三产业的依托和载体，没有较高的城镇化水平，二、三产业就失去了生存的基础。加快城镇化进程，是优化城乡经济结构、转移农村人口和农村剩余劳动力、缩小城乡差距、提高人民生活质量、加快工业化进程的重大举措，是创造更多就业岗位、缓解就业压力的有效途径，是扩大内需、促进国民经济快速增长的持久动力……史国是装了一脑子，但让他最有收益的一句话是“把渔民变成市民”，那蛇县为什么就不能“把农民变成居民”？归来考察队伍没有解散，史国带着在县内进行了一周的调研，为“打造全省西大门”的构想找到了一个强有力的支撑——移民进城，将“打造全省西大门”与县内移民结合起来，把七个乡镇的八个吃水困难的村迁移出来，把移民新区跟新农村建设结合起来。这一思路让他激动。蛇县虽然没有资源，但有一个优势，周边全是资源型城市，蛇县是个交通枢纽，大小车辆的都要经过蛇县，因此，汽车修理业、零配件业、五谷杂粮流通业、餐饮业相当繁盛，七个乡镇的八个吃水困难的村一共牵扯到六万多人，要消化移民中的有效劳动力问题并不是太大，而且西山脚下还有几万亩的荒地可开垦，可作为农民的安置土地。退后一步，他也有打算，即使是“打造全省西大门”的构想不能够付诸实施，移民工程也可以实施推进。他做了预算，每年扶贫投入这些村的各种项目资金整合起来可以移两万多人，再上下打点打点，争取点儿资金，那么六万多人的移民问题，也可在三年内完成。

思路基本厘清之后，史国回了趟省城，专门向梅志远做了汇报。梅志远听后，连说三个“好”，又连说三个“有进步”。

梅志远拍着手说：“民生问题是中央提出问题的重中之重，移民是‘打造全省西大门’的一个重要支撑，移民这个支撑找得好，找得好啊，这是‘打造全省西大门’的重大突破口。”

史国说：“现在不是鼓励农民进城吗？在蛇县经济开发区建设规划中我想大打农民创业园这个牌……”

梅志远摆着手说：“停，别说了，把激情留住，今晚到桌子上给政协领导好好宣讲宣讲，既要高谈阔论，又要脚踏实地，一二三四五，思路一定要清晰，要简洁，要有激情，要有底气，要让他们感到你已经做了扎实的准备工作，不要让人家觉得你是心血来潮，突然冒出来的一个想法。你要知道，你是梅志远的女婿，到蛇县做县长许多人对你还是有看法的，纨绔子弟，没有什么真才实学，凭借的是关系，靠的是背景。结束时，再正式邀请省政协到蛇县去考察调研。”说着，从包里掏出一张纸：“我拟了个调研名单，你下午就好好研究研究这些人，他们都是能影响决策的人。”

史国看看表说：“下午我还约了省扶贫办的要谈些

事。”

梅志远拍着桌子，说：“你不要把政协不当回事，那里面可是藏龙卧虎，他们曾经都是不小的领导，呼风唤雨的主儿，别以为他们到了政协就把他们不当回事，把他们哄高兴了，他们知道怎么造势，怎么推进，怎么影响决策，在场面上，一些事情炒热了，尤其是外面热了里面才能热，领导才会重视。再说，他们的子女、提拔起来的干部个个都是重要岗位上的实权人物，掌握着项目、资金、位子。”

史国说：“那好吧，我把那边推一下。”

梅志远说：“你带东西没？”

史国有些奇怪，说：“什么东西？”

梅志远说：“土特产呀，蛇县不是产蛇吗，去扶贫办办事不送土特产？先给今晚准备着吧，扶贫办的下次再补。人老了就怕死，养生整得一套一套的，在我跟前念叨蛇有许多养生的功能，档次高一点儿的养生系列产品给每个人准备上一套。”

蛇系列产品史国是带了，扶贫办是不能不送。梅志远走后，史国忙给办公室主任文耀打了电话，让他再送一些最高档次的蛇系列产品过来，要快。文耀说：“省城有蛇县蛇系列产品专卖，你指定个地方我让他们送过去。”

史国没有研究那些老同志，而是去了扶贫办。寅吃卯粮东挪西借南拼北凑一直是蛇县的现实，这时月正是青黄不接饥寒交迫的时月，等着扶贫款填窟窿。他得去扶贫办催催扶贫款。

从扶贫办出来，梅志远打来电话，说："'半仙楼'，六点开始吧。"

史国说："好，我这就订雅座。"

梅志远说："你当这是蛇县啊，'半仙楼'这阵儿订，黄花菜都凉了，我已经订好了，你五点半就去安排菜，刘建军也去，不要抠门儿，烟酒从家里拿，到时间在一楼候着，我再说一次别把政协不当回事。"

史国对着手机点头应着。挂了电话，心想：这顿饭没有两万怕是出不来啊。烟酒虽然是从梅志远家往出拿，但钱还是要按酒店价付的。他给文耀打电话让将蛇系列产品送到"半仙楼"。五点钟，史国就到了"半仙楼"。点菜他是个外行，他得研究菜谱。刚把菜谱拿到手里，梅志远来了，对服务员说："你先出去吧，叫的时候你们再进来。"服务员出去后，梅志远对史国说："菜我已经让秘书长替你点好了，这些人你不了解他们的口味。有这样一句话，说点菜如选美，点菜是大有学问的，能显示一个人的学问、修养、品位、气质。更重要的是能从点菜看出你把他们当不当回事，这些老同志多患有糖尿病、前列腺炎、痛风等病，吃这不吃那的，他们会看你点菜时是否关照到了。倘若陌生的领导还好遮掩，倘若是熟悉的领导，那人家就会从点菜上看出你是否关注人家、研究人家。民政厅的张厅长不就是靠点菜上去的，还有个‘点菜厅长’的外号！”

梅志远掏出一份名单，说：“调研组已经形成，都是有名望的人，刘建军带队，难得啊。”

政协主席得了病，一直在家看病疗养，刘建军代行其职，事实上就是主席了，重要的是他跟省委书记是同学，两个人关系很要好，是个炙手可热的人物。

梅志远说：“刘建军喜欢古玩，在全省的藏家中也是挂号的，蛇县是历史名城，地下东西不少，他这次能够参加调研组，也是冲着这去的。你回去在蛇县搜罗上一两件老古董，找个懂行的，货一定要老，别弄个假的仿的，忽悠不了他，他眼睛毒着哩，让他辨识出来反而坏了大事。唉，他也就这个爱好把他害了，中央来考察过几次，一考察对手就拿这说事，书记也没办法。”

梅志远指着名单说：“孟云长你也拜访过了，但我还得提醒，这‘西大门’能否立项，能否被省委纳入重点支持项目，阎副省长的态度相当重要，他分管这方面的工作，孟云长就显得至关重要了。”

史国给梅志远续了茶，又点了烟。

梅志远说：“孟云长虽是蛇县人，但这些年里勾外连的，孟家人命运都改变了，不要说他那个村就是蛇县也没啥人了，都在省城发展，不过他家的祖坟还在，听说老房子也在。调研期间，安排孟云长回一趟老家，你单独跟他商量，是把村子安排个视察点整个调研组都去，还是他想单独回去，听从他的安排。你得给准备点儿钱，让老孟访贫问苦式地衣锦还乡，要刻意抬高孟云长的身价，人啊越老故乡情结越重。接下来你就聘他为蛇县政府经济发展的顾问，让他联络人组成一个顾问班子。虽然他行伍出身，没多少学问，但他策划运作没问题，能号召来高水平的学者专家，重要的是能压住阵脚，让学者专家按照他的思路走下去。你别以为专家学者通情达理，吃了谁的嘴软，拿了谁的手短，他们个性很鲜明的，爱钻牛角尖，拗犟起来赛过牛驴，压不住阵脚，啥观点都敢讲，吃你的饭照砸你的碗，会起反作用。”

史国心里说：真是难为老革命了，想得这么周到，这么缜密，是要死不少脑细胞的。

梅志远说：“谈‘西大门’构想的时候，你要上升到这样的高度。”说着掏出个纸条，看了一眼说：“重塑蛇县历史名城的地位，把蛇县打造成我省西部区域经济发展并辐射周边省市县的地区性中心。”

这么说着就到了五点五十分，梅志远看看表说：“你到大门口去迎接吧，秘书小李在一楼，你不认识的，他会给你介绍，你怎么连办公室主任、秘书都不带？”

史国说：“没啥公事，只是想着回家跟您汇报，就没带。”

梅志远皱着眉头说：“这难道不是公事吗？以后这些小细节要注意，带办公室主任、秘书就是身份，办事时人家看重这点。”

十几个人一一迎入雅座，史国自己在席口位置坐了。敬酒过了一轮，菜吃了几道，梅志远就挑起了话头，说：“史国啊，把你的想法给领导们汇报汇报。”

史国就开始谈起来。史国的口才这几年练出来了，该拿腔就拿腔，该做调就做调，起承转合，有缓有急，抑扬顿挫，沉稳而富有激情，高调但不乏谦诚。史国一谈完，孟云长跳了起来，高喊一声：“梅主席，你个老东西啊。”

这话冒失，许多人都一惊，看着孟云长，孟云长说：“你梅家可真是藏龙卧虎，选了这么厉害的一个女婿，送到蛇县，蛇县之福呀！”说着端起一杯酒：“我先喝杯酒润润嗓子。”一饮而尽，接着说：“你说东、南、北三个大门都在大肆疯狂地建设发展，只有‘西大门’蛇县悄然无声，是的，东、南、北三大门都有资源，难道没有资源就没有希望吗？这是我省发展的一大遗憾，什么叫和谐，什么叫均衡，什么叫成果共享？普天之下，莫非王土；率土之滨，莫非王臣，先祖早就告诫我们了。有一个故事，大家不知听过没，说是有一天老师上课，在黑板上挂上了一张大红纸，问同学们看到了什么，同学们异口同声地说黑点儿。

因为这张大红纸的角上，老师点了一个黑豆大的墨点儿。老师就感慨地说：‘这么大的一张红纸你们看不到，为什么偏偏就只看到了黑豆大的一个黑点儿。’蛇县就是我省这张大红纸上的那个黑点儿，从西线入我省，一眼就看到这个黑点儿，这是一个不和谐的符号，史县长这一举措，就是要为我省抹去这个黑点儿，‘打造全省西大门’，蛇县抓住了崛起的核心。”说着端着酒来到史国跟前，说：“实话说蛇县的事我已经憋了好几年了，说个狭隘的话，蛇县是我孟云长的故乡啊，再这么破衣烂衫下去，我有何面目见蛇县父老乡亲？我如何叶落归根埋骨故乡？史县长，‘打造全省西大门’，我们一定要鼓足干劲，力成此事，我先敬你一杯，先喝为敬。”说着，一仰脖儿喝了下去，还把杯底倒扣过来。

史国说：“老领导，我喝三杯为回敬。”端起三杯酒咕嘟咕嘟喝了下去。

孟云长说：“好，一看就是个作风扎实硬朗的人，我再陪一杯。”

梅志远说：“老孟，不要逞能，前列腺会跟你闹革命的，意思到了就行了。”

孟云长说：“为了故乡，就让它扎扎实实闹一回吧，死不了。”

刘建军笑笑说：“老孟，你这光着膀子耍大刀的风采可是多少年没目睹了。”

孟云长提着分酒器来到了刘主席前面，说：“本性难移嘛，主席，问你个私密的问题，老婆没换吧？”

刘建军说：“换不了了，和你一样，前列腺认生，不答应啊，就认原配。”

刘建军不拿架子，大家都哈哈大笑起来。

孟云长说：“那就好，蛇县的事就是你的事啊，夫人可是在蛇县插过队的，待了六年啊，蛇县有句话，一个女婿半个儿，你这半个儿得给蛇县出出力，我敬你一杯，你随意，我喝光。”

刘建军抓住孟云长的手说：“老孟，一人一半。”

孟云长说：“我干了，领导随意。”

史国忙端着酒杯过去，说：“两位领导随意，我陪三杯。”

刘建军说：“那都干了，老梅，你说呢？！”

梅志远说：“谢谢主席，主席多少年没开过戒了。”

其他人就很知趣地端起酒杯。

因刘建军不喝酒，大家也都不好斗酒，史国只能是敬别人一杯，自己喝三杯地劝着酒，等到宴席散时，史国已经喝得立不住了，最后是梅志远搀回去的。

第二日，梅志远就把调研通知拿来给他了，说：“有半个月的准备时间，回去精心准备，一定要准备充分，我给你交代的事，记清，办好。”

史国看看名单，上面并没有梅志远，就看看梅志远，梅志远显然明白史国的意思，说：“该回避的还是要回避，有主席挂帅，我这个副主席再去，孟云长的位置就不好摆了，蛇县一定要对老孟给足面子。”

史国感慨地想如不是梅志远，这事他是考虑不到这个份儿上的。

梅志远说：“考察的点安排出来，给老孟传真过去让他看看，征求一下意见，以示尊重。”

四

回到蛇县，史国立刻把文耀叫到办公室，问蛇县文物的事。

文耀说：“上面要整顿打击。”

史国说：“整顿打击？”

文耀说：“整顿市场，打击造假呀，蛇县文物走私造假全省闻名，上面一直说要整顿。”

这史国倒不是不知道，报纸上有大篇幅的专题报道，他看过，尽管说盛世收藏，周围也有许多人搞收藏，但他没兴趣，因不爱好收藏，也就没更深地关注。

史国说："跟这无关，有位领导爱好收藏，提出来了，你给弄几件，必须是真货。"

文耀抠抠头说："真货现在都不出世了，市面上倒腾的全是假的、仿的，不过高仿的就是专家也不一定辨认得出来。"

史国说："事关蛇县发展，必须是真货，人家可是行家里手，能不能弄到真货？花点儿钱。"

文耀想想说："能。"

史国说："那你就去弄，钱的事好说，千万别弄假了。"

文耀说："只要能办一件事，不用出钱，而且是真正的老货。"

史国说："办一件事，有多难？"

文耀说："不难，文化局副局长兼文物管理所所长朱长天手里有老货，他一直想当文化局局长。"

史国噢了一声，说："我知道了，你去办吧，只要东西真。"

文耀说："不知道这位领导喜好哪方面的收藏？"

史国说："你指哪方面？"

文耀说："青铜器、玉、瓷器、钱币、字画，还是别的啥。"

史国思谋了一下，说："我问问。"

史国要打电话问领导，文耀很明白自己不能站在这里，就说："那县长，您问好了给我打电话。"

文耀出去后，史国就给梅志远打了电话，梅志远说：“只要是老货就行，他不是专家，充其量也就是个收藏爱好者，人送外号‘古董通吃’，还分什么类。”

史国叫来文耀说：“只要是老货就行。”

文耀说：“好，我这就去办。”

史国说：“看来，你也精通收藏。”

文耀说：“蛇县有两大宝，一是蛇，一是老东西。当城建局局长那几年，许多领导都爱好这个，市面上假的多，怕弄假了，好事变成坏事，也就略懂些皮毛。”

史国说：“东西绝对不能出假，否则会坏了蛇县的大事。”

第二天，史国开了一天会，把一些常规工作促了促，第三天就往刘安村来了。刘安村隐在山旮旯里，两千多口人，靠天吃饭的地方。不过刘安村有几口甜水井，水质好，吃水倒不存在问题。村主任刘喜旺是一位六十多岁的老汉。一脸的皱褶，留一撮花白的山羊胡子。拐子乡的书记李启明解释说年轻人都出门打工了，就这老汉还算年龄小一点儿，又有点儿文化。史国拉着刘喜旺的手说：“如果把你们从这大山里迁出去，你们愿意不愿意？”刘喜旺说：“迁到哪儿？”史国说：“迁到县城边上去。”刘喜旺说：“那刘安人给县长大人磕头烧香哩，现在年轻人都出门噻，就剩下老人、婆娘和娃娃了嘛，娃娃要念书，得到城里去，租房子呀啥的贵着哩，搬到县城省事省钱嘛，娃娃入个学也不用求爷爷告奶奶的，那真是大恩大德。”

村里有一座院落，红砖红瓦的，街门也是铁的，在大多数是土坯房和窑洞的村落里显得很醒目。李启明说这就是孟云长的家。史国噢了一声，想起梅志远说孟云长老房子还在村里。史国说房子看上去挺新的。李启明说他庄院一直没卖，隔上几年就翻修一回。回去的路上，史国对李启明说：“孟云长回乡，村里的气氛要热烈隆重，要让大家对孟云长的到来表现出足够的热情，对孟云长的捐赠表现得感恩戴德，刁野的村民那天最好监视起来，不要露面，绝对不能出现围访的事。”李启明说：“围访？不会，这地方人忠厚老实，见了领导害怕哩。”史国说：“不要麻痹大意，小心谨慎为好。”

下乡回来，文耀就提着一个大包进来了，摆出来五件老东西。

史国说：“用不了这么多，有两件就行。”

文耀说：“县长，哪能送那么多，件件价格不菲，给一件就可以了，其余的是送给县长的。”停顿一下，又说：“朱长天出了两件货，有三件是我送县长的。”

史国说：“我不要。”

文耀忙说：“您现在是蛇县县长，以后找您求这东西的人物多着哩，放您这儿，以备不时之需。”迟疑了一下，又说："其实县长该在这方面上个心，蛇县的古董很丰富的，好多领导都钟情老东西哩，县长闲暇时把玩把玩也挺好的。"

史国想想说："那就先放着吧，这么多东西值不少钱吧。"

文耀说："市面上价格不菲哩。"

史国噢了一声，说："也没有鉴定证书啥的。"

文耀笑笑说："县长，这古董都能造假，鉴定证书还造不出来？这东西越有证书越假。"

史国笑笑说："倒也是，我很外行啊。"

文耀说："我没给朱长天说是您要的，我给他保证局长的事了，不然他不出货。"

史国说："他专心老东西就行了，还要当那个局长干啥？"

文耀笑笑说："人嘛，都脱不了俗。"

史国说："我知道了。"

文耀迟疑了一下，史国看了文耀一眼说："还有事吗？"

文耀说："那我先走了。"

文耀出来站在树下思谋了一会儿，就悻悻走了。他原本想见了那五件东西，朱长天当局长的事史国会说一句肯定的硬话出来。

史国将那五件东西一个一个摆弄着看，有两件青铜器，造型一模一样，只是一件大，一件小。还有两件玉器，一件瓷器。史国觉得两件青铜器像酒壶，瓷器是一个盘，老大不小的。玉器图案很精美。

周末，史国带着这几件古董回到省城，打电话给文超，想让文超推荐一家文物鉴定所什么的。文超是各行业都会插手的人，再说既然蛇县出了许多做鉴定的，文超应该有熟悉的。电话通了，史国却又压了。他忽然想到文超和文耀是弟兄，说不定两人已经通气。文超又把电话打过来，说怎么通了又断了。史国寒暄了几句，说老眼昏花，给文耀打电话，眼一花把号拨错了。

史国来到了胭脂巷，胭脂巷是一条主巷，两边有许多不规则的小巷，就像一个练剑的人刺挑出来的，极不规则。老井巷是一条专门搞古董的巷子。走进“天眼店”，人家每件要两百元的鉴定费。一听口音是蛇县那边口音，史国迟疑了一下，走了。报纸报道时说过这几年蛇县出了许多“文物鉴定专家”，都在省城开鉴宝店，蛇县出货，都会在货一出手就给鉴宝店打招呼，即使是假的，也没人会戳穿，这是潜规则。进了“捡漏馆”，每件也是两百元的鉴定费，史国掏了钱，一老头儿举着个放大镜，打着刺眼的灯光一件一件看，边看边说：“好东西，难得，难得。”史国说：“你先说这些东西是不是真的。”老头儿说：“东西是真东西，哪里收的？”史国说：“家藏的。”那老头儿说：“不会的，是蛇县？云台？还是张原？”史国不接话茬，说：

“这几件东西能值多少钱？”老头儿说：“市场价应该在一百五十万左右，古董这东西岁古月久，有灵气的，所以讲个缘分嘛，遇上有缘之人，一件东西百十万也是有的。”史国说：“那好，一百二十万卖你。”老头儿愣了一下说：“我们是做这一行的，肯定出不了这么高的价。”史国笑笑说：“那你能出多少钱？”老头儿又一愣说：“我只鉴定，不收货的。”史国说：“那你为什么店外打收古董的字牌，店名还叫‘捡漏馆’？”老头儿说：“捡漏是没错，可我们是小本生意，这样大价钱的漏只好忍痛割爱了。”史国又走进“古缘”，也差不多是同样的一个老头儿，说的话大致相同，最后也是一样，他是生意人，不收货，等有缘人吧。

这不去鉴定倒好，一鉴定反倒闹心了。两家公司明明打着收古董的牌子，却不收购，说只有真正收藏的人才会出高价。这东西真假越发难辨了。不过有一点可以肯定，文耀不会哄他，从文耀谈吐中看出，文耀在这方面也是有些造诣的，要哄他也就不会跟他说那么多了，单怕别人哄了文耀。不过他想，蛇县文物造假连专家都输眼，要是刘建军都认出假的来，那就是假得不能再假了。文耀应该揣摩得出来这东西不是送给一般人的，想必他也不敢蒙他，朱长天尽管不知道是他要，但他却不敢给文耀假货，倘若他用了假，害了文耀，还想当文化局局长岂不很蠢？文耀说把局长的事已经答应了，那朱长天就该知道这东西送的不是一般人。而从刘建军这个角度讲，一是刘建军本就是二把刀，略识皮毛；二是刘建军判定他绝不敢给他送假东西；三是他是蛇县县长，没有人敢给他上假货。虽然不能确定这几件东西是真是假，但至少蒙刘建军该是没问题。又想起报道上说在蛇县收藏一行有一个术语叫“杀家”，就是指“杀”领导。一些领导收藏了才几天，就喜好自称专家，爱显摆，爱卖派，好像自己懂得多，研究有多深。他们最喜欢这种半瓶子醋，因为这种人一旦看上某件东西，就会卖弄皮毛知识，真正知底的人就会怂恿他，抬举他，目的就在于把货卖给他，“杀”的时候下手也重，一件三千多块钱的东西，卖过一百万。报道还指出，假货到了大领导这一层面，就会成为真货，因为没有人敢戳破，戳破伤了领导的面子，又伤着了送货的人，自己又不落好，没有人干这蠢事。这么想着，史国心里踏实了些。

史国将那件大的青铜壶和瓷盘准备给了刘主席。其余三件就自己收了起来。那天他本想让文耀按照价值把几件东西排个序，又怕文耀生疑，也就没问，完全是凭借自己的判断选的。文耀说得不错，是该在这方面上个心，眼下收藏已经很热了。

省政协在蛇县调研议程安排出来后，史国就按照梅志远的意思给孟云长传真了一份，孟云长笑笑说：“史县长，我还看？”

史国说：“老领导，当然您得把关了，蛇县的事嘛。”

孟云长爽朗地笑着说："不愧是梅志远的女婿。"

孟云长看过后回电话说："很好，很好，只是有个小小的建议，刘安村就不要去了。山大沟深的路不好走，政协都是些老同志，别把骨架给颠散了，再说又是我的老家，别落个以权谋私呀啥的说法，对你的影响也不好。"又说："调研结束后我单独回去一趟就行了。"

史国说："我听老领导的。"

扣了电话，史国又给梅志远打了电话，把孟云长的话原原本本说了一遍，梅志远笑了，说："调研组下去，刘建军就是中心了，风头独占，他的衣锦还乡大打折扣。你还得准备一下，调研结束他还乡时，一定要和接待调研组一样隆重热烈，县四套班子在县里的要全部陪同，电视台、报纸的都带上。"

梅志远再次叮咛史国，说："调研组下去一定要招待好，最高规格的，不要像许多势利眼，对政协另眼相看，一定要和党委、政府、人大一个规格接待。"

五

刘建军带政协二十几位重量级领导赴蛇县调研考察，当天晚上宴请结束，史国就把两件东西送到了刘建军的房间。

刘建军把两件东西仔细端详一遍，打开一个箱包，史国以为刘建军要往包里装，心里说这也太缺乏过渡了。可刘建军没有往包里装，却拿出一套工具来，放大镜、显微镜、激光笔、小型电子秤、小钢刀、小卷尺等，还有一双白手套。史国心里涌动起无限的感慨，也有了一份顾虑。

刘建军戴上白手套，观察起青铜器来，说："史国啊，这东西你可认识？"

史国笑着说："我是个外行，对这些东西一窍不通。"

刘建军说："这叫卣，是一种器皿，具体出现的时间至今是个未知数，在商和西周时期非常盛行。当时用来装酒，所以外观上大部分是圆形、椭圆形，底部有脚，周围雕刻精美的工艺图案。商代多椭圆形的或方形的卣，西周多圆形的卣。西周卣承商代形制但有所变化，其中最有特色的是'鸟兽形'卣。鸟兽形有提梁的容酒器，一般统称为'鸟兽形'卣，其中最为有名的是'虎食人卣'，至今我国共发现两件，一件藏于日本泉屋博物馆，另一件藏在巴黎。"

刘建军的一番讲解，史国出了一身冷汗，怕给认出假来，刘建军看看史国说："这东西是从哪里弄来的？"

史国说："蛇县有一个文物管理所所长，人们对古董还没有意识的时候，他的爷爷手里就开始收藏这些东西，到他也一直在收藏。"

刘建军说："史县长，你给我说实话，掏了多少钱？"

这下把史国问住了，不敢冒说，只能实话实说："他一直有个愿望，想当文化局局长，别人跟我讲过他的事。"

刘建军噢了一声，又是照，又是称，又是量的，之后说："这是个老东西啊，虽然年代不是太久远，但也是个好东西，要是稍微小一号，就更有价值了。"

史国说："主席，大的不好吗？"

刘建军说："不是大的不好，是小的更好，以前这东西造得小，后来是越造越大了。"

刘建军又仔细观看那瓷盘，说："对瓷器你了解多少？"

史国说："我很不了解，只知道青花瓷好像很贵重。"

刘建军说："中国好的瓷器很多，宋代有'定、汝、官、哥、钧'五大名窑，倘若能有一件真品，都不得了啊。青花瓷固然名贵，可惜仿的太多了，鱼龙混杂。"

史国说："主席，这个像碟又像碗的是……"

刘建军说："它值钱就值钱在既不像碟子又不像碗，你看这碗有'宣德'字样，是一件明朝的东西，保存得这么新，没有一点儿损痕不容易啊。"

史国说："这蛇县古墓非常多，大概都是从墓中挖掘出来的。"

刘建军说："对，蛇县地下的宝藏不是煤不是油，是古董啊。"

刘建军拿着器具将两样东西重新观察一遍，将两件东西仔细包好，说："开眼界了，好东西在民间啊。"

然后递给史国一根烟说："你爱好什么？"

史国笑着说："主席，我俗人一个，没什么爱好。"

刘建军说："人还是得有个爱好，也是一种寄托，官做得再大，也有到头儿的那一天，没有爱好，做官做到一定程度是很空虚很无聊的，你得培养一个爱好。"又说："我就爱好古董，古董是有灵气的，能陶冶一个人的情操。"

史国说："谢主席指点。"

刘建军又打开两样东西仔细研究起来，边研究边说："这个家伙也是个人才，叫什么名字？"

史国看着刘建军说："主席，您说的是……"

刘建军说："噢，就是那个文管所所长。"

史国说："叫朱长天。"

刘建军说："收藏这么多年，想必有不少见解，啥时有空闲了，好好跟他交流交流。"

史国说："我明天就叫他来见你。"

刘建军说："不必，不必，以后再说吧，别影响工作。"

刘建军打了个哈欠，看了一下表，史国起身告辞，刘建军说："'打造全省西大门'这个构想很宏伟，也很符合实际，我给老孟交代过了，他会尽力的，你跟他多交流沟通，完成后以省政协重点提案提交。"

史国说："谢谢主席。"

刘建军说：“这两件东西你带回去吧，饱饱眼福就可以，君子不夺人所爱，他也是个收藏之人。”

史国说：“主席，东西要是多了，也就不在乎一件两件的了，他家自留地里据说曾经挖出王侯的墓哩。”这是史国信口而来的。

刘建军噢了一声，说：“自留地可是大集体时代，那他可是得了不少宝贝的。”

从刘建军的房间出来，史国把给刘建军两件古董的情况给梅志远汇报了，梅志远说：“那你就抓紧时间把那个所长提拔了，让他心安理得地接受，你不提拔，老刘怕他生事，这些年他学会谨慎了。”

回到房间，史国躺在床上，翻着蛇县机关电话号码本。股级以上干部在电话号码本上都有登记。翻阅的结果是位置都安排得满满当当，几百个科级岗位，史国硬没找出一个可调整的空位置来。荀远山的人事工作做得太扎实了。就想起梅志远告诉他人事上不能安排得太满，要留几个位置出来，以备不时之需，真是经验之谈啊。随便增设一个什么位置是不行的，上面控制得非常严。况且，调整祁华明还有一难，那就是得顾忌书记荀远山，因为祁华明是他来后不久提拔的，这还不到两年时间，必须有一个差不多的位置。遂就有些后悔把朱长天要当文化局局长的话原原本本说给了刘建军。说实话往往是没有退路的。朱长天的问题解决不了，刘建军怕引来不必要的麻烦，收得就不安心，甚至可能不收。不收肯定心不甘，反过来就会把气生在他身上，怪他事没做好，事情就麻烦了。

史国又翻了一遍电话号码本，希望在财政、建设、水利、教委、扶贫这些实惠的局、委、办找一个局长兼书记的，把书记腾挪出来，因为在局里局长说了算，书记兼不兼都无所谓。把实惠不多的局的局长放到实惠多的局去做书记，再把祁华明调整过去做局长，这样文化局局长的位置就空出来了。然而，一个萝卜一个坑，依旧是扎扎实实的，没有空地。

本就喝了不少酒，又翻电话号码本，翻得头昏脑涨的，史国就给文耀打了电话。

文耀正躺在床上。接待人是个累差事，尤其接待这么高规格的团队，一天的奔波操心，人就像瘫了一样。可真正让他觉得累的是他心里装着一个事，就是几件文物的事。自史国来后，对他不错，从城建局的书记做了政办主任，虽然是平调，位置很重要。按照惯例，党办、政办主任在下届就是县处级领导的热门人选。从目前的阵势看，史国在蛇县是要干满这一届的。书记荀远山已经两届了，年龄也到杠杠上，这届一满必走无疑的，史国极有可能要当书记。史国做了书记，对他无疑是个大好机遇。因此，史国提起文物时，他把这看成了一个信号。史国到蛇县一年多了，在他跟前没提过古董，让他觉得有些奇怪，因为许多领导到蛇县都会迫不及待地提到古董，吕方州来了还不到一个月就开始敛古董了。他不会从清廉的角度去想，而是觉得史国城府很深。史国现在终于提了，不管是史国自己收藏还是进贡大领导，他只能大包大揽了。当然，他也收藏了一些东西，但那不到关口是不会出手的。他去找朱长天。朱长天当文物管理所所长多年，收藏了不少东西。有人说他监守自盗，祁华明当了文化局局长就抓住这一点向朱长天索古董，朱长天给过几件，可祁华明太贪，西瓜皮擦沟子——没完没了，朱长天不再贡献，祁华明就要挟要拿掉朱长天的副局长和文管所所长，还放风说朱长天就是个名副其实的盗墓贼，要收拾朱长天。朱长天也不示弱，说："你先自己坐稳了再说，别当那局长是你家，能老几辈子地坐，你的那些烂事当别人不知道。"两个人翻了脸后，朱长天找到他说："你给我去办，我愿意拿好东西真东西换他这个文化局局长的位子。"朱长天能找他说这样的话，是因为他们之间有层亲戚关系，朱长天的娘改嫁给了文耀的舅舅。那天史国让他去整几件古董，他立刻就想起了朱长天。这些年对古董文耀也是一直很上心的，在别人手里也能拿上货，却不敢保证货是真的，古董行里有爹娘跟前不说真话的说法，他怕把货弄假了，这事闪失不起。古董市场本就鱼目混珠，替领导办这种事本身就是刀刃上走路针尖上舔蜜的事，弄不好不落好还会招灾。曾有一位副县长，送给一位领导一件老东西，那领导找人鉴定，结果说是仿的。其实那东西确实是真的，是鉴定的那人想收，把事情坏了，结果这位副县长被调整到市文体局做了副局长，还是最后一名副局长。史国不管是自己收藏还是为别人操持，弄假了都是吃不了要兜着走的。朱长天不敢哄骗他，一是朱长天有目的，而且很冒进，这就会有所顾忌；二是他现在是政办主任，又跟县长处得极好，大家也都看得明白，县长要办朱长天那点儿事，是很容易的。这两条是可以保证从朱长天这里拿到真货的。朱长天拿出两件说全是真货。他说："两件不行，我给你说文化局局长你势在必得。"其实，从副局长升局长，两件货是足够了，可是史国来蛇县对他确实不赖，他也从来没有表示过，这换届也马上要开始了。看得出史国没有收藏过，可没有收藏过不等于不喜欢古董，"盛世收藏"这句话的含义史国该是懂的，古董只会增值，而且一出手就是钱，除了傻瓜谁都懂，当然比收钱更安全。一旦出了事可以推说自己收的是赝品。甚至他想史国或许是打着领导的名义向自己索要也未可知，有些领导就是借办事为自己索要的。因此，他得让朱长天多出几件，一举两得。朱长天很痛苦地在地上选来选去，之后又拿出一块玉来，说："就这三件，行就行，不行就算了。"文耀说："再来两件高仿的。"说着推着朱长天进了地窖。朱长天说："高仿的，有些高仿的比真的还上价哩。"文耀就说："难怪人家会在你头上踩你，知道你就是个没出息的货，你想真被他踩在脚下？监守自盗可不是个小罪名，祁华明心狠手辣，不定弄出啥事来，他跟书记的关系你也不是不知道。"朱长天这才又挑出了一个瓷盘，一块玉器。文耀说："你可别拿太假的东西充数，要是让人家弄清楚是假的，不要说是提拔，就是现在的位子也未必坐得住。"朱长天说："这你放心，就是鉴定也没问题：一是这几件东西有三件是真的，两件高仿的真正的专家也未必能鉴定出来，即使是鉴定出来也是有价值的；二是从蛇县出去的东西到了省城，你也知道，没人打眼的，货一出手，我就会给那边打招呼的。"文耀提着东西掂量时扫了朱长天一眼，看着朱长天痛苦的表情，知道朱长天是出了血的。朱长天拿出一个本儿要文耀打了条儿，说："事成扯条儿，事不成东西可是要归还我的。"文耀说："我你还不相信。"朱长天却说："在我看来，只有老东西可以信任，你们这些人是最不能相信的，嘴里跑马，李强拿了我的东西时话说得天花乱坠，到头来我的事没办成，他倒成了副县长，这都是担价钱的东西，不是我家地里长出来的，我是花了本钱的。"文耀有些骑虎难下，打了条儿东西送出去万一谎下了，朱长天找不到史国头上，他要承担的，朱长天翻了脸可是六亲不认的，可朱长天已经被人涮过一次，谨慎得要命，不打条儿东西肯定拿不走，给史国又没办法交代。文耀再次将这五件东西一个一个掂量审视一番之后，有了信心，这几样东西不要说是弄个文化局局长，找对门路就是弄个县长也是足斤足两的，朱长天是给祁华明逼急了才这么出血本的。文耀打了条儿，对朱长天说："给你办事哩，难道我白担风险。"朱长天说："不会亏待你，事成我给你一件好东西。"文耀说："先给我一件，让我办事也有个动力。"又赖了一件。文物提回家，文耀把一个陶罐留下了，凭陶罐的品相和朱长天拿时的神态，他感觉这东西是六件中最有价值的，他当然自己收藏了。把五件东西提给史国，文耀原本想着史国看到东西会给一个痛快话，五件东西啊，他都心疼啊。可谁知道史国在看了又看之后，没有给他一个准信，只说了句"我知道了"，这句话可以理解为我记着此事，可是什么时候解决呢？三月半年一年两年，都说不定。再有半年时间，书记荀远山从党校回来，人事就归荀远山了，再要解决就得费周折了，况且现任文化局局长祁华明是荀远山的人，提拔也才一年多时间。而像史国这样有背景的官员提升得都快，说不准眨眼间就走人了。这事越快越好，夜长梦自然就多了。文耀只能从古董的去处往好处想，他的判断是史国开始敛财了。这种人一旦有了再一就会有再二再三，就不会做一锤子买卖，只要他对这老东西上了瘾，就会贪得无厌，朱长天的事就不是问题，他的事也就没问题。这样当然好了。

因此，他的心还是安的。可当省政协调研的文一来，文耀就明白这几件文物的去向了。按说，对于他这样的科级干部，对省级领导是雾里看花的，但对刘建军是有耳闻的，收藏的名声很大。文耀觉得麻烦了，这东西不是史国收藏，东西一送出手，对于史国这样地位的人来说，事情就等于了了，别人的事会淡忘的，他太了解这个级别的领导了，而这几件东西说不定史国就是在为自己下一步铺路，或许史国下一步未必在蛇县继续待下去，有那么多的强县富县，他何必在蛇县待着呢……正这么辗转反侧地琢磨着，史国的电话来了。文耀接了电话，起身就往宾馆来了。

文耀来后，史国说："朱长天是要正科级，还是要局长？"

文耀说："要文化局局长。"

史国说："他为什么非要当个文化局局长？"

文耀说："要说他本来对局长不局长的也没多大兴趣，可局长祁华明上任后，老向他索要古董，他给了，可老祁有些贪，你说那东西又不是青菜萝卜一茬一茬地长，不给，老祁就老给他穿小鞋，还说要收拾他，他就发誓要夺了局长的位置。"

史国说："为赌一口气值得这么劳民伤财吗？"把电话号码本扔给文耀说："你给我出了个难题，我翻着这本子头都翻大了，竟然没有办法破解。你看咋办？这事这几天就解决了吧，让人家物有所值嘛。”

文耀心里的一块石头算是落了地，他只是粗略地翻翻电话号码本，说：“其实调整祁华明也不必太在意他，有个位置就行。”

文耀停顿下来看着史国，史国拍着桌子说：“往下说，卖什么关子。”

文耀笑笑说：“他跟县剧团的两名女戏子纠缠不清，前一段时间两个戏子还撕扯到他办公室去了，把办公室砸了个一塌糊涂。”

史国说：“有这事？”

文耀说：“有，全县都摇了铃了。”

史国说：“我怎么没听到？”

文耀笑笑说：“这种事领导一般都是最后知道的，等领导知道那定然是有人告状要处理了。”

史国明白文耀在提醒他动文化局局长是因为有人告状，这当然是调整或免去一个官员的最好的借口了，心里一下子宽了，想自己作难了半天，文耀竟然一下子就解决了，就说：“那也总得有个位子，也好对那面有个交代。”他说的那面，就是指县委。

文耀说：“位子倒有现成的，不用腾挪。”

史国说：“我翻了半天没翻出位置来，你倒几眼就看出来了。”

文耀说："办公室就有个位置，督导室主任，也是正科级，我兼着的。"

史国一拍脑袋，说："对对对。"

史国抽一支烟出来，说："这老苟和祁华明是啥关系？"

文耀忙打着火机点了，说："老苟爱看戏嘛，尤其喜欢秋叶的戏。"

史国拍着脑袋说："明白了。"

文耀走后，史国给苟远山打了个电话，把政协来调研的情况简单汇报了一下，苟远山又是一番虚套，史国又把文化局局长调整的事说了一下，他说："两个戏子是不依不饶的，都打到单位上去了，搞得沸沸扬扬，告状信都写到上面去了，上面揪住不放，不调整怕会闹出事来。"

苟远山沉默了一会儿说："那就调整吧，这个老祁啊，非让那半截肠子把他给害了不可。"

史国又给组织部部长打了个电话，让明天就回来一趟。组织部部长说好好。

苟远山去中央党校学习，就把组织部部长安排到省委党校学习，半年班。显然是怕他动干部力度太大了。这倒难不住史国，在省里学习，他可以随时打电话把他召回来，有背景谁都会买你的账。

六

史国在宾馆专门开了一间套房陪着调研组。考察组到的第二天晚上宴请结束，史国正准备去孟云长的房间，孟云长却到他的房间里来了。孟云长一进门就抓住史国的手说："谢谢，史国，谢谢你。"

史国扶着孟云长坐下，说："老领导，你太客气了，有啥不周之处，还请多担待。"

孟云长说："你提供的材料我看了，要说通过'打造全省西大门'带动七乡八村的搬迁，把解决八村人畜饮水和脱贫致富、新农村建设结合起来，这真是个好构想，必将成为现实，有我，你放心。"

史国说："谢谢老领导夸奖。"

孟云长说："要说蛇县，一百多个村中贫困的村很多，刘安村不在其中，但你安排进去了，我明白你的良苦用心，这是给我孟云长长脸啊，我很感动。"

史国给孟云长泡了杯茶，递过去，孟云长说："喝什么茶，整瓶酒来，咱们喝。"

史国说："老领导，你有糖尿病，前列腺也不好，都是忌酒的。"

孟云长说："没关系，其实我量大着哩，以前为工作，喝过二斤半，后来人们就叫我'二斤半'，不喝有些事办不了，有些钱要不来，我这身体的基础就是这么弄坏的，你可要注意。”

史国就叫服务员上“茅台”，孟云长说：“不，喝苦荞，故乡的酒，虽然便宜，但货真呀！”

酒上来后，史国斟好酒，双手递给孟云长一杯，说：“我敬老领导。”

孟云长说：“该我敬你啊。”

碰杯后，孟云长一仰脖子将酒灌进去，说：“我给你讲讲我和蛇县和刘安村的事吧。其实我老家不是蛇县，我老家在陕西，老父亲呢是给人拉长工拉到了蛇县拐子乡的刘安村，然后扎下根来，就地落了户，因为老家的情况还不如刘安村。那时候刘家河水哗哗的，淹死过人，现在干涸了，除非起暴雨发山洪才有水。而我老家在沙漠边上，一场风沙，人都能活埋了，庄稼活得了？老父亲也是个厉害人，从生产队长到民兵营长，后来当了大队长，就把弟弟和爷爷都搬了过来。但大队长嘛，总是要惹下人的。刘安村，90% 都是刘姓人，剩下的 10% 是外地迁来的，有长工，有土匠，有铁匠，一盘散沙，形成不了气候。刘家人势力大，就找碴跟你打架生事，更多的是软欺负，往你家扔屎扔粪，对着你家大门尿尿，点你家柴火垛，鸡猪狗羊都跟着你倒霉，断你家一条狗腿，偷你家一只鸡，你家的公鸡踩了人家的母鸡都是要惹出事来的。有一回，他们把我家一头猪的一条腿活活地剁了，你说恶不恶?!刘家河两岸的河滩地，每户有三亩，那时候有水啊，都指望那几亩地吃肚子。每到淌水，刘家人多势众，霸了水淌，我家庄稼淌不上水，都旱死了，为了淌水，没少跟人家打架骂仗。你说吧，刘家人窝在一起，平时为鸡毛蒜皮吵架打仗，亲弟兄间拔刀的，父子断绝关系的，也是常事。可只要跟我家起事，都拧成一股绳。一村人欺负一家人，天天都有事，你说那是个啥滋味，难活啊，那时间我杀人的心都有啊，从懂事起我就发誓要离开这个鬼地方。

“我能有今天，转机来自一次派饭。那时间驻队干部一来，饭派到谁家就是个大愁，那时候庄稼种得粗陋，产量不高，粮食不够吃，平日里吃糠咽菜稀一顿稠一顿，野菜下来了，瓜果上来了，都能顶饭吃，瓜菜半年粮嘛，平时忙了一个馍一碗水也是一顿，但把干部派到你家来，还能这么吃吗?饭就得按顿做，不能凑合了。农民嘛见识短浅，有权有势来驻队的下来，争抢着往家里请，干部嘛，有权势，都有个妄想，要是受了处分下来，推三阻四没人要。那年下来的是停职反省的县委书记，派到了我家。县委书记在我们家一住就是一年。冬季征兵时，书记问我：‘想不想当兵?’我说：‘不想。’书记说：‘都争着抢着当兵吃粮，出来好一点儿还有一份工作，你为啥不想当兵?’我说：‘当不上嘛，也就不想了。’他给我写了个条子，说：‘你去县上找武装部部长。’我心想这么大的事，一张二指宽的纸条条，能成吗？还是去找了，结果我当上了兵。在部队我扎扎实实干起，干到营级，最后转到地方，到了地方没背景就靠实干，一步一步地走了上来。有能力办事的时候，我就把孟家人陆续搬离了刘安村，在我的帮衬下，他们也都争气，现在都在省城发展，蛇县也没啥人了。好多年我不与村里人来往，但我的家院子还在，我不处理，隔几年就翻盖粉刷一次，我要让它像一颗钉子钉在刘安村人的眼睛里，脑袋里，骨头里……”

孟云长站起来说：“前列腺闹革命了。”说着便上卫生间去了，史国抹去头上渗出的汗水，还好没有弄巧成拙啊。

史国让服务员重新沏了茶，对孟云长说：“老领导，这刘安村的事我……”

孟云长端起酒杯在史国的酒杯上碰了一下，一饮而尽，说：“史国啊，话才说了一半，你听我把话说完。富贵不归故乡，如衣锦夜行，人人心里都有这个情结。在台上那些年吧，我经常回老家，就是这种富贵还乡心理，我要让他们看看我如今的风光。我也希望他们能来找我，求我，事我会给他们不折不扣地办了，但他们得求我，看我的脸色。可是刘安村的人也很有骨气，多少年了没找过我一回。我很折磨啊，你不理解那种折磨。后来，随着年龄越来越大，我想得越来越多的是刘安人对我的好。我爷死了，是刘安人抬埋的；我奶死了，是刘安人抬埋的；我爹死了，是刘安人抬埋的；我娘死了，还是刘安人抬埋的。这埋人有讲究，家人死了是不能由自己的儿孙抬到坟坑里去的。我们弟兄姊妹们的婚事，刘安人都来出礼吃席，热闹过的，还要咋？就是我每次翻修老家的房子，他们也是过来帮忙的，给他们钱，他们笑着跑走了。我家坟圈里种的树，皮让羊啃了，他们用草绳一圈圈箍绑好了，那年刘安发洪水，祖坟让水涮了几个洞，也是他们把祖坟给我补了修了，水路也重新改过了，我当时是号啕大哭啊。我不再希望他们求我，看我脸色，只希望他们能来找我，就像找他们在城里的亲戚，坐在家里催着你、逼着你给他们办事，只要他们说出来，就是天大的事，破了我这张老脸，倾家荡产，我都要给他们办了。我家邻居老尚，也是出身农村，只要他们村人去城里打工，转娃到城里上学，去医院看病，必定是要去找老尚家的，就是买个电视、电冰箱，都去找老尚，坐在老尚家里等着老尚给他们办。老尚在我跟前说简直烦死了，可老尚又得意地说：‘他们也可怜，进了城两眼一抹黑嘛，不找我又找谁，村里出来的人就我官大，他们认我哩，我对他们是有责任的。’他问我：‘你们村的人咋不找你？’我没法回答。

“前年清明，我回村在老房子里住了几天，有天中午，我听到吵架声，出门来看到老扁站在老强家门口骂：‘老强，你生了个啥儿子，你看你娃把我娃带出去弄成个残废了。’这老扁和老强都和我是一起耍大的。他们两个从小就好，像亲兄弟，儿女们也处得好，没红过脸。小强和小扁都在城里打工，结果有个老板的肾坏了，就想换个肾，大夫说农民工的肾是最好的肾，没有受到城里的污染，而且只有农民工才愿意卖肾。老板就通过人找到建工队。建工队队长找到了小强，小强一听一个肾人家一下就出到二十万，还管回家的车费和三个月的营养费和误工费，又听大夫说人有一个肾就足够了，就觉得是好事，决定卖肾，卖了肾就回家娶媳妇。结果，一化验检查，他的肾跟人家合不来，就觉得自己的命很不好，就把这当好事介绍给了小扁。小扁当然也想把肾卖了回家娶媳妇过日子，一化验，小扁那肾就像是专门给那老板长的，没有一点儿不投脾气的。半个月后，小扁一下子就拿了二十万回来。有了钱，啥事都不是事了，批房基、盖房子、娶媳妇，有钱嘛，一年内就都完成了，钱也花了个差不多。可是这小扁干活儿没劲了，还经常生病，把药当饭吃，这还不要紧，要紧的是到城里打工，人家听他把肾卖得剩下一个了，不要，挣钱的路也断了。几年了，找不上活儿，地里又旱得没收成，日子过得艰难，眼看娃又大了，要念书。老扁本身就患有痨病，干不得重活儿，着急上火，小强清明回来上坟一进家门，老扁就堵在门口骂上了，老骂小，人笑老，他就骂老强，借骂老强就连小强也骂了，小强一肚子冤屈，说：

'我是自己去卖肾，可肾和人家的肾不投脾气，闹不到一起，人家不要，才把好事让给小扁的，要是我的肾跟人家投脾气，哪里还轮得上他，我到现在还打光棍？'可这话老扁却是不相信，说：'肾，都那么个人肉疙瘩，有啥不一样的，还用不成，分明是进城学奸猾了，哄我们这些没进过城的人，不知从我娃的肾上吃了多少钱。'我给老扁一根烟，说：'老扁，咋不找我，不就是找个活儿的事吗？'老扁看我，眼神竟是那样的。我把小扁带进城，给安排了一份正式工作，这险那险的什么待遇都有。可看着面黄肌瘦的小扁，我心疼啊，如果我不是那样的自私狭隘，他们有事找我，小扁也不至于把一个肾卖了。一个正青春年少的小伙子啊就这么成了半残人，这是往我脸上甩了一泡屎啊，我孟云长家乡的邻居把肾卖了啊，人会咋说？刘安村人不找我，却总以我为骄傲，我听到他们给人卖派说：'孟云长是我们刘安村出去的，大厅长，权势大着哩。'

"那年秋上，刘大头来找我了。刘大头的父亲和我同岁，我们打过的架多了。这些年他带着个包工队，也干得不错，我心里还以为他在城里混机灵了，找我想揽工程啥的，可他黑着脸说：'大厅长，我只说几句话就走，别怕我脏了你家的地方。'让坐也不坐，站在那里冲我吼：'人家村子又是修路，又是补助盖房，又是吃救济的，啥偏食都吃得上，刘安村是后娘养的啊？刘安村人到底把你咋了，把你家祖坟刨了还是把你家月娃儿捏死了？你真的以为你从村子上搬走就真正走了吗？去年刘安一带发了洪水，几道沟的路都冲断了，刘安就成了孤岛，没路可走，小杂粮运不出去，娃念书都无路可走，是我掏的钱，带工程队把路修通的，人们却说是你把路修通的。大厅长，我没你见过的世面大，可有一点我懂，你官当得再大也有下台的一天，下台以后只有刘安村人知道你是谁。’他把一只宰好的羊扔在了我家地上，说：‘这是刘安村的羊，想必你好久没吃过了吧，你好好炖上一锅边吃边想吧。’他走了。他那话说得好啊，你从村子上搬走了就真正走了吗？你不理解，你从小是在城里长大的，只有在村子上生活过的人，才会有这样的感受。”

史国没有想到孟云长说得还热泪盈眶。

孟云长端起酒杯一饮而尽，捏住史国的手说：“想起来恍如隔世，唉，说多了，人老了容易发感慨，你别笑话。”

史国说：“岂敢，我很感动。”

孟云长说：“刘主席那边，你该做做工作，我想梅主席已经给你交代过了。”

史国说：“我已经安排了。”

孟云长说：“考察调研结束时，我给你个运作程序，有许多项目没有实施不是项目不好，而是运作程序有问题，运作程序是决定成败的关键。”

七

五天时间里，看得扎实。刘建军讲了话，把此次调研上升到推动蛇县经济发展、建设社会主义新农村、实现小康目标、构建和谐社会的高度。把调研组送上高速公路，史国就带领四套班子和市、县电视台、报纸的记者原班人马陪同孟云长去了拐子乡刘安村。

路上，史国塞给孟云长一万块钱，孟云长说："刘贵已经给准备了。"

史国迟疑一下，可递出去的钱又不能收回来，就说："多带点儿，村子大。"

车队一进刘安村，锣鼓喧天，"热烈欢迎"的口号声四面响起，一队小学生手捧一把把鲜花，在寒风中夹道欢迎，横幅打了好几条，上面是"热烈欢迎孟云长主席还乡视察指导工作"。

一入村口，孟云长就下了车，招手致意，还抱起一个小学生来，记者就是拍啊照啊。史国乘机拉过李启明说："你搞错了，孟云长不是主席。"李启明说："没错，这孟主席以前只做过副厅级调研员，横幅不好打，打厅长、调研员都不好，找来找去正好现在孟云长是什么协会的主席，主席嘛，又没大小，村里人也不清楚，反正孟云长在村里现在声名赫赫，你看老头子也没反对。”史国给李启明竖起了大拇指。

孟云长一家一家地走，访贫问苦、嘘寒问暖。一家一家发钱，把一个村子有人的家户都走了一遍，几沓子钱发光了，还把自己的钱夹子掏出来，大概有两三千都发出去了。

中午饭就在村主任刘喜旺家吃的，一头小乳猪，全蛇，全羊羔，全土鸡。开席之前，孟云长让刘喜旺准备十几个蓝边大老碗，说：“喜旺啊，每样菜往这碗里装一点儿，村上有十几个老人，每人送一碗过去。”

离开村子时孟云长是洒泪故土依依惜别。回到县城，孟云长说：“我给你准备了一个路线图：一是高调提出‘打造全省西大门’和县内移民，快速形成以‘打造全省西大门’和县内移民为抓手，推动国家级贫困县蛇县扶贫攻坚战略的领导班子；二是请省委、省政府政研室、政府参事室前来就蛇县这一规划进行调研；三是请文化专家、历史学家就蛇县建县两千多年的历史及其重要地位进行整理挖掘，确立优势；四是请国家一流规划设计公司进行规划设计，尽快做出高规格大气概的规划来，规划要站在全省的高度；五是邀请省内外国家级专家进行研讨论证，在北京开研讨论证会，营造声势；六是在电视、报纸等各大媒体对调研报告、蛇县历史、文化传承、专家观点进行广泛宣传，要连篇累牍大篇幅黄金时段系列报道，开展舆论攻势。政研室和参事室调研、论证、研讨，看上去有些重复，但这是必需的重复，车走车路，马走马路，各有各的渠道，影响的范围各不相同。”

史国说：“蛇县曾经有过一个规划，我觉得还不错，我让人取来。”

孟云长说：“啥时做的？”

史国说：“前年吧。”

孟云长说：“那规划我见过，前年的规划又如何能跟上眼下的形势？如今是一年一个形势，过一年就是老皇历了，再说前年你还没来吧？用别人的规划说起来好像你是在完成他人的设计，又如何能体现你的思路，也不好听。”

史国点着头说：“老领导点化得对。”

孟云长说：“规划设计要请北京的大公司来做，北京人才多啊，规划设计大气、科学、全面，这几年省里的、市里的规划设计都是请北京一流的公司来做的，多数规划都是一次通过的。”

史国知道他又在为女儿谋事，就说：“那还得请老领导帮忙请一下，我不熟悉。”

孟云长说：“我参与得多，倒是熟悉几家公司，你就交给我吧。”

史国说：“老领导，大恩不言谢。”

孟云长说：“你听过这么一句话没？一个成功领导的背后，站着一群记者，新闻宣传一定要跟上，别小看媒体的力量，可以影响领导决策的。”

史国说：“老领导，我代表全蛇县人民正式邀请您为蛇县总设计师。”

孟云长说：“总设计师不敢当，跑腿没问题，这样吧，书记不在，你还要主持全盘工作，有些常规性工作也脱不开身，你从班子里给我派个熟悉蛇县能代表蛇县能干会跑的人，必须你出面的时候你再出面。”

这句话引起史国的警惕，蛇县班子里“熟悉蛇县能代表蛇县能干会跑的人”，孟云长是在问他要刘贵？从孟云长还乡刘贵给准备了费用，就说明他们关系不一般，史国就试探说：“老领导，刘贵您……”

孟云长一拍史国的肩膀说：“史国啊，我还以为你在我跟前连刘贵这个名字都不愿提，没想到你还真推荐刘贵。”

史国张张嘴，孟云长说：“大度，大气，你是做宰相的料啊，做官就要有这样的胸襟，我知道你刚来跟刘贵有许多不愉快，但那都是可以理解的，刘贵到了这个年龄，想必他的处境你也能理解，他不创造机遇，就该退二线了，你来一年多，刘贵百般不配合，也吃了苦头，说实话他不是针对你的，是针对县长这个位子的，谁来做这个县长，他都会这样‘配合’，你明白我说的意思吗？他是在为自己创造机遇。”

史国说：“明白，明白。”

孟云长说："吕方州被挤对得跑调动的时候，刘贵来找过我，我本来打算帮他，可是消息传出你要到蛇县，我就不能帮他了。你是谁呀，梅志远的女婿，我们多少年的关系了？这几天他陪着我很颓废，想单独请我吃个饭，我明确告诉他，如果说你和史县长一同请，我就吃，否则就算了。"

史国心领神会，也顾不了许多，忙说："我这就给他打电话。"

孟云长说："好。"

史国打完电话，孟云长说："'打造全省西大门'一旦决策实施，定然要成立个经济开发区做依托，会设正处级和副处级职数，让刘贵跟着出点儿力，他面临的问题也就可以解决了。人嘛，你总得让他有点儿希望，要说这刘贵对蛇县是有贡献的。"

史国说："对。"

孟云长说："其实刘贵这家伙要是用好了，你就会轻松多了，那是一员虎将，冲锋陷阵没问题，'打造全省西大门'需要他。这些年啊，就他还把我当蛇县人。现在好了，你们之间冰消雪融，我也了了一桩心愿。"一拍桌子又说："这是双赢啊，不，应该说是三赢，一是对你这是一个大大的政绩，明年换届就十拿九稳了；二是刘贵的问题也得以解决，常务副县长兼了管委会主任，换届时运作运作，政治生命就能够延长；三是我总算能为蛇县为刘安村办件事，也算功德圆满。”

史国说：“晚上您看蛇县还要请谁？”

孟云长说：“就我们三个，再不要叫任何人。”

刘贵来后，坐到桌上，孟云长挠着头说：“有句诗叫什么相逢一笑什么来着？”

史国看看刘贵说：“‘度尽劫波兄弟在，相逢一笑泯恩仇’，是鲁迅最著名的诗句了。”

孟云长说：“对对对，相逢一笑泯恩仇。”

酒喝起来后，三个人都说“一切尽在酒中”，喝掉了三瓶，都说了一大堆醉话。

隔几日葛兆北来了，就说到规划设计的事，葛兆北笑了说：“要说这规划设计吧，都是你抄我我抄你，说高雅一点儿是借鉴，说平庸一点儿是模仿，说低俗一点儿就是剽窃，大同小异，要说那份规划稍做修改完全可用的。”

史国说：“我也这样想，可老孟说规划设计一定要请北京的大公司来做，高规格，高水平，大气派。”

葛兆北咯咯咯地笑着，史国说：“你怎么是这种笑声？”

葛兆北说：“这事就该这么笑，做那份规划时他也是这么说的。”

史国说：“那份规划也是他请人来做的？”

葛兆北说：“我告诉你孟雪的活儿干得也就那样，东拼西凑的，费用可不是小数目，你要有心理准备，别一谈费用把你吓个坐蹾儿。”

史国说：“不至于把整个蛇县都装进腰包吧？”

葛兆北说：“不过羊毛出在羊身上，有他给你操心这事，规划会变成现实，你就放手干吧。他这人才学不高，但就会成事。”

史国说：“当然能成事了，有他女儿，谁敢不让他成事？”

临走的时候，葛兆北说：“你不该让刘贵跟着老孟跑啊。”

这史国何尝不明白，可他别无选择。

八

上下三千年，纵横三百里，三千年建城史，两千年置县史，从蛇山到坟丘，从老树到古寺，从文物到文化，从方言到乡戏，从一块碎瓦到一截断垣，从一双绣花鞋到一截裹脚布……蛇县没有资源，但周围市县有煤炭、石油、天然气、石材等大量的资源，上千平方公里的资源圈，蛇县就是这个资源圈的核心、枢纽……专家、学者展开他们丰富的想象力、联想力，旁征博引，引经据典，历史名城、资源核心、流通中枢，蛇县定位脱颖而出，优势凸显。一切都按照孟云长的设计程序走了一个过程。北京的论证研讨会部、委、办都有响当当的人物参加，规格之高，反应之大，在蛇县历史上虽不能说绝后，但是空前的。史国目睹了孟雪的风采与能耐，高规格的会议让她组织得大方得体，滴水不漏。阎副省长在相关部、委、办都有熟人捧场，均表示大力支持，有的甚至说老阎在那里嘛，自家事儿。几场研讨会下来，蛇县简直就成了一个聚宝盆。蛇县所谋之事上升到了省委、省政府战略。三个多月时间，举行了“打造全省西大门，建设蛇县经济开发区”开工典礼，省四套班子的在省领导悉数参加，规模空前，气势磅礴。

随着建设工程紧锣密鼓地上马，沉寂的蛇县一下热闹起来。书记、省长、主任、主席，四套班子领导今儿你来了，明儿他来了。只要工程一奠基开工，你就是大功告成。梅志远说得没错，政绩已经握在手里了，不少领导对史国的开创性工作给予了充分肯定。

兆北集团成了建设的主力军，专门成立了一套班子进驻蛇县，五十台大型挖掘装载机整队轰隆隆地开进县城，简直就是一种展示。只要是兆北集团承揽的工程开工，无论工程大小，都会有省级领导出席。史国真正懂得了一句话：“一个大人物背后至少有一个老板，但一个老板背后站着绝对不止一个大人物。”梅志远、孟云长，甚至是阎副省长、李全副主任、刘建军副主席都和葛兆北仿佛前世就相识一般熟悉。

给予葛兆北的优惠政策，基本上是按照李桃县的模式。史国知道葛兆北依然会跑马圈地，得寸进尺。不过史国并没有由着葛兆北的性儿，对于过分的要求依然有所回绝。城东那块地，史国打算要开发一个现代农贸市场。蛇县一带是豌豆、荞麦、土豆、小米、糜子等小杂粮的主产区，也是牛、羊、猪、鸡、兔的流通区。现在城市患富贵病的越来越多，吃杂粮和山货的人就越来越多，很有市场。可葛兆北想开发住宅区，史国否决了。可是，葛兆北要想得到是绝对能得到的。没过几天，梅志远给史国打电话，站位很高地说建什么农贸市场，不要以为山城就该老抓住农贸不放，那块地方你就交给葛兆北去开发。之后又缀了一句："刘主席也是这个意思。"他也就只能作罢。

蛇县热了，表现在媒体上。中央媒体、地方媒体、电视台、都市报，三天一拨，五天一批，一窝蜂地来，省报上《金蛇狂舞》《蛇山，哦，蛇山》等连篇累牍的系列报道，省电视台做了一个"魅力四射西大门"系列报道。史国领略了记者的威力，有些领导直接在报纸上批示了，批示的报纸经过多次复印传真到了史国的案头。史国安排办公室专门成立简报小组，对领导视察、专家建议、媒体报道、领导批示及时以简报的形式上报下达，对省委、省政府两办的简报进行转发、评论。

《蛇山风雨起苍黄》，又是朱大头的杰作，还配了《蛇山之韵》的评论。史国读完，想起老孟“一个成功领导的背后，站着一群记者，媒体代表着一种力量”的话来，就给朱大头打了个电话。朱大头已经带着几个记者来过好几趟了，都不凑巧，他在陪省领导视察、现场办公。现在一切都按部就班了，能抽出闲暇了，该邀请朱大头过来好好陪陪，表达谢意。

朱大头来了，还带着理论部主任叶大魁，一个头发雪白的老头儿，朱大头说：“用大领导的话讲啊，理论是灯塔，你得整几篇理论文章，理论文章可是领导干部的门面、招牌、实力。”

史国说：“得了吧，还理论文章，我肚里那点儿墨水你还不知道？”

朱大头说：“过分的谦虚就是骄傲，我看你把每次讲话整理润色，就是一篇好文章。”

史国想想说：“那我收拾出来请叶主任看看，水平有限，叶主任不要笑话。”

朱大头说：“你哪有时间整理润色，让叶大主任给你整理润色。”

史国说：“怎么好劳驾叶大主任。”

叶主任说：“能为史县长效劳也是我叶某的荣幸。”

朱大头说：“叶大主任是咱省理论一支笔，不白整理润色，润笔费是必须的。”

史国说："这还用说，那有劳叶主任了，我敬你一杯。"

酒宴散后，史国到朱大头的房间，泡了两杯茶，两个人一人躺了一张床，点了支烟，史国说："我想和你探讨探讨这头条的问题，你得给咱多上几个头条，领导重视头条。"

朱大头笑了，说："你说一年三百六十五天，中央、国务院、省委、省政府、各大厅局就要占掉一大半，全省这么多的市县，你掰着指头算一个县还能有几个头条？"

史国说："少给我来这一套，有的县我看头条很多，周原、李桃半年上了六个头条，不但头条多，而且整版整版的专版也多，而有些县一年都上不了一个头条。"

朱大头说："看出名堂来了？知道为什么头条多的县市专版多？"

史国说："为什么？"

朱大头说："因为专版是收钱的，而一般做两个专版会赠送一个头条。"

史国说："明白了，为啥我们这穷地方请个记者都难，而那些富县记者扎堆，你们这是腐败，搞有偿新闻。"

朱大头说："别上纲上线的，你知道省报现在的运行体制吗？改革后，财政断奶，自负盈亏，就靠广告、专版，不挣钱我们喝西北风啊。记者都有创收任务的，像我们这些部门主任任务就更重了，我给你说报社今年在蛇县下达了五十万的创收任务，指标是下达到我们部门，完成不了是要受罚的。”

史国说：“五十万?！抢啊！现在我的手里连看的钱都没有，锅都快揭不开了，别看今年蛇县这项目那工程的投资很多，看上去轰隆隆的，可没有一分钱是蛇县说了算的。”

朱大头说：“知道蛇县穷，我力辩才定了这个数的，像柳县、河岸、周原这样的县，都是一百五十万的任务。”拍了史国一掌：“这钱是给报社的，你当我装到自己口袋里啊。”

史国说：“要是装到你的口袋里，我倒砸锅卖铁也得给你凑足了。”

朱大头又拍了史国一掌，说：“这话让我感动啊，就冲这句话，我给你支个招儿，你给参建公司打招呼，让他们做专版，一个专版八万，做七八个专版就够了。按说这些单位的专版不在这五十万任务的范围内，是我们的资源，也有五十万的任务，要我们去争取的，不过这是软性的，我可以跟上面搪塞解释，都在你蛇县的地盘嘛。”

史国沉吟了一会儿，说：“那些公司都是大爷，背后站着老大的人物，牌大得很，听我的?”

朱大头说：“就是央企，不还在你的一亩三分地上？不听话，还难不住他?”

史国说：“我给你说，来头都不小，动不动就是领导批示、电话的，手里都握着尚方宝剑。”

朱大头说："你给他们打电话算是抬举他，不听话，我们来收拾他们。"

史国说："你们能收拾他们？"

朱大头说："当然了，找找问题还不容易，欠薪的、坑民工的、违规的、腐败的，在他们身上随便找，没有找不出问题的，一顿饭我们都能给他整出事来，你想想倘若三天两头儿有人来查这问那的，有村民来挡呀拦呀的，他们还干个屁！能按合同时间完成任务？你听说过这句话没，'一个成功领导的背后，站着一帮记者，一个倒霉领导的背后，也站着一帮记者。'记者有唱黑脸的，也有唱白脸的。"

史国跳起来，给了朱大头狠狠一拳，说："大头，我说你头咋就这么大呢，原来这里全装的是干货啊。"

朱大头说："头条是总编亲自签发的，专版的事解决了，话就好说，我保证给你四至五个头条，不包括大领导下来视察调研的。"

又说到理论文章的事，朱大头说："这老同志我给你带来，就是让他给你整几篇理论文章，你别小看，许多领导的理论文章都是他操刀的，这次让他给你整上两至三篇吧。"

史国说："那我得怎么答谢人家呢？"

朱大头说："钱啊，一万吧，再给弄上两条中华两瓶茅台。"

史国说："一万……"

朱大头说："不要说是给你操刀，就是发一篇文章也得这个数，理论版是热门版面，就掌握在他手里，领导批条的稿件排队，一年都发不完。"

史国说："好，那你呢？帮老同学这么大的忙，连篇累牍的……"

朱大头摆摆手说："咱们是老同学，你把报社五十万的任务完成就行了。"

史国给文耀打了电话，文耀送来五万块钱和烟酒，史国交给文耀说："给叶主任一万，其余是给你和部下的慰劳费。"

朱大头走后的第三天，史国读到的却是一篇批评报道，虽不是省报，却是影响很大的都市报，篇幅老长，报道的是拆迁过程中的矛盾，立场明显是站在民众一边，甚至对一些规划提出质疑。史国读后，觉得这篇报道是夸大了矛盾，显然是在挑事。史国叫来了宣传部部长，拍着报纸发了一通火。宣传部部长解释说："他们来拉过专版，我也帮他们跑过，可是企业不愿做专版上广告，都盯着省报。"记者们围绕着建设一边搞宣传报道，一边拉专版广告，都围着史国，史国实在顾不过来就全权交给宣传部部长去协调。史国拍拍脑袋说："妈的，都是大娘养的，哪个都怠慢不起啊，这样吧，县上挤点儿钱出来，都照顾照顾吧。"

《新起点，新机遇，新跨越，推进蛇县经济社会又好又快发展》的理论文章出来后，史国接到了十几个肯定表扬的电话，其中有刘建军、孟云长等，朱大头打来电话说省委常委、省委宣传部部长还做了批示，要求理论版多发这样的好文章。梅志远也打来电话，高度表扬。

九

半年的时间里，省级领导几乎都来过蛇县指导视察，但有一位领导一直没来过，那就是常务副省长周天明。很多人都注意到了这件事，就有了说法："周天明是不会来的。"为什么呢？阎副省长和周天明两人在争常务副省长时有了矛盾，周天明当了常务副省长，组织上为了平衡，阎副省长进了党委常委，可两个人的矛盾并没因此化解，反而在一些事上不断摩擦，越发纠结，二人的不和已经不是不互相支持，而是互相掣肘、互相拆台。这次阎副省长主抓的"打造全省西大门，建设蛇县经济开发区"成功立项实施，而周天明力推的"南部大通道"工程搁浅，两人的矛盾又升了一级，周天明怎么会到别人战场给别人造势？

然而，周天明来了，大张旗鼓、声势浩大地来了。不过时间很短，只一天的时间，十点钟到，调研到十二点半，午休起来，又调研两个小时，开了座谈会，肯定了工程进度，做了重要指示，吃过晚饭周天明就连夜到市上去了。机会难得啊，按孟云长授意，史国找了个空闲，把成立管委会班子的事提了出来。周天明很痛快，说：“管委会要抓紧成立，经济开发区建设推进这么快，没个管委会怎么行？抓紧时间报上来。”还说了句：“这事你们可有些滞后。”听周天明的口气，还有批评的意思。史国迟疑了一下，忙说好好好。嘴上这么说，心里却迷惑了。要说管委会班子报上去已有一段时日，工程奠基开工不久，省长带各相关厅局委办在蛇县召开现场办公会时，明确指出尽快成立管委会，负责协调处理相关事务。按说处级干部人事是在市上，可当时河山市委书记就对史国讲：“‘打造全省西大门，建设蛇县经济开发区’，蛇县是主战场，管委会班子人选就从蛇县产生，你们抓紧研究一下报个名单上来，一正一副。”这就把权力下放到了蛇县。散会后，孟云长就一分钟不耽搁对他说：“抓紧开会，把人事问题解决了，在苟远山回来之前把管委会成立起来，这人情就落在你身上，也为你明年换届做书记打基础。”人选很明确，主任刘贵，副主任文耀。史国就立刻召开会议，把管委会班子组成人员提上了桌面过了一下。权威要树起来，一切都是顺水顺风的。大家都很赞成。史国跟苟远山汇报了一下，苟远山也没异议，就立刻上报上去。可报上去之后，就像泥牛入海没了回音。孟云长打电话让他跑一跑，督促督促，他也跑了，没起任何作用。梅志远说：

“这事不是那么简单的，问题出在高层，你不要再跑了，报上去了你就没责任了，该落的人情也落下了，上面不批复怨不到你头上，老孟再让你督促你就说促过了，反过来再请他促一促。”后来，孟云长说就卡在了周天明这里。史国遂替刘贵叹口气，看来真是命治住了，这个机会再抓不住，仕途怕真就走到尽头了。

送走周天明的第二日一早，孟云长就把电话打来了，说：“你跟周天明说管委会班子的事了吗？”史国说：“说了，他说抓紧时间上报，难道上次没报到他那里？”孟云长说：“怎么会呢？这么大的事谁敢半路上卡住？他没再说什么？”史国想想说：“没有。”孟云长说：“周天明这个老狐狸显然是在给咱们作难，我就不信他能一手遮天，蛇县经济开发区这么大的事他都没顶住，管委会班子他就能顶住了？！按他说的，再报一次！”然而，名单报上去又没了音讯。孟云长打电话追问消息时，史国说：“没有任何消息，这样吧，苟书记回来了，再让他督促督促。”孟云长说：“好。”

十

一场沙尘暴过后，县级换届拉开序幕。苟远山的目标是河山市委常委或者副市长，可结果是市政协副主席。送别宴席上，苟远山牢骚满腹，怨气冲天，骂了这个骂那个，跟这个喝，跟那个喝，这种境况也就没人给面子，拳上不让，酒上更不让，而且苟远山也想喝，朗诵着“何以解忧？唯有杜康”，最后自己把自己喝成了一摊烂泥。还是史国把苟远山送了回去。可是第二日听说苟远山醉卧街头，差点儿冻死。

苟远山一走，人们就恭贺史国，书记的位子腾出来了，就等着红头文件。史国也感觉良好，不过他还是很低调，把一切提前预热的宴请都推了。然而，随着红头文件来了书记常玉贵，大家毕恭毕敬地接了。不过，大家依然恭敬着史国，史国在蛇县的政绩应该是显著的，重要的是他有背景，都断定下一步史国肯定是要到经济实力强的县去任书记，或者回省城重用，有背景就可以挑三拣四，好中选优，蛇县嘛，老少边穷之地，有什么干头？

然而，史国却困惑不解，打了十几个电话，并没有探听到任何信息。在蛇县史国也觉得自己的政绩是不错的，“打造全省西大门，建设蛇县经济开发区”奠基开工半年时间，就被评为“全省十大亮点工程”，而眼下正在建设的关键时期，苟远山走了，他接书记应该是最科学最合理的。史国有些焦躁不安，斟酌再三，就给梅志远打了电话。梅志远也困惑不解，不过他觉得史国调整到其他县市去的可能性很大。

现在这样具有开拓精神打开局面的干部稀缺，就不能按常规俗套使用，在一个县市打开局面，再调整到另一县市打开局面。无论去哪个县市，都会比蛇县强，“打造全省西大门，建设蛇县经济开发区”已经拉开序幕，蛇县风头出尽，剩下的事就是为工程建设擦屁股，做马前卒，纠缠在拆迁、安置、协调的麻烦事务中，能离开当然最好。他想打听打听，又觉得多此一举，一旦有消息自有人会传递给他。因此，对史国说要沉住气，要有城府，不要受干扰，做自己该做的事，踏踏实实把工程促一促，新闻上再下下功夫，既是宣传，也是提醒。

春节期间，在梅志远的指点下，史国把该走的关系又走了走。春节过后上班的第二周，红头文件下来了，这个红头文件让见惯了蛇的蛇县人无疑看到了巨蟒，大吃一惊：“史国调任河山市政协办公室主任。”

史国蒙了，在接下来的分析中，他把这一结局归根于周、阎二人的龙虎之斗，心下倒也坦然。这就跟天要下雨，娘要嫁人一样，这样大的两个人物之间的斗争把你扯进去，你只有承受的份儿，连怨气也生不出来。然而，紧接着的第二天，又一纸红头文件下来，刘贵任蛇县县长，兼任经济开发区管委会主任，郑彦文任管委会副主任。史国才真正愤怒了，既而又蔫巴了。当和文耀、曹辉三人坐在“八大碗”的云水厅的时候，史国满怀歉意给二位斟满了酒，举起酒杯说：“二位是跟着我打了硬仗的，辜负二位了。”文耀说：“县长，何谈辜负，沉浮平常事，我面临的无非是重新洗牌，史县长不来，我不就是城建局的一个大头书记嘛，最坏的结果无非是回归原位。曹局长是公安局局长，刘贵想动也未必动得了，大不了再交流，对曹局长还是好事哩，到富县去，强县去，岂不更能发挥作用。”曹辉笑笑说：“倒也是啊，只是跟着史县长干，一个字爽，有成就感，你说说这蛇县，天翻地覆慨而慷。文耀说得是啊，干这么一场也值啊！”史国就很感动，文耀说：“县长，不要沮丧，我们依然看好你，山不转水转。”曹辉也说：“到政协正好韬光养晦，过几年老子又是一条好汉。”史国说：“谢谢祝福，谢谢祝福。”又碰了一杯酒，史国说：“只是我不明白，郑彦文的事二位怎么也不提醒我？”史国虽然说的是二位，但其实专指文耀。曹辉来的时间不长，或许不了解情况，可文耀对郑小雁是郑彦文的妹妹，跟周天明的关系会不知道？周天明下来一天，文耀鞍前马后跟随着，周天明对郑彦文溢美之词的用意，显然是在传达一种信息，听鼓听声，听锣听音，文耀这么精明的人听不出话外音来？文耀不提醒他，显然是打了自己的小算盘，管委会副主任只设一名，推荐郑彦文，文耀就没戏了。史国恨得牙根痒痒，如果此时此刻他还是县长，他会把文耀骂个狗血喷头，一脚踢开，可现在到了这个地步，他连质问都不会了，只能说提醒不提醒的话了。

文耀表现得十分诧异，说：“郑小雁和周天明的事在蛇县传得沸沸扬扬的，省城会没有传闻？”

这话文耀不是在狡辩，是真心话。周天明下来调研他一直跟着，周天明褒奖郑彦文传达出来的信号他心领神会，明白周天明此次调研的目的在管委会班子。因为只设一名副主任，郑彦文要上，自己肯定没戏了。可是，第二次上报管委会班子人选名单时，副主任依然推举他。除了感激史国外，文耀也分析过，史国虽有背景，但凭借梅志远这个背景对抗周天明那是以卵击石，或许是阎副省长给史国暗示过什么。因为有孟云长，蛇县配备管委会班子阎副省长肯定是知道的，刘贵任主任显然是孟云长在背后用力，而孟云长也拍着他的肩膀给过他暗示，否则史国会兼任主任。倘若阎副省长暗示过什么，形势可就不一样了，虽然周天明是常务副省长，分管人事，可阎副省长也是常委，人事上也说得起话，况且“打造全省西大门，建设蛇县经济开发区”，是阎副省长挂帅，而从阎副省长“打造全省西大门”成功实施和周天明力推“南部大通道”工程搁浅，就显示了阎副省长不是一般的手腕，何况还有梅志远。因此，也就没提醒史国。他没有想到史国不知道郑小雁，更不知道郑小雁是郑彦文的妹妹。倘若当时他清楚这一点，那他定然会提醒史国，自己放弃，不蹚这浑水。史国推荐了郑彦文，周天明那边也能落下好，换届时做书记就该没问题，他依然有机会。在蛇县得罪了刘贵，他唯一的靠山就只有史国了。保护了史国，就是保护了他自己。因此，文耀说：“县长，有些事看上去明明白白，但其实是隔着的。”

曹辉表现得更为吃惊，说：“听说郑小雁给周天明把儿子都生下了。”

史国站起来长长嘘出一口气来说：“明白了，要说这周天明跟郑小雁这长那短的，在省城也不是什么秘密，只是省城的传闻和蛇县的传闻侧重点不同，省城传闻的重点在周天明，没人关注这保姆的事，而蛇县传闻的重点在郑小雁，因为郑小雁是蛇县人，这跟在省城的问省长，在村里的问村长一个道理。”

十一

要说在蛇县对于这一结果一点儿都不吃惊的，只有刘贵。跟着孟云长跑的过程中，刘贵把关系用足用活了。孟云长对史国说这些年也只有刘贵把他当蛇县人，此话当然夸张了。要说孟云长在蛇县时他们并没什么交往，孟云长离开蛇县的时候，他还是锣鼓公社的一名小干部。和孟云长接触也就是近几年的事，这条线还是葛兆北牵的。葛兆北一直想买蛇县煤矿，开始是跟县长吕方州谈的，吕方州当然想卖，开了几次会，硬让他搅了局。看着是一块肥肉，吃不到嘴里，葛兆北又转向跟他接触，接触过几次，谈得很投机，他跟葛兆北说要买，等我把吕方州挤走。之后葛兆北邀请他去李桃县参观考察，并一起到南方发展比较快的城市进行考察观摩，两人就谈出了“打造全省西大门”这一宏伟构想。回来后，葛兆北把孟云长介绍给他，说“打造全省西大门”要能够实施，此人有举足轻重的作用。自此，他只要一去省城，必是上门拜访或请孟云长出来坐坐，年头节下的拜访更是少不了。吕方州被他挤得手段难以施展，开始活动调走的时候，为讨孟云长的欢心，他邀请孟雪的规划设计公司进驻蛇县进行规划设计。规划费花去了几百万，就这还说是为家乡做事，少收了几十万。他咬咬牙，吕方州还没走，这笔钱没办法支付，别人的钱欠个一年两年三年甚至可以一直欠着，都不是个啥事，可孟雪的钱不好欠，只好先由葛兆北垫付。吕方州被挤走后，他还没来得及欢庆，瞬间就来了史国。这件事上他断定孟云长没帮他，孟云长与梅志远之间的关系他是知道的，也能理解。逢年过节，到省城开会办事，他依然是拜访孟云长，请老头子坐坐。吕方州被挤走后，没能如愿以偿升任县长，他就不得不做两手准备了，如果政治生命不能延长，他打算成立自己的公司，孟云长依然大有用途。他对葛兆北说：“规划费找你老同学去要吧。”葛兆北说：“我去要算什么，难道是给我规划的？这是政府的事。”他就说：“那这样吧，在蛇县不管和你老同学干什么勾当，我不坏你们的事，权当顶了规划费。”史国来后，他是一直憋着一口气，县长的位置是他挤走吕方州腾出来的，却被史国坐了。他还是采取对付吕方州的办法想挤走史国，然而，这个家伙却是个生皮，毫不畏惧。几番较量之后，史国更绝，先是请税务局来查“金蛇大酒楼”，之后又是请纪委的进来，几记重拳确实砸得他有些发蒙。不是说他有事，一个官员有事没事，不在于你真的有事没事，而在于有没有人盯着你，只要有人盯着你，没事都会弄出事来，他只能避其锋芒。但他不甘心啊，倘若这么容易就甘心了，他也就不是刘贵了。

随着“打造全省西大门，建设蛇县经济开发区”的运作展开，孟云长告诉他要成立管委会，到时你兼主任，从领导讲话、指示的精神和东、南、北三大门经济开发区的配置看，开发区肯定会升格，一升格就是副厅级构架，你的问题就一步到位解决了，这刘贵也是清楚的。但是，管委会班子推荐上去之后，一直没有下文，他明白问题出在周天明那里。周天明是常务副省长，又分管人事，且与省委常委、组织部部长是老乡同学关系，人事上周天明当然占有先机，阎、周二人的不和是公开的，这也不是什么秘密。他现在的境况是首先必须把管委会主任抓到手，才有机会去谋别的。管委会主任虽说是正处级，但是个正处级的实职，对他来说意义重大，虽然常务副县长也是正处级，但这个正处级是虚职，组织部门看的是实职，硬杠杠。因此，他不能把鸡蛋装进一个篮子里，单一地靠在阎副省长身上，风险很大，必须脚踩两只船，脚踩两只船那就必须踩上郑小雁这只船。可郑小雁虽是蛇县人，这条路一直断着。尽管他知道郑小雁这几年在蛇县办过不少事，但人家从没找过他这个层面的人，郑小雁要办的事到了他这一层面就像是执行上级的决定一样，连问的资格都没有。至于郑小雁的哥哥郑彦文，他从骨子里看不起，除了一张嘴溜得滑顺，其实草包一个，而且嘴还像棉裤腰一样松，无论啥话到他耳朵里不出一天便满城风雨，更是恬不知耻。他妹子跟周天明那档子事本不是什么光彩的事，有点儿廉耻的人都会避讳，可他不但不避讳，反借此耀武扬威的，因此，一直没有发展这层关系。不过，要想接上郑小雁这条线，也用不着郑彦文，有葛兆北就可以了。葛兆北跟周天明的关系不一般，李桃县就是周天明抓出来的典型，像郑小雁这样的女子，能和比她爹还大的人钻一个被窝，他不相信什么感情，他断定是冲着权、钱去的，葛兆北就是一座金山，她怎么会不好好利用呢？而且说不定葛兆北和周天明的关系极有可能是葛兆北先打通郑小雁的关系才搭上的。他让葛兆北引见郑小雁，不过引见之前，他对葛兆北说："你们是同学，我们的关系你也明了，我声明我不是想对史国做什么，就是为了那个管委会主任。"葛兆北却说："此地无银三百两，我不掺和你们之间的斗争，再说你们也没冲突啊，他下一步谋书记，你谋县长，跟我解释反倒显得你有别的目的。”

葛兆北约郑小雁，郑小雁爽然应约，当见到有他在场，立马矜持起来。到了上岛咖啡厅，酒、咖啡、茶点上了之后，葛兆北接了个电话就匆匆走了，这是他们商量好的借口。郑小雁坐得有些矫揉造作，一脸孤傲冷漠，目光不时瞟着窗外，几根指头就那样跷着，每个指甲上绣着一朵兰花。刘贵明白，像郑小雁这样在领导屋里做事的人，他这样来巴结的人见得多了，对他造访的用意心如明镜，摆谱拿架子他也能理解，不过心里还是不爽，暗骂：“作什么作，谁不知道你是个什么货色。”表面上却只能堆着笑、涎着脸说：“小雁，我代表蛇县先对您表示深深的感谢。”郑小雁皱皱眉头说：“感谢我？刘县长这是笑话我。”他继续说：“今年蛇县这么好的机遇，蛇县谁人不知是您的功劳，这事一开始领导意见有分歧，关键时刻是您起了决定性作用啊。”这种舔沟子话蛇县人叫“灌米汤”，他这些年说得多了，张嘴即来，蛮顺口的，也就不脸红了。这勺米汤灌得郑小雁的脸色活泛了，来了兴趣，说：“这，这咱蛇县人也知道？”他心里说丢祖败姓的还真把自己当成人物了，却只能蚂蚱吃露水——顺杆子上，顺着话茬继续吹捧，说：“知道，咋不知道，蛇县人可关注您了，在领导家里服务，又是研究生，领导的讲话报告都是您把关哩，有些重要思路都是您提出来的。”郑小雁端着的架子放下了，破例给他添了茶水。他也放松了一些，这些话在见到郑小雁之前他都是打了腹稿的，又说："小雁，我可是您真正的娘家人，您说您回娘家也不找我，太见外了，以后无论啥时您回到蛇县，别人不在的情况下，我总还守在那里，能给您捧杯热茶吧，家里亲戚朋友有事，打个电话说一声，咱虽然是个副县长，大事办不了，小事总还能办一些。"郑小雁说："谢谢刘县长。"他说："蛇县人记恩，您对蛇县做的事蛇县会传扬您的名字，人活的就是个故乡嘛，您说是不？"郑小雁说："这话说得好，刘县长，我敬你一杯。"他双手捧杯碰过，将大半杯红酒咕嘟咕嘟灌了下去。郑小雁笑笑说："刘县长，红酒是需要品的，可不是这么喝的。"他说："虽然当了个副县长，可一直在蛇县，骨子里还是个粗人嘛，喝起酒来就像饮驴一样。"郑小雁扑哧笑了，掐起一张餐巾纸沾沾嘴唇，他却抓起餐巾纸抹了一下嘴，捏成一团扔在桌上，心里说：你要表现你多么有品位多么贵族，那我就表现我有多么粗俗多么愚昧，给足你优越感，妈的。继续说："咱蛇县的事您还要一如既往地多多关照呀。"停顿一下，又说："说个不当说的，咱蛇县这些年成了人家捞资历的地方了，你走了他来了，走马灯似的，哪个是来扎扎实实干事业的?！远的不说，就说吕方州吧，干了两年捞到了基层工作资历就升了副厅走了，在蛇县一件事没干，倒卷走了不少古董。您说派到蛇县来的倒是一个个比蛇县人能干噻，唉，蛇县的事业就这么耽误了，退后一步说，你说派别人来了，你倒把蛇县的干部交流出去也算，可没有，就像蛇县人都没什么本事似的，小雁，您是咱们蛇县出去的人才，这些事您不能不管，您得给领导进言，该说话的时候还是要说话的，多少年了蛇县没提一个正县级干部，蛇县的干部都憋屈呀。”郑小雁点着头做沉思状。他说这些话就是为了过渡到自己的事上，那样就自然了，要一开始直接说自己的事，目的太直接她会警惕，倘若封了口，话头就再拾不起来了。见郑小雁并不反感，他接着说：“就像我吧，两届的常务副县长了，常务副县长有干两届的吗？要是上面有咱蛇县人，干不满一届早就提升了，不说了，不说了，蛇县人说话直，您也别介意，还是那句话，蛇县有事找我，回娘家找我。”说到这里，刘贵觉得话已经说透了，郑小雁也该心明了，再说下去就是车轱辘的废话了。其实说了半天的话都是废话，郑小雁何等精明的人，葛兆北把他引见给郑小雁的那一刻，郑小雁对他的心思就洞若观火了。郑小雁看了一下表，他就忙站起来说：“小雁，我知道您忙，不敢多打扰。”郑小雁是自己开车来的，他上前拉开车门，把一个包放进车里说：“小雁，一点儿心意。”郑小雁提出包来说：“这样不好。”他说：“您要不收就证明对蛇县、对蛇县人没有感情，蛇县人民有求于您哩。”郑小雁说：“那……这……”他笑笑说：“有句话说恭敬不如从命。”郑小雁笑笑说：“刘县长这话说得让人没退路。”郑小雁把包重新放进车里，说：“你看差点儿把重要的事忘记了，把手机号留给我。”互相留了手机号。目送郑小雁走后，他长嘘一口气。第三天，郑小雁给他打了电话，说周书记下周要去蛇县，主要看拆迁安置，那些点不是在城关镇吗？介绍情况时你安排我哥介绍，让他也露露脸，别老让书记露脸。他和郑彦文通了个气，让他好好准备准备介绍情况，又将镇书记派到省里去跑项目，让郑彦文顶上去。又过了一天，郑小雁打电话说：“你把简历发过来，发到我手机上。”他兴奋起来了，郑小雁要他的简历就意味着要在周天明跟前“美言”了，郑小雁的“美言”起到的效果可不是一般的效果，他就觉得自己的事基本已成定局，阎副省长那边有孟云长，自然不会有啥问题。周天明调研结束，组织部部长把史国再次推荐上报的名单告诉他时，他才发现这家伙江湖气太重，心里说：“在我身上你可以使江湖手段，在周天明那里还耍江湖手段，你也太二了。”从郑小雁让他安排郑彦文露脸，他就明白郑彦文要做这个副主任，周天明调研时那样称赞郑彦文，等于把话都挑明了。然而，再次推荐史国竟然还推荐文耀为副主任，他没有反对，第一个举手赞成，心里却偷着乐。至此，他有了更上一层楼的想法。估计名单到了周书记案头，他立刻赶赴省城约出郑小雁，说：“唉，我对天发誓，彦文的事我是力荐了的，可史县长就是听不进去，去年提彦文当镇长他就百般刁难，说是年龄太小，工作经验不足，又没结婚，没结婚也成了理由，这分明是找碴，我是据理力争，说现在乡镇就需要年轻干部，年轻就有活力有朝气有开拓精神，而且也需要有背景的干部，从上到下都在讲，关系就是生产力嘛，至于结婚不结婚那有啥？影响工作了？不要说国外，在咱中国，好多大领导都单身，干得不比谁都出色？好在去年苟远山还在，班子里我还有几个得力的人，算是涉险过关。这次又是这样，苟远山上党校以后，史县长大权独揽，行事横着哩，干部都怕他，人家有阎副省长和岳父梅志远这背景嘛，他推荐的那个文耀是他同学的堂兄，任人唯亲，那人草包一个，就会溜须拍马，舔沟子说好话。小雁，您得相信我，您得体谅我，彦文的事我是尽力了，可官大一级压死人，人家有背景嘛。”郑小雁嘴唇都咬青了，说：“老刘，我知道了，你回去等着吧。”

十二

送别史国的酒宴和迎接的酒宴如出一辙，还是由刘贵主持的，这也是常规。对于送行，史国一再表示不必了，可常玉贵说：“这怎么行，传出去说蛇县不地道，也说我常某不地道，我理解你的心情，要说这种事在官场也不稀罕，你又何必太在乎呢？你的承受力不会这么差吧，对你来说一切都是暂时的。”他一想也是，这事还不是自己一个人的事，一切都是设定好的一个程序，只要你在这个链条中，你就得在程序里运行，送行这事往高里说还是组织上的事。能坐二十六个人的大桌，蛇县四套班子在蛇县的主要领导围桌而坐。书记当然坐主位，谁坐左边是个问题，左为上嘛。史国已经坐在了右边，刘贵坚持让史国坐左边，史国懒得移动，说：“坐吧，坐吧，不就一个位置吗，刘县长何必这么认真。”刘贵也懒得拉扯，干脆坐到席口去了，这时常书记说：“也对，今天的主角是你，我是主陪，他是副陪，按国际流行惯例，这么坐是合适的。”一一落座后，常玉贵端起酒杯说：“我们先过去敬个酒，让他们先开席，回来咱们再好好陪陪史县长。”

旁边还有一桌省发改委来的大员，是怠慢不得的。史国很知趣，说：“我就不过去了。”常玉贵和刘贵再三邀请，史国很固执地拒绝了。常玉贵说：“那就请多担待担待。”史国说：“理解理解。”常玉贵和刘贵带着一帮子干部过去敬酒了，桌子边就剩下史国一个人了。史国笑笑，想到自己主持送苟远山的情景还犹如昨日，今日就轮到他了。不过，他没有苟远山那么颓废，洗澡、理发、剃须，换了新衬衣、新西装，连皮鞋、袜子都是新的，人就显得精神抖擞。

看上去今日主桌该是送他这桌，事实上谁都知道省发改委那桌才是真正的主桌。发改委的人手里攥着项目、资金。因此，说是去敬酒，其实，主要领导一时半会儿是回不来的。他已是明日黄花，没人在乎冷淡了他。果然，不一阵儿其余的人陆续回来了，主要领导一个未见归来。不过史国想，刘贵该会很快回来，他是不会放过这最后的一次扬眉吐气的机会。

再势利，面子上的事大家也还都顾得住，一个一个轮流给他敬酒。酒敬到一半，刘贵回来了，说："这帮人一个比一个能喝，常书记和李主席说他们先在那面顶上一阵儿，我来陪陪史县长。"

史国摆摆手说："不是县长了，叫主任更合理。"

刘贵扫了在座的一眼说："咋不陪史县长喝酒，我给你们说，史县长可是好酒量，是从酒厂出来的，底细我可是了解的。"

刘贵显然是在发号施令，史国笑笑说："对，刘县长说得没错，酒囊饭袋。"

张兵是副县长，说："早闻史县长是酒场英雄，一直想跟你划上几拳，总是没机会，今儿个放开，咱们划拳如何？"

史国看看张兵，没有说话，张兵左右看看说："先声明啊，你们都别乱分析，我没有任何意思，我行伍出身，四肢发达头脑简单，最怕动脑子，也最怕别人分析，许多事情一分析，必有别的解释。我只是听说史县长酒量很大，一人灌翻过八人，我也是好酒量，说个大家不要记住的话，我是凭借酒量引起领导重视的。”

史国笑而不语。他不能判断这家伙真正的用意。其实要说分析，张兵是最爱分析的，但他老在别人跟前说自己行伍出身，四肢发达头脑简单。不过，此时挑战有往伤口上撒盐或者说落井下石之嫌，有失水准。可话又说回来，人在江湖，身不由己。既有三十年河东，就有三十年河西。现在刘贵得势，在座的各位出什么状况也是可以理解的。

张兵瞟了一眼刘贵，笑笑，斟好了酒，说：“三拳两胜一窝窝，咱们不代不赖，谁输谁喝，拳上见高低，注意，我可不是说权力的‘权’啊。”

史国本想和张兵来几拳，可张兵瞟向刘贵那一眼让他完全明白这个自称“行伍出身，四肢发达头脑简单，最怕动脑子”的家伙正是一个落井下石的小人。张兵的手伸出来停在空中，史国没有理会，说：“这样，我打个关吧，权当答谢这两年多大家对我的支持。”

张兵就将盛酒杯的盘和酒壶端起递了过来，史国看着递在跟前的酒盘，往日在座的哪一位敢让他斟酒？他不去接，倒想看看张兵要如何下台。就在这时，常玉贵回来了，其他人都像士兵见了首长唰地站起来，史国没有站起来，这些人已经跟他没关系了，也就没有必要拘泥于规矩。忽然，后背给人狠拍了一巴掌，史国回头一看是韩国，高中同学。特能考试，从普通干部考上了副处，又从副处长一跃考上了发改委副主任。

韩国给大家敬酒一圈儿，说："老同学，到我们那边去吧，你还赖在这边干啥，那边更适合你啊。"说着扯着史国就走，边走边说："各位，你们吃。"

这话说得好啊，史国感激得几乎要涕零，他回身一抱拳，走了。

十三

时光还是流逝得很快，转眼过去了一个多月，梅志远没打过一个电话。史国几次调出电话号码，却也没有拨出去。梅志远不可能不知道他职位的变迁，只是梅志远给气坏了。他和梅惠媛结婚以来，梅志远对他攀龙附凤的认识始终没有改变，在他跟前始终表现出高高在上、盛气凌人的姿态，动不动用"你是我梅志远的女婿"之类的话告诫他，这次，梅志远定然是鼻子都气歪了。市政协安排他到省委党校参加为期半年的青年干部培训班。去党校报到后，史国考虑要不要去见一趟梅志远。思前想后，还是决定不去见了。他不愿意看梅志远那张盛气凌人的脸，更不愿听梅志远那颐指气使的训。然而，周末，史国接到了梅志远的电话："到'上岛'来，维也纳厅。"

史国来到“上岛咖啡”，维也纳厅布满烟云，梅志远的一张脸阴得能拧出水来。服务员上了两杯咖啡一盘果品，问还需要什么，梅志远说：“出去，不叫不要进来。”

服务员退出去后，梅志远从座位上跳起来拍着桌子狠狠地说：“郑彦文，郑彦文，郑彦文，周天明在你跟前提了多少次这个名字，秋风过了驴耳？你就脑子里没过一过？”

要说周天明调研走后，史国对周天明这一天的行程也进行了详细的梳理，并没觉得有什么特别之处。周天明确实是赞扬了郑彦文。城关镇安排了三个点，介绍到了第二个点的时候，周天明拍着郑彦文的肩膀说：“小郑啊，情况很熟悉，思路很清晰，不错嘛，镇长镇长，一镇之长，能够站在民生的角度思考和解决问题，有想法，有实干精神。”下午开座谈会的时候，周天明说：“那个小郑来了吗？来来来，往前坐，谈谈你下一步的思路。”郑彦文谈完之后，周天明说：“不错，不错，蛇县还是有人才的嘛，蛇县要大发展，需要有这样的人才，人才就是生产力。”在史国看来，这很正常，领导视察工作，对一个基层干部进行肯定褒奖是常见的，彰显他们重视基层的亲民之风，这种事他经常遇到，远的不说，就说自“打造全省西大门，建设蛇县经济开发区”以来，大领导视察调研中，动不动抓住一个基层干部问这问那表扬表扬，就是农民、工人的手也抓住摇半天的。

史国说：“我以为他只是随口说的，领导常常会表扬基层干部，情绪好了，兴致高了，会多说几句。”

梅志远大拍桌子说：“这是在表扬一个基层干部？从工地到会场，表扬一个毫不相干的基层干部，领导会这么卖力吗？撇过周天明的表扬不说，报纸半个版宣传郑彦文，领导没有意图？一个小人物报纸舍得拿出那么大的版面宣传吗？”

周天明调研后的第三天，省报出了大半个版写郑彦文，史国给朱大头打过电话，说：“你们也真能编，除了名字是郑彦文，事迹没一件是他的，这样的人你们也报道？”朱大头说：“那是周天明带的记者写的，时政部的记者常常抓住领导口中的典型报道是常事，没有事迹就得编，反正是正面报道，又不是反面报道，你大惊小怪什么。”他也就没往心里去。

梅志远蜷起中指敲着桌子说：“给你说过多少遍了，一个官员最重要的是悟性，什么叫悟性，就是察言观色，领会上意，上级领导下来，每一句话你都要仔细听、仔细想，毁了你的可能就是一件极小的事，一句很不在意的话。”

史国说：“他要明说了，事我能不办？让人去猜？”

梅志远更加恼火，拍着桌子说：“老天爷呀，你还冤枉得不行了，明说？你当是那些村主任、镇长、局长啊，赔着笑脸围着你讲困难，求着你办事，那么大的领导，明说了还用你去办呀？愚蠢，愚昧，不可救药！”

史国辩解说："再说这郑彦文正科级才一年多，按组织上要求从正科级到副处级的年限也不够，又没什么突出业绩……"

梅志远粗暴地打断史国的话说："愚蠢，愚蠢，这么大一个人物提拔一个科级干部还要按规矩来啊，他们就是定规矩的，莫非你连破格提拔也不知道？这些年你白当领导了？"

梅志远点了根烟，抽了两口又掐灭，说："一个基层领导干部，首先要把领导研究透彻，让你研究领导、研究人脉，周天明、郑小雁、郑彦文，这么重要的关系你都没弄清楚，你说你长这个猪脑壳整日琢磨些啥啊，熟悉每一位领导的重要经历就像熟悉自己的掌纹一样，给你说过多少遍？！"

事实上，梅志远知道的也仅限于周天明跟这长跟那短的，至于这个保姆也是一无所知，是事后才厘清来龙去脉的，倘若早知道他也就提醒史国了。可是，该对史国发的火还得发。

要说史国没研究过重要领导，那也是有点儿冤枉。史国在教委当主任期间，对重要领导关系信息也掌握了不少，亲戚、朋友、同学、情人、战友等。对于周天明，史国掌握的情况是这样的，不是本省干部，从外省交流过来，没在本省插过队支过边，不要说是在蛇县，就是在全省也没有什么亲戚朋友同学战友，关系很单纯。唯独这个保姆没有引起他的重视。

梅志远脸色铁青，在地上踱来踱去，说："你是我梅志远的女婿啊，你让我梅志远蒙羞啊，我梅志远从政三十多年，还没丢过这么大的人，出过这么大的洋相，我的女婿从一个县长让人家搞成了一个市政协的办公室主任，我敢断言在我省的历史上没有一个县长遭遇过这么差的‘待遇’，你是开了先河，太让我长脸了！你给我闹了全省最大的一个笑话！”

史国索性无语，悠闲地抽着烟，梅志远继续说：“行百里者半九十，古人说得没错啊，我们绞尽脑汁忙来忙去，最终却为他人做了嫁衣，这嫁衣做得漂亮啊，死灰都可以复燃，何况是刘贵！不知人家如何乐哩。到政协去好好反省吧，给你这样一个位置，说明人家把气生大了，我给你说如果周天明不调走，或者出大问题，你这辈子就没有出头之日，人物越大心眼儿越小，宰相肚里能撑船，那只是个说法而已。”

梅志远摔门而去，史国坐在那里，笑了，梅志远气生大了，他有一种报复的快感。

来了一条短信：“天上浮云似白衣，斯须改变如苍狗。”没有署名，电话号码也没有显示名字，显然是游离在他圈子之外的人，努力想想，没有想起此人，就把这首诗的下两句回了过去：“古往今来共一时，人生万事无不有。”

余　生

余生走进办公室，在进自己坐的角落时尽管侧了身子，还是碰到了小陈的桌子。小陈的办公桌摆在西门边。这是处里最糟糕的位置。一是有人进出，总会碰到桌子，一是门与厕所门相对，味道很大。现在处里有八个人，两间面积大的办公室，给处长单独隔出一间，剩下的地方要坐七个人，处里想过各种办法，最终还是没法解决。去年局里新增了一个领导，办公室力量就需要加强，副处长小牛连人带职被借调到办公室去了。不久，小牛正式调到办公室，提了主任。副处长职数又还了回来，小齐被提拔为副处长，干事职数就空出一个，就来了小陈，只能坐在这个糟糕的位置。

办公室有两道门，一东一西，东门进出方便，大家多数走东门，只有余生和小陈走西门。余生进出从小陈桌前挤过时碰撞是常事，平时他总会说“对不起”，或“不好意思”，或者冲小陈笑笑。可今天余生没有说“对不起”

或“不好意思”，也没有冲着小陈微笑。小陈看看余生，神情有些异样，当然他没有责怪老余的意思，只是觉得老余今天有些奇怪，有些莫名其妙。

余生处于恍惚状态。

吃过早点，余生从餐厅出来，经过理发室时，他看到自己投在地上的影子，头发凌乱，像个鸟窝，便进了理发室。大楼的东边有一排两层裙楼，租了出去，开着各种店铺。理发室承揽了整个局里的理发，局里每个月都发理发费，打在一张卡里，只能在这里消费。因此理发室朝院内也开了门。

余生进了理发室，发现只有一位理发的，一个女孩儿正在给他洗头。余生认出是人事处处长。人事处处长脖颈短而粗，又穿立领夹克，看上去就跟没脖子一样。

另一个女孩儿带余生过去洗头，回到理发椅前时，人事处处长已经坐在理发椅上了，余生冲人事处处长笑笑，算是打了招呼。他跟人打招呼，就是笑笑。余生理完了，人事处处长也理完了，但还坐着，余生看到小姑娘正在收拾一个头盔，知道人事处处长还要染发。余生起身离开时，人事处处长忽然问：“老余，你今年多大了？”余生说：“五十八了。”在老家，人一活过五十，再遇到问年纪，逢八九忌讳不说，说整数，像五十八，就说小六十了。因为是人事处处长问，余生就实说了。人事处处长嗯了一声说：“小六十了，有孙子了吧。”余生说：“还没有，人家不着急嘛。”处长又嗯了一声说：“从明天起你不用来上班了，准备带孙子，享天伦之乐。”

从理发室出来，余生有些恍惚，脚步也轻飘飘的。他在路旁的林带停下，点了根烟。他不明白人事处处长说他不用上班了，是不是就是退休了，要不要办退休手续。

初晨的阳光很好，银杏树的叶子像一把小扇摇曳着，黑如墨迹的影子密密麻麻地乱闪，有些晃眼。抽了三根烟，人事处处长才出来，余生迎上去说：“处长，我是退休了？”处长说：“不是退休，退休要到六十岁，差一天都不行，就是让你早回家两年，六十岁再办手续。”

这时科技处的老顾走过来跟人事处处长套近乎，余生转身要走，人事处处长说：“这两年啥都不影响，你还可以继续来食堂吃饭，吃饭补助照有。”余生想，不上班了还来食堂吃啥饭。不过有这种情况，退了二线还来食堂吃饭的大有人在。局里的食堂办得不错，菜品丰富，重要的是便宜，早餐一元，午餐三元，有人说过，想见到局里你没见过的人，就去食堂。人事处处长又冲他摆摆手说：“回去享受天伦之乐吧。”

这几年他一直在争取早日退休，为提前退休他找过各种理由，包括开病患证明，可他们告诉他，这些都构不成提前退休的理由。就在年前他还争取过，没有获批，答复是都要延迟退休了。怎么忽然就可以提前回家了呢？

办公室一切都似往日再现，大家都已开始喝茶看报了。处里一直订着八份报纸，四份大报，四份小报。大报大家也就浏览一下标题，只有生活版、国际版会细看。小报就看得仔细了，小报有健康报、文摘报、故事报，每个版都会看得一字不落，健康养生、奇闻逸事、花边新闻、要人逸闻、市井百态、旧闻揭秘、史海钩沉、案件披露……内容都很吸引人的。大家都抢小报，没抢上就一再催问看完了没有，你方看罢我就看，甚至一度争得面红耳赤。通了网络后，大家开始在网上看，看报的人少了，后来手机功能越来越全，什么东西都有，办公室又装了无线网，又都抱着手机看。现在看报的只有老徐、老武，一方面他们习惯看报，另一方面他们不太相信手机里的东西。老徐一开始还有剪报的习惯，等大家都看完了，他会把健康养生方面的一些东西剪下来，贴在一个本子上，现在不剪了，直接用手机拍照。他们两个看报也不冲突，老武看报的时间要晚些。老武到办公室后会做八段锦，连续做三遍，然后来个金鸡独立，这一站就十几分钟——据说这样站的时间越久，证明你的身体就越健康——最后做六十次深呼吸，再来一个收式，然后喝一瓶纯净水，这才四平八稳地翻报纸，这个时间老徐一般基本上看完一份小报了。

余生的办公桌紧贴着墙摆放，因此他是面壁而坐。余生坐下，看到墙壁上有一只蜗牛，像是一动不动，定睛看它又分明在爬，一厘一厘地爬着，那么慢，让余生觉得就像流逝的时光一样缓慢——对于许多人来说，时光是飞逝的，但对于余生来说，时光简直缓慢得就像蜗牛爬行。余生想起秦梅给儿子辅导时说能到达金字塔顶的，只有雄鹰和蜗牛。他对儿子说那就做雄鹰，有一双翅膀，天空多辽阔，那该多么自由。

这个处叫综合处。

多数厅局委办都有这样一个部门，称为综合处或综合办公室。综合处或综合办公室是个什么概念？其实没有什么概念。因为这样的处室往往产生于一些突发事件，比如“非典”、三聚氰胺等，也有一些是开展专项整治，在某段时间强力推进某项工作，或提出某某工程，比如像节能环保、精神文明创建、大庆等，成立一个机构是重视的极大表现——设立某某领导小组，在相应的厅局委办下设一个办公室。本是一个临时的应急机构，按说事务过去了就该撤了，但机构一旦成立起来，能不撤就不撤，即使上面说了裁撤的话，厅局委办的领导也会想方设法保留下来。

为什么不撤呢？当然是因为成立一个机构都是有人员编制和领导职数的，对一个单位来说，人员编制和领导职数可是不可多得的财富，这个机构存在，领导职数至少可以增加三个，一个正职，两个副职，而且还可以壮大，比如再设个书记，就增加了一个正职。增加了一个正职，副职就可增加一至两名——人事是讲配套的，一般情况都是一正两副配置——还可增加正处级调研员和副处级调研员，虽然正处调和副处调称为非领导职数，但那是一种待遇，毕竟官位少，并不是人人都可做到处长、副处长，能谋到待遇也不错，在机关多数人谋的就是待遇。有了待遇从工资到福利一切都会随之上浮，而女性如果谋到了副处调，就可以干到六十岁，否则五十五就退休了。按规定，领导职数增加了，干事职数也会随之增加，就可以安置人，哪个单位的头头脑脑没有几个人要安置？重要的是它能够缓解人事矛盾，单位人事调整有时会出现剑拔弩张的局面，多几个职数就可以化干戈为玉帛。而且这样的处室也会成为一些人上位的台阶。其他处室有发展前途的副处会调到综合处，解决了正处，再去实权处室；其他处室有发展前途的干事也会被提到综合处做副处长，然后再到别的处室去做处长。因此，能不撤就不撤。倘若机构撤了，再要重新申请一个机构编制，那是非常难的。

机构保留下来了，再挂成立时的牌子显然不合适，那挂什么呢？厅局委办一成立就根据职能、业务设立了相应的处室，比如办公室、财务处、人事处、科技处、服务处、政务处、政策法规处等，很全，分工明确，于是叫了综合处或综合办公室，也就没有具体分工，没有具体分工也就没有具体工作，因此即使是常跟某个局打交道的人，也不一定知道有这么个处室。

余生供职的这个处前身是“非典办”，闹“非典”时成立的。

防“非典”是全社会的事，可调动的官员人力非常多，“非典办”曾经炙手可热，风光一时。因此办公室就设在七楼——“七上八下”，这个成语自产生以来，从没有在如今的单位办公楼分配办公室时，表现出如此强烈的文化含义。在许多单位，七楼是黄金楼层，领导的办公室都在七楼，文化的意义往往在这些细节上非常突出——而且是三间正房。该单位办公大楼是个弧形建筑，外观很有特点，内里就形成了不规则的房间，尤其是东西两头的房间是极不规则的狭长的月牙形，起初多是作为储物间堆放杂物，后来人员越来越多，就都改成了办公室，大家戏称为偏房。而且都在阳面。该局办公大楼就像多数宾馆一样，双排结构，中间是走廊，两排办公室就像客房，门对着门，阳面面向北城公园，芦苇湖烟波浩渺，颇有面朝大海春暖花开的意境，局领导、重要处室的办公室都在阳面。

“非典”过去，机构撤销时，时任局领导费尽心思，鞍前马后地跑，保留下了机构，但叫“非典办”不再合适，就改为综合处。机构虽保留下来，却已是风光不再，没有具体工作就没有地位，综合处的地位也是王小二过年——一年不如一年。先是从七楼被挤出来，上了八楼，后来八楼也保不住，直降一楼。到了一楼，不要说阳面的正房，连阴面的正房也没有，就被安置在了西边把头的偏房。西边把头的偏房被喻为“冰火两重天”，冬天像冰窟，夏天像火炉。

余生是综合处被安排到一楼偏房的第二年被安置到综合处的。“非典办”设立之时只有三个编制，主任、副主任、干事，机构保留下来，总会不断壮大，这时综合处已是有六人的处室了。和余生一同进入综合处的还有宋玉，因为老郑下海了，老尤病退了。

办公室就剩下一东一西两个不规则的角落，紧贴着两个角落开了两个门。机关是讲究先来后到的规矩的。以前干事小于和刘强坐在角落里，老郑下海，老尤病退，他们就按部就班地从角落搬出来分别坐了老郑和老尤的位置。

这两个角落各有优劣。东边的角落窄小，坐进去也就能打个转身，而且办公桌紧贴着门，办公室的人进出都走东边这个门，因为进了办公大楼走办公室，首先到的就是这个门，进出碰撞桌子是难以避免的。而且处里六个人，出出进进的，门时开时闭，天气阴寒时，寒气冷风直灌角落。西边的角落要宽大一些，可两面墙壁把头，夏热冬冷是自然的，紧贴着的门与厕所门隔廊相对，厕所的味道很大，西门基本上处于关闭状态，因为西门一开，厕所的味道会灌满整个办公室。尽管如此，坐在门边味道还是很大的，而且临街的墙壁上开了一扇小窗，窗外就是北大街，城市主干道，车如流水马如龙，制造出蜂群般不绝于耳的嗡嗡声，可倘若不开窗，会憋闷死的。

余生让宋玉选，宋玉不客气地选了东角。余生就坐了西角。不过要让余生先选，他也会选西边这个角落。一是大，余生一米八五的个头儿，坐在东边角落里打个转身都困难；一是他看重那个小窗户，尽管嗡嗡声不绝于耳，但可以通过小窗看到大街。大街有什么可看的呢？有，有吵架的，有美女，有风景，更重要的是有车。已进入21世纪，街上的车多起来了，品种也多了，车也越来越漂亮了。那时候余生才三十多岁，对车依然痴迷。

很快余生就体验到这个角落的不好。他们是国庆节之后被人事处送到综合处的，天气已经有些阴冷了，加之两面墙把头，又是一楼阴面，就感到极其阴寒了。到了十一月开始供暖，角落里供暖自然好不到哪里去，坐在里面就像冰窖。到了三九天，把头的两面墙挂了一层霜凌。余生坐了不久，就觉得腰疼，大夫说是受了风寒。余生知道问题的症结所在，便将桌子推得贴墙，背对着大家坐了，大家就说："余生，面壁思过呀。"可腿脚还是冷，于是他又准备了一双高鞠靴子，一坐下就换上。

坐在东角的宋玉也不好受，因为人们出出进进的，桌子总是被碰撞，桌上的东西也常被扫落在地，茶杯有时还会被打翻。宋玉不说话，只是盯着你看，目光阴冷，脸上毫无表情，这让大家有些心悸，怕宋玉忽然爆发。因为宋玉忽然爆发的厉害大家都是知道的，局长见了都发毛。

宋玉原本是个非常有前途的优秀干部，也是颜值极高的美女。余生没见过毁容前的宋玉，后来老武给余生看过宋玉之前的几张照片，跟明星有一拼。他曾跟秦梅说过宋玉以前如何美貌，现在如何不忍直视，秦梅说："那就让时光回流，想她以前。"那年，局里承担一个全国性会议，宋玉是会务组的，在酒店负责接待外地参会人员，结果酒店失火——那是一个大事故，这里不做叙述——宋玉在火灾中被烧伤，重要的是半边脸毁了容。虽然动过手术，但手术不是很成功，半边脸上的皮肤就像一团被揉捏过的宣纸，一只眼睛向下耷拉，结果一张脸都毁了。关于宋玉遭遇火灾，人们也有传说——单位上有人出了什么事，尤其是漂亮的女性，总会有传说故事的——说她跟领导在宾馆鬼混，因为火灾是在十一点多发生的，会务组的十点就回家了，她为什么还待在宾馆；又说她被领导的老婆带人捉奸，泼了硫酸，不然为什么脸伤得最重，一个美女首先应该顾脸。谁知道呢，这世上真相永远被掩盖着。对于一个高颜值的女性来说，毁容带来的打击是毁灭性的，开朗、活泼、老练、世故的宋玉性格大变，要么一句话不说，就像个木头人；要么忽然爆发，大发脾气。待人接物更是怪异，看谁的眼光都是轻慢的，甚至蔑视的，很难与人相处共事。机关工作嘛，主要是人际交往，她这样显然已不适合在重要处室工作，局领导小心翼翼地征询她的意见，她选择了综合处。

于是大家便打开余生这边的门进出，但毕竟东门方便，人们都走惯了东门，会习惯性地推开东门，看到宋玉忙关门，重走西门。不过不久人们就恢复了走东门，因为宋玉换了一张小办公桌，比原办公桌小了足有两号，就像小学生的课桌，而且桌上装有一尺高的挡板，这样就解决了大家出进碰撞桌子和把桌上的东西扫到地上的问题，她喝水的杯子也换成了带吸管的塑料杯。她还加了一块木板把桌子下面封实了，堵住了开门关门从门口灌进来的寒气和冷风的侵袭。当然这样也就把自己彻底封闭在了角落里，大家几乎看不到她人了。

余生受到了启发，他也换了小桌子，把墙壁加了两层五合板。后来，跟处长专门申请后，又配了电暖器。这样他的腿脚也就不再受凉了。寒冷的问题一解决，余生就觉得他这个角落比宋玉那个角落好，至于嘈杂，他不在乎，厕所味道大，久了也就习惯了，有了那扇小窗口，他就像是坐在大街边。

余生没有想到自己会在这么个角落里一坐十五年，一直坐到退休。铁打的衙门流水的人，一茬一茬的退休和人员流动，大家的地位也都会有相应的变动，其间有过几次走出角落坐到正位的机会，余生放弃了，最终还是选择坐在角落里。

余生到综合处的第二年，办公室心血来潮，要隔出一间处长办公室，落实处长待遇。无论部门地位如何，级别还是要讲的，没有规矩不成方圆。按规矩，处长是要单独坐一间办公室的，局里的处长都是单独一间办公室，方便办公。这大家都知道，也没人提出异议。可处长老王极力反对。老王说："单独坐一间就是处长了？我自己的斤两自己明白，就这么间办公室，再隔出一间来，他们五个人一间，亏你们想得出来，挑拨离间啊，要么你给我挤一间办公室出来，要么滚蛋。"当然没给他挤出办公室来。当然老王还有两年就要退休了。

老王退休后，来了李处长，就从办公室隔出了一间处长办公室。李处长跟大家解释这是上面的意思，他并不想这样做。处长单独一间办公室，上面有这样的规矩，这是大家都明白的，是理解的。可李处长偏是一遍一遍地解释，这就"此地无银三百两，隔壁王二不曾偷"了，你心里没鬼，何苦一遍一遍解释，大家就认定隔一间处长办公室出来就是他自己的主意。

处长单独搞了一间，房间面积小了，就更挤了，不过处长腾出了一个正位置，第一副处长老朱坐了，第二副处长刘远坐到了老朱的位置上，刘强坐到了刘远的位置上，一切都像是按部就班地上位。这样两个坐角落的就可以走出一个来。处长说你们两个协商，看谁坐出来。余生让宋玉出来，宋玉不愿出来，余生也不愿坐出来，他觉得那个位置四面围堵，看不到窗外不说，也不及他的角落宽敞。

李处长退了，来了个处长姓苟，名建强，大家戏称“够坚强”。苟处长觉得两个角坐人实在有失厚道，提出余生和宋玉跟刘远、刘强并桌办公，这样他们就可以从旮旯里走出来。余生和宋玉都不想并桌子。刘强贪酒，嘴里老有宿酒和消化不良的味道。刘远讲究养生，又不讲究，每天早晨穿着运动鞋从家里跑步而来，进门第一件事就是脱鞋，脚臭不说，衣服上也总有股汗臭味儿，而且他坐在那里总做些养生的小动作，搓这搓那，还经常深呼吸，浊气就扑面而来。刘远和刘强也不愿意与人面对面，尤其是和宋玉面对面——谁愿整日面对着那样一张脸——何况宋玉有浓重的口臭。这个提议没人响应，也就不了了之了。

那年，局里要建新的办公大楼，说是二十五层，地都批好了，资金也到位了，正要开工建设，上面发文叫停办公大楼建设，新建大楼泡了汤。

蜗牛爬到了那幅字上，就像一坨淡淡的墨痕。那是老钟的书法作品。老钟是被安置到综合处时开始练习书法的，诗也是他作的。老钟练书法倒不是为名利，而是听说书法是一种软气功，有锻炼养生之作用。这写着写着竟然就有了想法，正好他有个同学是个书法家，省书协的副主席，为老钟说了一些评价话，老钟便有了想法，就开始往墙上挂字了，现在许多办公室都能看到老钟的字。

三更灯火五更鸡，剑气干云争日晖。
欲登高处观胜境，立马昆仑放歌飞。
怎奈人生多歧路，浮浮沉沉皆是非。
数年奋斗如影转，转头回眸梦已非。
常伫镜前观尊容，翩翩少年成老鬼。
眼袋若卵垂欲落，一头乌发日稀灰。
顾所来径多凄迷，衰草枯杨闻鬼泣。
花甲总结一张纸，惨淡余生退休始。

宣布老钟退休那天，老钟即兴创作这首诗并书法装裱。老钟偏着脑袋自赏许久，惊奇地发现诗中含有余生的名字，握着余生的手说："老余啊，我是专门为你创作的呀，就挂在你这边吧。"于是挂在这面墙上，大家都欣赏着诗与书法，都很感慨。

余生倒没有他们那么大惊小怪，因为他的名字不是第一次引发人的感慨。

第一次感慨的是老书记。老书记是他老家县的一位县委书记——几十年过去了，他依然叫他老书记。余生清晰地记得，那天他和老书记吃过饭，老书记想去南山梁上走走，他们便上了南山梁。坐在南山梁顶的烽火台上，整个县城便尽收眼底。老书记眯着眼睛抽烟，忽然问他："为什么叫了这么个名字。"余生看看书记，说："书记会算命？余生这个名字不好？"

"我说的是字面意思，我不会算命。"老书记说，"余生这个名字有股凛然煞气，充满沧桑悲凉无奈绝望，没给人一点儿希望。"

余生嗯了一声，他从没想过自己的名字有这样的含义，就说："我不信命，也从来不算命，我爹说糊里糊涂活。"

"你爹说得对，算命都是哄人钱财的把戏，"老书记说，"不过，你这个名字道出了人生的无奈，一个人无论出身显赫、卑微、高贵、低贱，一出生便都是余生。"

余生问："为啥一出生便都是余生？"

老书记说："人们都相信头上三尺有神明，人的寿命是上天注定的，那么从出生的那一刻起，生命就开始倒计时了，活一天少一天，人生啊，就是一步一步走向死亡的过程。"

余生又嗯了一声，"死亡"这个词第一次让他打了个寒战。

不过余生说："都说活一天赚一天，看大门的老牛还说活一天赚两天哩。”

老书记笑笑说：“你父亲是个参透了生命的人。”

余生也笑了说：“您高抬我爹了，他斗大的字不识半升。”

在老家，带“生”字的名字很多，不过，与他的姓联系起来，是有这个意思了，但他想父亲给他取这个名时绝对没想到有老书记说的这个意思，不然就不会给他取这个名了。

老书记说：“别以为你爹不识字，人人都有大智慧。”

余生又想父亲常说活一天算一天，可不也有这个意思。

“你爹怎么给你取了这么个名字？”

老钟说着，在余生肩膀狠拍两掌，把余生从回忆中拍醒。

老钟感慨地说：“人这一辈子六十岁退休就算活完了一生，古人就以六十花甲为一轮，六十岁之后便是余生了，退休度余生啊。”

老钟竟然落泪了。

老武笑着说：“你这是鳄鱼的眼泪吧。”

“我早就度余生了啊。”余生也感慨地说。

老钟说：“胡说，工作着怎么能说是余生？”

余生说：“我参加工作就是个司机，到现在档案上还写着司机，我前两天去找他们想提前退休，他们还翻着档案让我看，可我从参加工作以来，眼望三十年了，只开了八年车，一个司机无车可开，无事可做，不是度余生吗？”

大家都感叹起来。

……

仿佛就是昨天的事，却已过去了五年，真让人有些物是人非的感触。

从蜗牛身上挪开目光，余生看到另一个自己——镜里的自己。

镜子是上面提出“正衣冠”的时候装的。

镜子里一个苍老的老头儿，肌肉松弛下垂的脸上皱纹像蛛网，眼袋就像熟透的杏子垂垂欲落，头发几乎没了，就耳际两边还有点儿，稀疏灰白像落了灰尘，从额前到头顶就像抹了脱毛霜，完全成了不毛之地。因为刚理过发，头顶格外明亮。他想起了“和尚”。

“和尚”本名刘长泰，和他同村。刘长泰从小头发就稀，鬓角极高，头发从半脑袋处才长出来，同学都叫他“和尚”。老家人不会说“贵人不顶重发”，只会说“有宝的山上不长草”。都说头发少的人聪明，“和尚”这家伙就是学习好，考啥都全年级第一，村里人就说刘长泰这娃一看就是念书的料。余生头发极凶，压着崖畔（头畔）长，都快跟眉毛连在一起了，而且很硬，夜晚双手一抛，噼里啪啦，火光四射，两天不洗就锈成毡片。娘给他洗头时总是说你这头发厚的，一年要多费多少碱面子——那时候不要说洗头膏洗发水，连洗衣粉都没有，家里人洗头就捏一撮发面用的碱面子。

上小学在余生的记忆中就是疯耍，他是孩子头儿。余生个头儿高，但不是豆芽菜，壮硕，他是独子，爷奶父母把好吃的全给他吃了。四年中学——那时候初中、高中都是两年——都是在公社中学读的。在余生的记忆中，中学生活是在“双打”——打篮球、打架——中度过的。那时候学校和老师不管学生，校园就盛行打篮球、打架。上大学是推荐的，队干的子女都轮不上，念书看不到前途，因此不好好念书的学生就多，“双打”风气在学校很盛行。余生是被宠大的，爷奶父母对他是含在嘴里怕化了，顶在头上怕吓了，要脚不敢给手，用他自己的话说是“一家人心尖尖上的肉”。宠大的孩子都自尊任性，对于别人强迫做的事本能地存在逆反心理——老师布置作业就带有强迫性——自然就不爱学习。人说四肢发达，头脑简单，余生知道这句话后就觉得是在说他。不爱学习，也就不爱动脑子，看着那些屎壳郎一样趴着的文字就心烦头疼，而且总是被搞迷糊，比方说“abc”，在汉语拼音和英语里的读法就不一样。他常读混，老师倒没打板子，但同学们的笑声是一浪高过一浪。好在和刘长泰同桌，他抄作业，连作文也抄，结果常被老师嘲笑，常被老师拿来做反面教材，这很伤自尊，当然也挫伤学习积极性，他就彻底不好好学习了。他干脆让刘长泰替他完成作业，作为回报，他做刘长泰的保护神。刘长泰个头儿小，总受人欺负，除了打骂，还总让人当驴骑，扯着耳朵让学驴叫，逼着叫爹、叫姐夫——同学觉得给人当了爹、姐夫就把便宜占了。学校里学生欺负学生，那是常有的事，而学习好的学生和学习差的学生天生就是死对头。有人欺负刘长泰，余生就走过去。余生已是人高马大，别人看看也就罢了手。同学都知道他是刘长泰的保护神，就不再欺负刘长泰了，刘长泰也就不给他做作业了，要做作业就讲条件。余生就亲自欺负刘长泰。刘长泰回家给爹娘告状，爹娘找他爹娘理论，爹就对他说："兔子还不吃窝边草哩，你咋连这都不懂，学校那么多娃娃，你欺负谁不行，偏就欺负他？刘家在村里是大户，横行霸道的，你欺负了他，他们就合起来欺负咱们，一人一口唾沫咱家就发洪水哩。"余生不能欺负刘长泰，但他授意别人欺负刘长泰，然后出面摆平，这样刘长泰就又给他做作业了。

高中毕业那年，高考恢复了，余生也参加了高考，当然没考上，刘长泰考上了大学，鲤鱼跳了龙门，家里摆了宴席，余生去吃席，拧着刘长泰的耳朵说："狗日的'和尚'，你能考上，有一半分是用我的作业本挣的。"

当然，余生也是有理想的，十岁时他就有了一个伟大理想——开大汽车。

这个理想跟他大舅有关。大舅参军转业后到县车队开卡车。第一次开大卡车来家里，大舅停车熄火，敞着驾驶楼让他坐在里面玩儿。他拧着方向盘，嘴里模拟出汽车嘀嘀呜呜的声音，感觉大汽车真的就奔驰起来。忽然汽车真的发出嘀嘀的声音。跟爹妈闲扯的大舅慌了神儿，扑进驾驶楼里，研究了半天也没弄明白钥匙拔了他咋把喇叭给弄响了。大舅开着汽车拉着余生满山遍野奔驰了一回，余生觉得自己像鹰一样飞起来，眼中所有景物都往身后闪去，田野上受惊狂奔的骡马牛驴都被抛到身后。余生对大舅说："我长大也要开大汽车。"大舅说："那就去当兵。"余生问："开汽车为什么要当兵呢？"大舅说："只有公家才有汽车呀，只有当兵才能成为公家人。"于是当兵转业开大汽车就成了余生追求的伟大理想。

小小少年有了伟大理想，是按捺不住激动的，总要表现出来。"我是一个兵，来自老百姓，打败了日本侵略者，消灭了蒋匪军。我是一个兵，爱国爱人民，革命战争考验了我，立场更坚定。嘿嘿枪杆握得紧，眼睛看得清，谁敢发动战争，坚决打他不留情。"从那时起余生走站都唱这首歌。那年有一支部队拉练重走长征路经过他们村——他们村是革命老区，1935 年红军从村子上经过，还住了一晚——大队组织社员学生学唱，解放军过来要唱着这首歌欢迎。余生就是那时学会的这首歌。

小小少年以为当兵就是保家卫国，消灭侵略者，谁都可以当兵。满十六岁，余生就报名验兵，结果落败。他哪里知道要当兵有多难。那时候大学不考，招工几年招不了一个，当兵就成了成为公家人的一条光明大道，当兵一转业就成了公家人，吃上了粮票那就是月月有个麦子黄，用人们的话说一身子躺在公家怀里，再不用为吃穿发愁。村子里几个有出息的人都是当兵当出来的，有的成了国家干部，有的成了工人，回到村子踏得南北二山动弹哩。因此当兵就成了队干家的事，一个大队里有十几个队干，亲戚像树杈一样，一年大队也就走两三个兵，哪儿能轮上他。爹也是做了努力，爹跟支书一起给地主拉长工多年，有感情，而且给支书送了一只羊，可是没用。余生不气馁，年年落败年年报名。

常言说，瞎麻雀有个天照顾。1979 年，大队有了自己的烈士，全大队的人去烈士陵园瞻仰烈士遗容，送花圈、默哀、植树。到了征兵时，村子里能写标语的墙壁都写上了“学英雄，见行动”“继承革命烈士遗志”之类的标语，可报名参军的人寥寥无几，支书找上门来对爹说：“让余生报名当兵吧。”爹恼了：“把我儿往枪口上送，让我断子绝孙呀？”支书说：“那你自己看，别说我不记旧情，没给你儿机会。”支书走了，余生说：“我去当兵。”爹说：“正打仗哩，打仗是要死人的。”他说：“不是死人，是牺牲，做烈士光荣哩。”爹说：“你要当兵爹就死。”他真怕爹死，就说不当了。可他偷偷去报名，一验就验上了。当兵走的时候爹捏着他的手，泪水就打在他的手背上，寒若秋露。爹长叹了一声说：“儿啊，既然当了兵，就争取立功。”

余生也以为是要上战场。他不怕上战场，而且渴望上战场，真枪实弹地打一回仗，能做英雄多好。从小看过那么多打仗的电影，他羡慕那些英雄，董存瑞舍身炸碉堡，黄继光舍身堵枪眼儿，邱少云让大火吞没一声不叫……他渴望能像《英雄儿女》中的王成那样，站在山头高呼“向我开炮”，想想都让人热血沸腾。然而，战争已经结束。余生当兵的部队驻扎在河西走廊，荒凉偏僻，主要任务除了演练，就是种田，连队除一辆北京吉普、两辆大汽车，再就是几台拖拉机。开拖拉机在余生的心里不算开车，因为拖拉机叫农机。很快一年多就过去了，余生还看不到开汽车的希望，能看到的前途就是满三年后背着铺盖卷复员，不免有些泄气沮丧。

转机来自一场球赛。那次营机关来到他们连队，打了一场篮球赛。打篮球是部队经常开展的体育运动，余生一米八五，是连里球队的主力。连长是教练，战术人盯人。余生专盯营长，盯得很死，球到营长手里出手很难，一投篮就让他盖了帽。打着打着营长急了，说：“你他妈的好坏让我投一次篮。”余生说：“不行，我的任务就是盯死你。”营长说：“给你下任务的是连长，老子是营长。”余生说：“现在是两军对垒，我只执行连长的命令。”中场休息，营长给了余生一支烟，余生抽着烟说：“烟我抽了，可我还是会盯死你。”营长说：“没有通融的余地？”余生说：“没有通融的余地。”营长就笑，余生问营长：“你给我们训话时说不想当将军的士兵不是好士兵，这话是你说的？”营长一翻眼睛说：“我说的，咋了？”余生就竖了根大拇指说：“这话说得有水平。”

篮球打完，营机关输了，营长把他调到了营里。到了营机关，除了正常的训练，再就是打篮球。一年又过去了，退伍的脚步越来越近了，余生心情颇为悲凉。团里举行篮球比赛，余生情绪低落，营长说：“你咋了，无精打采的，是不是晚上跑马了？”跑马就是遗精。大家都笑了。营长问他有啥心思，余生说：“我想学开车，学会开车我这兵也算没白当。”营长说：“把球赛打赢了再说，要是打输了，妈的明天就退伍。”余生带着队拼命地打，争了个冠军回来。营长高兴得不亦乐乎。团部要调余生去团部，营长说：“跟我还是跟团长。”余生想了想说：“你让我学开汽车，我就跟你，不让我学开汽车，我就跟团长。”营长说：“妈的，跟我讲条件。”营长走了。余生看看营长的背影，便跟着营长回来了。营长把他叫到自己办公室说：“你会不会来事？当着那么多人的面讲条件，妈的没见过你这么简单的人。”余生说：“你就直接说愣尿得了。”一句话把营长惹笑了。营长说：“明天就跟常师傅学开车，学会了再弄辆车给你开。”余生高兴得跳起来，做了个扣篮动作，差点儿把营长的帽子扣下来。

余生跟常师傅已经很熟了，他有事没事总爱往车上凑，擦车，做这做那的，很讨常师傅喜欢。三个月后，余生就拿到了驾照，营长果然弄回一辆新解放。于是余生就开着卡车东跑西颠，每天回来都洗车擦车，战友们开玩笑说："车是你媳妇啊，洗这么勤。"营长说："妈的，余生天生就是开车的料。"

余生有过一次立功的机会，后来功没立成，还差点儿受了处分。那是一个黄昏，他开车穿过野马滩，茫茫无垠的大戈壁上一个姑娘踽踽独行。一到黄昏，戈壁滩就会起风，扬沙舞尘，荒漠戈壁一派雾苍苍的昏黄。一个姑娘在黄昏穿越茫茫的荒漠戈壁，不出事才怪哩。于是他打了几声喇叭，那姑娘却不理不睬，继续走自己的路。余生把车开到前面停下，姑娘走过来，他说："走哪里？我带你一程。"姑娘却说："滚，谁要你带，流氓。"一句话把余生给骂笑了，余生知道这姑娘是让缺德的司机坑了。在这路上经常遇到这样的事，有的司机专拣独身女人拉，拉到半路便要做那事，如果答应就送到地方，不答应就半路上赶下车，有的还会实施强奸。余生笑笑说："我是解放军战士，开的是军车，你还不信？"姑娘还是不理会他，继续往前走。余生说："太阳一落，让狼把你背了去。"姑娘说："遇上狼也比色狼好。"

天幕低垂，风越刮越紧，黑暗从四周围拢过来，余生想：不能丢下这个姑娘。他把一根绳子拿来，将自己双脚捆了，像戴上了脚镣，兔子一样跳到姑娘跟前说："你该放心了吧。"姑娘说："你还有手，最可恶的是手。"余生又用绳头子把双手也捆了，姑娘扑哧笑了说："那你怎么开车？"他说："能呀，我用下巴开车。"说着他动动下巴。姑娘笑了，上了车说："解开吧。"姑娘果然是被个居心不良的司机带上车，司机路上强行做那事，被她连咬带抓，便把她赶下了车。

前面出现一辆车，姑娘说："就是这辆车。"余生加了油门，超车时看看，开车的是个大胖子，个头儿也不小，不过余生估摸能打过他，人太胖，反倒没劲，上学时打过的架不计其数，他有经验。他一打方向，将那车逼得在路边停了下来，大胖子骂骂咧咧下车，一看是个当兵的，说："兄弟，有啥事？"余生说："拳头痒痒。"大胖子一拳打来，余生敏捷地躲开，一脚便踢在大胖子的肚子上，大胖子大叫一声，拔出一把刀来。余生没想到他带着刀，他退到车门前顺手抄起了摇把，几摇把就将那大胖子放倒了。不过他的胳膊也让胖子的刀划伤了。他对着那大汉说："妈的，你也配当个司机，车都让你玷污了，下次再让我碰上，敲断你的腿。"谁知那司机是当地政府一家运输公司的，有背景，又一番胡编乱造，运输公司就以单位的名义找到团部。团长很恼火，要处分余生，营长说："你不能听一面之词，我刚刚奖励了我们的战士见义勇为，正在准备材料报请立功哩。”正争论着，姑娘和家人敲锣打鼓送来了锦旗，那姑娘扑着要撕那司机，姑娘的爹说：“不是我姑娘已经定亲，我就把姑娘嫁给战士哩。”运输公司的人哑口无言地走了。不过余生也没有立功，尽管营长据理力争，但答复是运输公司是军民共建单位，会有负面影响。

一年一度的退伍按部就班地展开，营长问余生想不想继续当兵。余生说：“不想，又不打仗，要打仗我就继续当兵。”营长说：“你真是个愣尿，哪个兵不想继续当兵，有工资的，而且当了志愿兵会转干、转业，才有前途，兵也就没白当。”余生说：“我也很想继续当兵，可我是独子，因为家里穷，我爹结婚时就三十多了，现在我爹年纪大了。我学会了开车，有了驾照，我这兵没白当。”营长说：“有驾照有个屁用，你不是城市户口，就这样回去还是个种地的，能有车开？转成志愿兵回去才有工作，才有车开。”余生说：“可转了志愿兵得好几年才能转业，我爹都六十了……”营长说：“你回去你爹就不老了？妈的，我越来越喜欢你了，我替你做主，先转志愿兵再说。”

两年后，余生的父亲得了一场大病，余生就申请转业了。转业到了县上，分配到妇联开车。余生实现了自己的理想。

“特大新闻，特大新闻。”

老武这样叫着，余生被从回忆中拽出来，抬头看看大家，大家都没抬头，各忙各的事。老武看报，总会这么一惊一乍地叫喊以引起人们的注意，让人想起老电影中那些报童叫卖报纸。人们都习惯了老武的一惊一乍，就像进入了一个程序。

平日总是余生响应老武，他们像是说相声，一个捧，一个逗。可今天余生没有响应老武，依旧把目光投向窗外，神情迷茫。

“武处，什么特大新闻，讲呀。”小陈说。

小陈年纪不大，但已很老练世故，到处里后称呼谁都叫某处。老武不是处级，他和余生一样司机出身，给局长开车的。可不叫“处”叫什么呢？叫老武觉得不够尊敬，叫武师傅也不合适，因为人家已不是司机，坐办公室了，就在姓后带个处，就像尊称一样，无疑是恰当的。老武批评小陈说：“我没有‘破处’。”从科员到处级被大家戏说为“破处”。小陈说：“迟早的事。”老武说：“谢谢你给我希望，我做了长远打算，下辈子‘破处’。”但小陈还是叫武处，当然也叫余生余处。余生倒没批评小陈，叫啥他都会答应。

“老余，想啥呢？”老武并不急于回答小陈，而是问余生。

余生啊了一声，有些愣乎乎的，没有说话。

老徐说话了：“老武，你老这么一惊一乍的，对大家心脏不好。”

老武知道大家看上去心不在焉，其实都在等下文，便卖关子了，拿起报纸继续看自己的。

齐处长说：“老武，啥特大新闻，讲吧，你这样老卖关子，小心憋坏了机关。”

有三个人表达了想听的愿望，老武这才念道：“本市面朝大海一号院别墅区一套豪华别墅内发现一具女尸，臭味儿从别墅飘出来，人们才发现报警。公安部门高度重视，经过对腐烂女尸初步鉴定，系一年轻女子。现已立案调查，我们将追踪报道。”

老徐说：“没见过世面，这算特大新闻？报纸上哪天不死几个人，切！”

“这不算特大新闻，只有谁谁谁被‘双规’了才算是特大新闻？那连旧闻都不是，那些被‘双规’的人没‘规’前哪个不是早有传说？”老武说，“豪华别墅，漂亮女子，我觉得或许会牵出一大批人，弄不好是一大案哩。”

老徐又“切”了一声说：“你这是唯恐天下不乱。”

齐处长说：“你怎么知道是漂亮女子，人家只说年轻女子。”

老武说：“不漂亮能住别墅？就这觉悟，不知道你这副处长咋当上的。”

老陈说：“老武的猜想不无道理，我眼看着退休才奋斗了一套百十平方米的住房，一个年轻女子凭什么住一套豪华别墅，还在面朝大海一号院，不是官二代富二代，就是小三小四。”

老徐又“切”了一声说：“乱打棍子，你这是练功夫啊，枪挑一根线，棍打一大片，官二代富二代就全有问题了？”

老武说：“我觉得她肯定不是什么好鸟，死有余辜。”

老徐说：“不要心理不平衡，不要戴着有色眼镜看世界，不要带有个人偏见，人跟人不同。”

老武说：“我就是心理不平衡，我就是要这样看世界，人跟人怎么不同，你给我讲讲。”

老武要退了，快退休的人看到了尽头，进入无欲则刚之境了，所以他跟老徐这般顶牛。老徐刚来时也计较，粗了脖子红了脸的，他曾经可是财务处处长，炙手可热，后来局领导换了，他被调整到了综合处。老徐很是不满，感慨“一朝天子一朝臣，后朝不用前朝人”。几年下来，牢骚没了，脾气没了，现在什么也不计较了，他也是快船到码头车到站的人了，反而有些喜欢跟老武争论。

“人跟人相同，那武处跟省长、省委书记……”小齐为处长帮腔。小齐已是副处长了，他的路才刚起步，前途还很大，需要处长美言的地方多着哩。

老徐立刻打断小齐的话说：“忌口，不成熟，不要在闲谈时提领导。”

“老武，那你就跟周男比呀！”老陈抓住机会就要和老武抬杠。

周男是本市市长，女的。

“我要是个女的，比她厉害。”

老武说着扭了几下身段，大家就笑了。

老武说：“老余，你说我说得有道理吗？”

余生嗯了一声说：“你说啥？”

大家轰地笑了，以为余生来了个冷幽默，事实上余生确实没听，他还处在恍惚中。

老武说：“来来来，还是老规矩。”

老武说的老规矩是遇到类似的案件新闻，大家总会做一个游戏，每个人根据案件编一个死亡故事，案破了谁编的与真相相符，大家合起来请他撮一顿。生活千姿百态，案件千奇百怪，哪能就编得跟真相相符呢，只要跟真相接近，有一点点接近，大家也请撮一顿，说穿了这样的案件只不过是大家撮一顿的由头。这还是余生的创意。以前处里还是有些经费的，“八项规定”出台后就不行了，大家就抓阄，写五十、一百的纸蛋儿，谁抓到多少就掏多少。这是处里常态化的游戏活动，因为报纸时不时总能为他们这样的游戏提供素材。

老徐说：“人死了，我们拿来做游戏，你说你们残不残忍，讲点儿人性好不好。”

每逢这样的游戏，老徐总是要反对的，不过到最后还是会参与进来。老徐说：“大家都参加，我不参加那不是脱离群众了。”

老武说：“老规矩，抓紧时间。”

老徐说：“做人要厚道，何必跟一个死人过不去，谁都会死的，在死人身上做游戏，这样太残忍太不人道了。”

老陈说：“老徐有悲悯情怀，可惜了呀，做大官肯定是好官，做大官啊一定要有悲悯情怀。”

老武说：“老徐，到了你该养神的时候了，快打坐入定，好好养生，别乱搅和了。”

老徐说：“这就是养生，多想想好的，心里光明坦荡不阴暗，就是最好的养生。”

这是综合处最日常的一种状况了。

余生依旧蔫乎乎的，老徐当然觉得奇怪，问他是不是家里有事。老武说：“他能有个屁事，儿子那么优秀，把他的大愁帽抹了，再能有啥事，对了，肯定是外情乍泄。”

老徐说：“极有可能，老余可是一表人才，浓眉大眼，身材端直，个头儿又高，老了还有模有样的，风流韵事一定不少，现在该到了爆发期了。”

余生懒得说话，报之一笑。他把目光投向窗外，窗外是城市主街北大街，排起长长的车龙，现在堵车已成为日常风景，车龙有时会堵过几个红绿灯。

余生从窗外收回目光，看看蜗牛，已经爬到了画轴上，就想蜗牛的世界或许就只有这面墙。

妇联只有一辆车，还是县劳动人事局淘汰下来的帆布篷吉普车。余生接过车时，车里车外脏得没法看。余生眉头好一顿皱，骂司机就是头猪。他把车彻底清洗，又好好保养了一番，开上感觉就好多了。

妇联是个闲单位，很少下乡，但车却够忙的，大多是公车私用，当然都是领导派的。余生觉得这不符合规定，因为领导给他讲过规定，绝对不许公车私用，因此有些想不通，出车时就有些不乐意。舅舅跟他说："这车是领导的，人家派你你有啥不乐意。"余生说："这车是单位的，不是领导的。"舅舅说："你这啥脑瓜儿，单位里领导说了算，啥东西不是领导的？"余生说："可是领导跟我强调过不能公车私用。"舅舅说："你咋这么简单，那就是句话，是说给别人听的。"

周末要是领导不派车，余生就开着车回家，帮父母种地。妇联是个穷单位，没有多余的油，他自己掏钱加油。余生不喜欢在城里开车，喜欢跑长路，开着车在起起伏伏的山路上奔驰，心情就舒畅。

回到家里，爹跟他说："雁过留声，人过留名，你开了小车，路上碰到步行的人就带上，山里山外都沾着亲戚，别惹人骂。你大舅的儿子开车脾气不好，无论车到谁跟前，都打着喇叭过去。人都骂，狗日的才开了个汽车，要开了飞机还不升天了。你听这话，哪儿是骂人，是咒人哩。”

其实余生在路上经常带人的，他倒是没有想这么多，只是觉得行路人太辛苦。上中学去镇上四十多里路，路就在山谷沟壑间，四面被山峦围着，夏天行走就像馒头进了蒸笼，汗水像蒸馏水从头往下流，到了冬天，所有的崾岘豁口都成了风道，风给山一夹，就像奔驰的野马，能把人打个跟头。他深知行路人的辛苦。自从开车后，只要路上遇到行人，他都会带上。

妇联在县委楼上，余生慢慢地跟县委的司机们混熟了，也就长了见识，才知道同样是司机，却也分三六九等。他们还总结了一个顺口溜：“一等司机跟县长，县长有啥他有啥；二等司机跟局长，报了吃喝报嫖赌；三等司机多实惠，报单就像搞福利；四等司机好生活，跟着领导混吃喝；五等司机可奈何，做饭洗衣哄老婆。”

当然，余生知道，给重要领导开车可不是谁想开就能开上的，那得有背景，他也知道那些重要领导的司机都是谁谁谁的什么什么。余生听了也就听了，懒得去想。不过能成为一等二等的司机当然好了，倒不是为了自己上个等级，而是就可以开上好车。那时候县上最漂亮的车在四套班子和重要的局部，蓝鸟、伏尔加、皇冠、桑塔纳、捷达，与帆布篷的老吉普相比，就像洋美女过街一般让人眼馋。

余生被列为四等半司机，他们笑着说："你四等高了点儿，五等低了点儿。"

余生说："我们妇联好歹也是个正科级单位。"

他们就笑他，说："你们是正科级单位，财政局、民政局、教育局都是正科级单位，你能跟人家比？"

余生生气地说："那直接把我列为五等不就得了。"

"你比五等高点儿，是因为你还有车开，五等司机没车开呀。"

余生这才明白"五等司机可奈何，洗衣做饭哄老婆"的意思，可他想不明白，单位没车，配司机做啥？

"安排人呀，司机也是吃财政的，难得的一份工作。"

听到余生自己掏钱加油时，他们很吃惊，说："司机自己掏钱加油，这司机当得也太没面子了，把司机的名头都坏了，谁用车你就让他多加油。"

余生说："那咋好意思让人家掏钱加油。"

"你当他们自己掏钱加油，都回单位报销，花的是公家的钱，有啥不好意思。"

可是别人用了车，余生从没张口让人家多加油，有的多给他加点儿油，他反倒觉得欠了人家什么。后来，他听说有些司机还卖油——把油从油箱里抽出来卖。

该找对象了，爹娘早都盼着抱孙子哩，余生当兵第二年他们就要给他定亲，他拦住了。他想找个城里的对象，一是既然从农村解放出来了，他就不想把根继续扎在农村；二是城里姑娘不要彩礼，老家的彩礼过四千了，在万元户是一个标志的时代，四千元彩礼那可不是小数目。有人给余生介绍了个对象，姑娘人长得心疼（漂亮），见了两面，姑娘说我们俩结婚可以，但你得先换个单位开车，争不上一等也得争个二等。余生大张着嘴巴，她竟也知道司机有等级，看着姑娘他就想：她长得心疼，又这样想事，不要说他换不了单位，就是换得了单位，娶到家以后怕也不好养，说不定还会给他戴帽子，便笑笑说："那你去一二等里找吧。"就吹了。谁知道那个姑娘跟他吹了，他偏偏成了一等司机，给书记开上车了。

说来很意外。那年县里换了个新书记。新书记到任的第二天就一头扎到乡下去调查研究，两个月没开一场会，一直在乡下跑。各单位一看书记爱下乡，便扎堆下乡开展工作。妇联主任也想赢得新上级的重视，从省里争取了一点儿资金，于是在乡下组织开展"巾帼帮扶"活动，一请就把书记给请动了。

那天去鹞山乡，翻鹞山时，坡陡弯多，把书记的桑塔纳震坏了，书记便坐到吉普车上来了，还说了句："还是这帆布篷皮实。"妇联主任受宠若惊，说话都结巴了。

领导一般都坐在后面，后面安全嘛。妇联主任一定要让书记坐后面，可书记坚持坐在前面。书记掏出烟问："小伙子吃烟不？"他说："吃哩。"书记就掏了两根烟，一并点了递给他一根，这让余生有些受宠若惊。他开车以来，虽说书记这么大的领导没拉过，可那些科局级领导也拉过不少，他们吃烟从来没给递过烟，更别说点两根递给他一根。

穿越马头沟时，沟里走着一个老人。老人听到马达声，闪到路边，手抬起来要挡车，车到跟前时却又放下来。余生清楚老人的心态，如果是手扶拖拉机或者大汽车他会扬手挡车，捎个脚嘛，可一看是小车，知道小车里坐的不是一般人物，就打消了念头。

马头沟游龙一样，有十几里长，被大龙山小龙山夹着，正是三伏天，日头像个毒蜘蛛高悬当空，汗水榨油般地被榨出来。余生看到老人的汗衫被汗水洇出大片湿痕，经过老人身边时，他想都没想就刹住了车，把头伸出窗外问："老伯，是去三十里铺赶集吧？"老人嗯嗯嗯地应着。他跳下车，拉开车门说："主任，捎个脚。"妇联主任着急了，说："小余，车已经坐满了。"余生有些诧异，车没坐满，后面只坐着主任和老张，还能坐一个人。妇联主任给余生使眼色说："书记难得坐我们的车，我正准备给书记汇报工作哩。"余生方才醒悟过来，今天书记可坐在车上。这时那老人说："谢谢了，我经常走，走惯了。"书记忙说："老人家，上来，快上来，这么热的天行路，会中暑哩，车宽敞着哩。"

说着跳下车硬把老人拉上了车。老人坐进车里不停地道谢。妇联主任解释说："小余心眼儿好，带人带惯了。"书记笑笑说："这是好作风哩。"路上，书记跟老汉说这说那的。到了三十里铺，老人再三道谢，说："这娃是个好娃呀，书记。"到了鹞山乡，一下车，主任把余生叫到一边说："你咋这么不懂规矩，回去的路上可千万别再带人了，书记跟我们不同。"

在鹞山乡走了几个村，出三十里铺街口，又看见那位老人，揹着一包东西，主任已经说了不让带人了，余生不能不听，可经过老人身边时心里很不是滋味，他不由自主地放慢了车速。这时候书记说："小余，这不是来时带的那个老人吗？去问问，要是回家就带上。"余生停车一问，能带一截，书记说："下个点不去了，送老人回家。"到了老人家，老人硬留吃饭，书记也不客气，坐在炕上跟老人拉家常。回去的路上，书记说："从老人家里了解的情况顶得上十个点的汇报。"

一周后，余生就成了书记的司机。这让许多人大跌眼镜，余生也吃了一惊。一般新书记、新县长到任，首先会换司机和秘书，有的直接带司机、秘书来。新书记来之前，司机们都在谈论谁谁谁在为谁谁谁谋这个差事，这谁谁谁中有官员有老板，都是县上有实力的人，谁知偏偏让他得了这份差事。司机们都感慨地说："都说你头脑简单，不简单啊，你是打盹的骚胡（公羊）——心里谋事哩。”有人在打探他背后有啥背景，平时跟他走得近的司机向他探听其中的秘密，余生想肯定是那次下乡的缘故，他说了可没人相信。他们说：“在哥们儿跟前也耍奸了，你大有前途哩。”爹说：“这是你常在路上带人积下的福缘啊。”余生才不管别人咋想，他只是兴奋。更让余生兴奋的是，不久，县委给书记配了一辆新崭崭的广本，这可是全县最好的车，让他给开上了。第一天开上车，他开出城疯狂地驰骋了一趟，感觉幸福像花一样开放。

余生抓起茶杯，才发现没有泡茶。往日余生进办公室，第一件事是泡茶。他放下茶杯，坐着没动，懒得去泡茶。他点了根烟。提倡戒烟，局里所有办公室都贴了“无烟办公室”的标签，但也只是个标签，大家照样抽。

不久，余生又与书记住到了一起。

那时间县城住宅多为平房，楼房很少，外来的县级领导都住一套小四合院。除了下乡或去地区开会，书记上下班从不让他接送。有一次，书记要去地委，余生早早把车开到书记院门前等着，他闻到了一股烤枣的味道，枣烤得焦煳的味道可真馋人。他把头探进门口一看，书记边翻文件边捣罐罐。他没想到书记也捣罐罐。

捣罐罐就是“捣罐罐茶”。“罐罐”是一个黑色小砂罐，小胳膊粗细，肚大口小，有个小把，叫“曲曲罐”。茶是那种用茶叶、茶茎、茶梗蒸压得像砖块的砖茶，熬过的茶叶像药渣。不光放茶叶，条件好的人家，还会加枣、枸杞、核桃仁、芝麻、山楂、红糖等辅料。不过一般人家枣都是有的。余生老家一带干旱，别的果树难以成活，但枣树耐旱，就多。当然，枣也没多余的，都是藏着的。捣罐罐茶第一道程序是烤枣，枣子皮厚，干皮包得又紧，把皮烤焦，加入茶中熬才出味儿。罐罐小，东西放得多，茶叶和辅料不时溢出罐罐口，得用筷子不时往下捣搅，所以叫“捣罐罐茶”。茶要熬到从罐罐滗出时拉成一条线，一遍最多能滗出五六酒盅，色如墨汁，苦如龙胆，才算熬好了，再加水熬，直到茶叶熬败了。一边捣罐罐茶，一边烤饼子。饼子是死面饼，耐嚼，烤后有嚼头。罐罐茶提神，乏了，捣上几罐罐，精神又回来了。余生老家人一天两顿饭，早上不吃饭，女人娃娃喝水吃馍，上点儿年纪的男人捣罐罐茶，茶喝败了下地干活儿。余生从小就给爹捣罐罐茶，当然是为了吃枣。

余生说：“书记，我来捣罐罐，您抓紧时间看文件。”

书记说：“你会捣罐罐？你还不到每天早晨睁眼第一件事搭炉捣罐罐的年纪吧。”

“我从小早晨起来就给我爹捣罐罐，”余生笑笑说，“主要是为了吃枣嘛。”

书记也笑了说：“你小心点儿，这电炉子可不像烧羊粪牛粪木柴的土炉子，电炉子火又猛又硬，就像脾气大的人，你待个迈眼，茶就熬干了。我这罐罐都烧裂了几个，可不锈钢杯熬不出味道，架炉子又太费事，没有时间。”

余生说：“书记，听说您是城里长大的，城里人也捣罐罐？”

“是之前下乡时惯上的瘾，那地方叫马家庄，靠天吃饭，广种薄收，两头子不见太阳的苦，还吃了上顿没下顿的，不捣罐罐，苦大得背不住。”

“现在也天天捣罐罐？”

“天天捣嘛，上瘾了，喝惯了，这辈子就念这一口，一天不捣就没精神，苦大得背不住。”

余生笑了，父亲也老是这样说。

书记嘿嘿一笑说：“当书记苦大哩。”

余生把捣好的罐罐茶滗到茶杯里，把烤好的馍递给书记。书记说：“你这馍烤得不错的，我烤总是把馍烤焦了，有一次都着火了。”

余生说：“要说就罐罐茶，死面饼最好，耐嚼，起面饼没嚼头，嚼到嘴里就像棉花。”

“城里人不吃死面饼，我问了好多馆子，没卖的。”书记说，“你也吃点儿喝点儿呀。”

“我吃了一老碗拉面来的，我烤几个枣吃，从小养下的毛病，闻着烤枣的味道就走不动。”余生说，“明天开始我早早过来把炉子架上，给您捣罐罐。”

去地委的路上，书记问余生：“找对象了没？”余生说：“没有。”书记说：“那你搬过来跟我住咋样？我是说要是方便的话。”

余生说：“我有啥不方便的，就怕您不方便。”

书记说：“找对象了你可以搬回去住。”

余生专门回家跟娘学了烙死面饼子，比起面做馍简单多了。

余生发现书记自己做饭。那时候县上没办灶，外面来的干部都定点在“牛家饭店”吃饭。余生问：“书记为啥不在‘牛家饭店’吃？”

书记说：“饭店的饭卖的就是调料，味儿太重，还是自己做的好吃。”

余生说：“我做饭也不错哩，我专门跟着娘学的。”

书记说：“城里像你这样的年轻人都下馆子，会做饭的不多。”

余生说：“下馆子太费钱了。”

余生爱吃面，羊肉小揪面、雀舌面、扁豆面、葫芦面都做得地道。书记也爱吃面，说以前他爱吃米，老家主粮是米，这些年一直在这边，把饮食习惯也改了。

书记对他说：“会有人通过你给我送礼，你记着一概不收，这个原则要把住，千万不敢生贪心。”

余生说："这个书记放心，我这人不想被别人占便宜，也不爱占别人便宜。"

书记点点头说："你这样想倒少见，但你得想怎么拒绝，说不好就把人都得罪下了，以后我走了，你的日子就不好过了，给书记开车不是好事。"

"是好事，咋不是好事，不给您开车，哪能开上全县最好的车？"余生说，"我才不管那些哩，他们都说我简单，就是愣，到了那天，我啥都不留恋，就留恋这么好的车开不上了。"

"人活得越简单越好，做人千般事，不妨愣一点儿。"书记说，"他们找你，你就往我身上推，在他们跟前骂我，说我如何不近人情。"

余生说："那我骂不出来，让他们骂我好了，骂又不疼。"

余生闻到一股茶香，回头一看，茶杯冒着腾腾热气，茶是金骏眉，香气浓郁。他看看，大家都各自坐在桌前，只有宋玉站着，看了他一眼，回桌坐下了。余生冲宋玉笑笑。宋玉面无表情——或许有表情，只不过看不出来。初到综合处，余生几乎不看宋玉那张脸，因为他见过出事前的宋玉，那可真是漂亮，现在不忍直视。宋玉的身体是魔鬼的，从身后看谁都会动心，她转过身来定会吓死人。现在老了，五十多岁了，尽管身材变化不大，但老还是掩饰不住地从各方面流露出来，反倒让那张毁掉的脸不像初来时那么难看了。

在处里宋玉表现出极端的冷漠，余生知道她其实心里是很苦的，她是通过对别人的冷漠掩盖着她内心的痛苦。她通过不近人情的冷漠彻底将自己封闭了起来，拒绝大家任何的关心和帮助，也不关心和帮助人。该我干的，我绝对干好，不该我干的，我一概不做。因为冷漠，大家只知道她离婚了，其他便一无所知。有一次，老师把电话打到办公室，正好宋玉出去了，离她近的老刘接了，说是她的孩子在学校被同学推下楼梯，摔得很重。大家才知道她有儿子。按规矩，大家凑了份子，准备去探望，但被她坚决拒绝了。大家觉得她太不近人情了。天长日久，人们慢慢地也便接纳了自我封闭的她，也不免会感叹地回想她以前是个多么阳光开朗乐于助人的微笑天使。

在综合处，现在余生和宋玉是元老。余生的身份是司机，可宋玉硬件上什么都不差，而且以前的工作能力大家也是有目共睹，就是提拔不了，背地里大家也是为宋玉抱不平的，说亏人不能往死里亏呀。

余生喝了几口茶，又点了支烟。

给书记开了车，本就让许多人对他刮目相看了，现在又和书记吃住到了一起，在别人看来这就不是一般关系了。找余生办事的当然就多了，有亲戚、朋友、同学、同事，甚至还有官员。有调动工作的，有想转行的，有安排工作的，有让他在书记跟前美言的，有要提拔的，还有揽工程的，等等。余生心想：这些事不影响你们的生活，你们都日子好过着呢，又不是揭不开锅。便打定主意决不跟书记提，他也不能直接拒绝，就答应说一定把你的意思表示明白，但提来的礼物一概不收，说书记交代过，收了礼物就法办他。

余生只办过一件事，给屋后顾奶奶办的。顾奶奶行了一辈子善，方圆几十里的娃娃都是她接生的，还会给娃娃看病，娃娃一有病就找她。就是命苦，儿子早早就死了，媳妇也嫁人了，留下个孙子，右胳膊有些毛病，写字用左手，书倒是念到高中毕业，复读了几年，考不上大学，人又老实，已经三十了，还找不到媳妇。顾奶奶年过七十了，祖孙俩相依为命，日子过得凄惶，余生每次回家，见到他们心里就难受。有一次下乡，书记说："找你办事的人一定很多吧，有没有你觉得要办的事？"他想想就把顾奶奶的情况说了，书记点点头，说："她孙子要是有个工作，有份稳定的收入，就能把奶奶养活到老。"书记说："还有事吗？"余生看看书记说："再也没啥事了。"书记说："一定有不少人求过你。"余生说："他们不缺吃不缺穿的，都好过着呢，有些人就是得寸进尺。"不久顾奶奶的孙子便被安排到民政局一个福利公司上班了，老书记又关照给分了一套房。

当然余生的婚事也热起来，一个月的时间先后有人给他介绍了六个对象，都是有正式工作的人。他们告诉他她们上班的地方，先让他偷偷摸摸去看。余生看上了秦梅。秦梅人长得好，是民政局的干部，工作也好。秦梅是朱副县长的司机老陈介绍给他的，当老陈告诉他秦梅是个大学生，而且她父亲是一个乡的党委副书记时，余生心一下子凉了。在县上这条件可不一般，那时候大学生凤毛麟角，多么吃香，何况人家爹是一个官，秦梅怎么会嫁给一个司机呢。余生就生气了，说："陈师傅，我没得罪过你，你还要笑我。"老陈说："我怎么就要笑你了？"余生说："人家这条件，我再不知天高地厚，也不想自取其辱，这点儿自知之明还是有的。"老陈说："你就说你看上没看上，只要你看上，包在我身上，要是不成我请你喝酒，给你磕头赔罪，你以后叫我'老驴'。"余生还是羞于说出"看上了"，在地上转磨，老陈说："那就是看上了，等我消息。"

亲事竟然就成了。秦梅的爹秦松柏跟余生见了两面，就开始谈婚论嫁了。秦松柏的意思是直接把秦梅娶到书记的小四合院。余生说："那哪行，我有房子，原来一间房，给书记开了车，办公室给我调成了两间房。"秦松柏说："我知道你有房，你啥身份，办公室能不给你考虑周全了。我的意思是你们住到书记的小四合院，为书记服务方便。"余生说：

“那不行，书记说了，我结婚就可以搬走。”秦松柏说：“可以搬走，还听不明白，书记只是那么说说，现在他生活离不开你。”

第二日，书记对余生说：“你搬回去吧，该把房子收拾得喜庆一点儿。”余生说：“我走了您咋办？”书记笑了，说：“我这大半辈子，基本上都是一个人过的，都是自己照顾自己。”余生说：“可您现在是书记……”书记笑笑说：“书记就不会自己生活了，你这是啥逻辑？”余生说：“我是说您太忙了，要不结婚了我们搬过来。”书记说：“那算啥事？有家了，你们好好过小两口的日子吧。人啊，就活个年轻恩爱。”余生说：“那结婚后我自己搬过来。”书记说：“你想想你结婚了，把媳妇扔了，过来跟我住，我心里能好受？要是你你心里好受不？”余生就嘿嘿嘿地笑了，说：“是心里不好受。”书记笑了，说：“今天就搬回去，忙婚事去，那是人生大事，不能马马虎虎，我正好准备开‘两会’，不下乡，你安心忙你的，我这边有事会叫你的。”

余生准备搬家具，岳父不让他搬，说：“你就住着。”余生说：“我都结婚了还住着？书记说了让我搬出去。”岳父说：“要不你把秦梅也搬到书记那里去，就说给书记做饭。”余生扑哧笑喷了，说：“您可真会说话。”

秦松柏说：“你咋就搬出来了，你做的这叫啥事？”余生说：“书记让我搬的。”秦松柏说：“你不会赖着？”

余生大张着嘴说："赖着，我为啥要赖着？"秦松柏说："那这样，婚先不结，你搬回去先照顾书记。"余生说："书记不用我照顾，他自己会照顾自己。"秦松柏说："你听我的没错。"余生心里就一沉，难道他后悔了？第三天，秦松柏说："还是先结了吧，结了婚你再搬回去，像以前一样。"

结婚后秦松柏让余生搬回去，说："你先搬过去，慢慢再把秦梅接过去。"余生用书记的话说："你想想我结婚了，把媳妇扔了，过去跟书记住，书记心里能好受？要是你你心里好受不？"秦松柏说："有啥不好受的。"余生懒得和秦松柏说话，他觉得这个人说话想事一点儿都不着调。不过，每天早晨他还是早早起来去给书记捣罐罐茶。书记说："你该好好陪秦梅，她会有意见的。"余生说："她说她没有意见。"书记嗯了一声。余生又说："秦梅说您是个老汉。"书记就笑了。

顺利地娶到了秦梅，余生心里却一直恍惚，像做梦一样。他想不通大学生秦梅为什么会嫁一个司机。他们既不是青梅竹马的玩伴，也不是老同学，老陈介绍他们认识前他们根本就不认识，没有任何的感情瓜葛。这太不正常了。如果他是秦梅，绝不会嫁一个司机，那等于是下嫁。余生就想秦梅是在感情上受了挫折在赌气，是让人睡过怀孕了，甚至是被人强奸过，他把县上发生过的几起强奸案都想到了秦梅身上。

新婚之夜，他特意留意过，见了红，而且血流了很多。但这并没有打消余生心里的疑惑。婚后秦梅迟迟不怀娃，他自己去做了检查，很正常，就要带秦梅去看医生，秦梅坚决不去。这就更增添了他的疑惑。他观察秦梅，觉得秦梅很正常，就想或许秦梅不怀娃就是为了以后离婚少麻烦。余生心里不爱装事，也不爱动脑子，可这事让他心里有了疙瘩，有时候他觉得自己不该娶秦梅，应该找个门当户对的姑娘。

结婚后，岳父教导了他许多规矩，如何伺候领导，他有些记住了，有些根本就没记。比如出门观天色进门观脸色了，伴君如伴虎了，小殷勤买转帝王了。余生想：君就是君，怎么能是虎呢？再说书记只不过是个书记，怎么能是帝王呢？他当书记，我当司机，都是工作，搭伙求柴的事，合得来就相处，合不来就散伙，散伙了我照样是个开车的，他还能把我执照收了不成。

婚后不久，岳父对他说："抓紧时间让书记把你的身份问题解决了。"

余生说："啥身份问题？"

岳父说："转干呀。"

余生说："我是个司机，转啥干？"

岳父说："司机咋了，现在老子头上压着的那位不是司机？签字就像猪蹬了一蹄子，你知道他老在老子跟前说啥？李副省长就是个司机出身。"

书记倒是问过他想不想转行。他想都没想就说："不想，我虽然读了高中，可书也没念多少，人人都说我脑子简单，干不了别的，我也最怕动脑子的事，就喜欢开车。"书记说："简单点儿好，你看这些官员，个个挖空心思钩心斗角的，难缠得很。"余生说："我也觉得爱动脑子的人难缠得很，我同学中那些爱动脑子的家伙，就是不好交，日鬼弯三的。"

可他被一件事逼住了。小舅子中专毕业了，不愿意到乡下去，岳父也不让他到乡下去，让余生跟书记说说。可县上明文规定，新毕业生必须到乡下工作五年。余生说："这是县委的规定。"岳父说："规定？谁按规定办了，你看看哪个当官的孩子分配到乡下了，规定是给没有办法的人定的。"这余生也是知道的，他只不过是拿县委的规定做挡箭牌。余生说："你现在是乡党委副书记，上面有那么多关系，说话比我管用。"岳父说："我比你管用还用得着来求你？当官不是正，气死无人问，你抓紧把小安的事办了，再抓紧办我的事，我都几年的副书记了，铁打的衙门流水的官，说不定哪天一个文件，他就走了。"他想来想去没有说。因为他知道这样的事书记已经拒绝过好多，还跟他说多少人失业在家，他们有了工作还挑三拣四的，人心不足蛇吞象，人心就是这么不知足。小舅子给分配到了乡下，岳父狠训了他一顿，小舅子也不理他了。余生对秦梅说："你看，我又没给你家办成事。”

书记干了四年就走了，临走之前书记给他办了一件事，把他的小舅子从乡下调到了城里。书记说：“我做这事，也是为了你以后在老丈人家好做人，我知道他们肯定为难过你。”

书记到了市政协——地改成市了——做了副主席。余生知道市政协副主席是副厅级，书记算是升了。余生对书记表示了祝贺。书记笑笑。后来他听人说按说书记应该到市政府当副市长或省上哪个厅局当副厅长副局长，到了政协就到头了。书记去市政协是余生开车送的，余生想说点儿什么，可是看看书记，他什么也没说出来。路上看到生汆面馆，他说：“书记，生汆面。”书记嘿嘿一笑说：“吃一碗。”

书记在县上干部中的声誉并不好，因为他不违规给人办事。有些人把话说得很难听。书记有时候来县上调研，那些干部却还赞扬书记。余生就对书记说：“他们背后可不是这样的，说你这那的，他们咋能这样。”书记笑着说：“这很正常啊，他们想说什么让他们说去，你别跟他们计较。”余生说：“听得人胀气。”

老朱来了，老徐说：“人到齐了，开始学习，大家都集中精力，小陈，念吧。”

严格意义上讲，人没到齐，不过没到的是一个正处调、一个副处调。他们都是即将退休才给了待遇，可来可不来。到了综合处的人除了意外派来在综合处提拔，然后再另谋高就的，多少人都失去了争的激情。可是正处调老祝来了，老陈表现出了极端的不高兴，因为他的副处比老祝要早多了。因此言语之间总要捎带些话语，老祝哪里愿受，两个人动不动就抬起杠来。老陈人称杠头，老祝哪里是对手，老陈甚至说："你到别的处去，别在我眼前晃来晃去。"老祝起初还常来办公室，后来就不来办公室了。

学习内容是省委书记在经济会议上的讲话，小陈在读之前说："大家都把笔记做好，没做的补补，下周局里开展学习笔记大检查。"于是大家就都拿出笔记本，又拿出一本学习资料开始抄笔记。

余生也拿出笔记本，但他笑笑，又把笔记本扔在一边。

新书记还没任命，县上的干部就知道是谁了。一朝天子一朝臣，新书记来至少干一届，人事上肯定是要动的。县上的大小人物都开始活动，纷纷找门路前去"报到"，就像大年初一去庙里烧头香，争先恐后的。去书记家谁也不会走着去，因此司机的消息是最灵通的，私下传谁谁谁已经去过新书记的家了，谁谁谁请新书记吃过饭了，县上谁谁谁跟新书记啥关系。按照惯例，首先要动的是司机和秘书。陈师傅给余生透露，有人在活动他这个位置，建议他找找关系，也活动活动。余生说：“既然按惯例新书记来了都会换司机和秘书，活动有啥意义。”陈师傅说：“也有依旧用老司机老秘书的，活动活动说不定书记就把你留下了。”咋活动，余生想想也就罢了。可岳父着急，来家里冲着余生吼：“你怎么整天像个没事人一样，现在是关键时刻，你知道不？”余生没有说话，他见了岳父本来就懒得说话，现在话是越来越少了，因为岳父从骨子里看不起他，动不动骂他头脑简单。岳父嘴里的“简单”绝对是愣、愣㞞的意思。岳父问：“新书记家在哪里，弄清楚了吗？”余生还是不说话。岳父拍着桌子说：“还没弄清楚？你整天在做啥？在想啥？亏你还在县委机关混了好几年，这么点儿敏感性都没有，你知道有多少人盯着你这个位置？”岳父给他一张纸条说：“我给你搞来了，我的祖宗，你赶紧去趟书记家。”余生说：“我又不是当官的，跑书记家里去干什么？”岳父说：“这个时刻最关键的是你，按惯例新领导来都先考虑司机秘书的问题，连这都不知道？”余生说：“既然按惯例新领导一来就要换司机秘书，去也是白去。”岳父说：“凡事不是绝对的，也有不换的情况，小殷勤买转帝王，你只要好好表现，留下的可能性还是有的，张师傅就伺候过三任县委书记，再说就是留不下，也会给你安排个好去处。在县委都待了几年了，怎么一点儿长进都没有，粪斗大的脑壳——没脑仁呀，这会儿就去市里书记家，去了跟书记说你就在他家楼下，随时听用。”岳父把一包东西塞进他手里说：“给城里佬开了几年车，你说你落下个啥，送礼的东西还得我给你准备。”岳父说着把他推出门来，推上了车，又说：“我打听清楚了，贾书记是本地人，放羊娃出身。”这一点县上的干部早就都搞清楚了，他们把以前刊登贾书记报道的报纸都找出来了，标题就是《从放羊娃到拓荒牛》。岳父又说了句：“山里出来的，总比那个城里佬通情达理。”城里佬就是指老书记。岳父对前任书记没有把他转成干部身份耿耿于怀。余生看了岳父一眼，哐地关上了车门，一踩油门走了。

余生不能不开车做出去市里的样子，否则岳父会像只啄木鸟把他的脑浆啄出来，但他不会去书记家，他开着车在田野里奔驰，可也不能回家，岳父知道了会杀了他。不过他想既然书记是从山里出来的，他心里就有谱了，他想新书记一定会接纳他。他看看包里，是茅台酒、中华烟，想想就回了老家，烟酒给爹娘享受。茅台酒、中华烟爹娘已经享受过了，老书记去过他家，带的就是这酒这烟。

第二天晚上余生回家，岳父在家里。岳父说：“你怎么回来了？”余生想好了谎言，说：“书记说不用车。”岳父说：“东西收下了？”余生点点头。岳父说：“表情咋样？”余生说：“看不出来。”岳父说：“明天你再去一趟。”余生说：“他说不需要，让我在县上等着。”岳父说：“就说是县上派人来随时听用的。”岳父走后，秦梅用一种奇怪的眼光打量着他。他说：“我没去书记家，东西给爹娘享受了。”秦梅说：“你真不在乎给不给书记开车？”余生说：“在乎，我喜欢那辆车。”秦梅扑哧笑了。他说：“你爱咋想就咋想吧，反正你们一家人都说我头脑简单。”

贾书记和前任书记不同，三个月过去了，没有下过一次乡，一直在开会。余生待得有些不爽，他是喜欢下乡的。书记终于要下乡了，要把各乡镇都走一遍。去花石镇穿过十里沟，他拉上一位老年人时，书记的表情把什么都告诉他了。老人下车的时候，再三道谢，书记十分勉强地应付了一句。老汉刚下车，书记就说：“还不开车！”口气很冲。他慌忙中一开车，差点儿将还在诚心道谢目送他们离开的老人撞上。他搞不明白，为什么从山里出来的人对待老汉还不如一个城里人呢？书记讲话时三番五次提到自己是放羊出身，对农村和农民充满了亲人的感情，看来是假话。

接着，下了几周乡，余生感到浑身不舒坦，因为贾书记老绷着一张脸，阴气沉沉的，和他一句话都没说，从来没问过他吃了吗，抽烟只顾自己抽。用车不给他打电话，而是让秘书给他打电话。而且，下乡时老书记会说：“你坐在车上有啥意思，一起去看看听听。”这贾书记却截然不同。有一次调研搬迁，村民们围住他们，说：“人都搬迁走了，我们的庙咋办？”余生说：“庙也搬走，跟村部一起盖，两层楼，上面是庙，下面是村部。”村民们竟然信以为真，说：“要这样最好，头顶三尺有神灵，看他们还乱弄。”贾书记叫了他一声，说：“你一个司机，有你说的什么话，你长个啥嘴？以后就在车上待着。”这样他就觉得没意思了，心想调整了也好。

果然他就被调整了，书记还假装仁义，专门把他叫到办公室，说：“伺候书记起早贪黑的是个苦差事，连老人孩子都照顾不上，你已经伺候过一任书记了，再让你伺候我，我于心不忍啊，换个闲点儿的单位，照顾照顾家里。”

接车的是李实，财政局局长的外甥，余生给前任书记开车时李实就想给书记开车，让他给搅黄了，现在终于如愿以偿了，因此见他时有些扬眉吐气。他把手伸向余生，余生没有握。余生把车开出来，擦洗了一遍又一遍，车是有记忆的，他要洗掉这辆车对自己的记忆。李实站在那里抽烟，说：“余师傅，我最怕的就是洗车了，以后干脆你给我洗车得了。”余生把挂在车顶棚上的一个十分精致的毛主席铜质像章取下来。李实说：“车上带的东西你不能拿走。”余生说：“这是我请来的。”

余生没想到他被调整到了残联，残联没车，从一等司机成了五等司机。不过，余生心里并不失落，心想给这样的领导开车，还不如到没车开的残联。然而，岳父骂上门来，手指像绣花针一样戳着他的头说：“你这个猪脑袋怎么也不想一想，下乡逞什么威风，拉什么老头儿？你当你是书记，轮得到你亲民啊？”余生强忍着说：“他讲话三番五次说他是放羊娃出身，我想他是从山里出来的，应该……”岳父粗暴地打断他的话说：“蠢货，讲话那都是讲给别人听的，发达了的人哪个看得起自己的出身？从山里出来的人都有一种逆反心理！”岳父坐下站起，站起又坐下，狂拍着茶几说：“难怪人家都说你头脑简单，你当是人家抬举你，那是侮辱你！啥是简单，就是愣㞞、二货。”余生啪地摔掉手里的杯子，扯着嗓子吼道：“秦松柏，我就是个愣㞞、二货，你聪明，你头脑发达，咋不把县委书记当上，那整个县不就是你的天下了，我把你的什么事坏了？还是把你路挡了？”岳父被他骂了个目瞪口呆，在地上转来转去。秦梅咯咯咯地笑了，岳父不由分说一把扯住秦梅说：“回，跟我回，我早就看出这狗日的是个扶不起来的刘阿斗。”余生撵了几步说：“我知道你早就后悔把丫头嫁给我了，领回去好了，啥德行，跟你先人秦桧一样，奸臣！”岳父气坏了，说：“明天就跟这狗日的离婚。”余生跺着脚说：“滚，滚，滚。”又对着岳父呸呸呸地啐了几口。

按俗规矩，第二天余生就得上门去赔罪，把老婆接回来。余生赌了气，一周没去接，秦梅也就一周没回来。余生伤心了，秦梅要是心里有他，早该自己回来了，看来是心里没他，看不起他。他想也罢，这样过着也没意思，离就离。只是他想儿子，儿子才上幼儿园，他每天去接，秦梅都抢先一步接走了。

这天，他早早去接儿子，到了才知道是星期六。他不想回家，就上了南山，一直坐到天黑透了才回家。秦梅回来了，儿子扑进他怀里，他眼泪就下来了，他不想让秦梅看到自己流泪，就抱着儿子到了阳台上。秦梅做好了饭，吃饭时他们谁都不说话。儿子在一边玩儿，从花盆抓了一把土，扬到了餐桌上，扬到了他们的碗里。秦梅拉住儿子就是几巴掌。余生把筷子拍在桌子上说：“你干什么？拿孩子出什么气！”秦梅说：“教育他呀。”余生说：“这么大点儿懂个啥，你教育他，还不如说教育我。”秦梅说：“这么大就该教育了，孩子要从小抓。”秦梅不温不火的话更让他断定了秦梅回来就是来离婚的，他点了根烟说：“咱离婚吧！”秦梅看看他，不说话。余生继续说：“儿子给我就行，我家单传，你带着也不好再嫁。”秦梅说：“你还吃不？”余生看看秦梅，秦梅说：“傻屄，没见过呀。”这让他丈二和尚摸不着头脑。

孩子睡了，秦梅一反常态，没有看书，也早早上床，余生看电视。秦梅出来说：“还看电视？来吧。”余生说：“你，你啥情况，不是回来跟我离婚的？”秦梅说：“来吧，一周了，不想？”余生说：“想是想，只是……”秦梅说：“只是啥？”余生说：“只是怕。”秦梅说：“怕啥？”余生说：“怕你跟我离婚。”秦梅说：“你都敢大叫秦松柏，敢啐秦松柏，还怕离婚？”余生说：“我就知道你回来是跟我离婚的。”秦梅说：“先干，干完再说。”余生说：“那不行，我心里有事，干不了。”秦梅说：“就是离婚，干完了再离，要先离了，你可就干不了了，别后悔。”余生说：“不后悔，干不了就干不了了。”秦梅咯咯咯地笑，余生看时，秦梅扒了个精光，赤裸裸躺在那里。余生说：“你当我怕你，不敢来？”

事办完，秦梅枕着余生的胳膊，说：“你怎么会想我要跟你离婚呢？”余生说：“我一直觉得你总有一天会和我离婚。”秦梅说：“为啥？”余生说：“我们不配啊，你是大学生，我是个司机，你那么爱读书，咋也该嫁个大学生。”秦梅说：“县委大学生多了，有几个还读书呢？再说，大学生嫁个大学生就配了？我们同学大都结婚了，都门当户对嫁了大学生，结果呢，都是一副花花肠子，好几个人都离婚了。”

秦梅告诉他，这门婚事是她父亲的主意，起初她是坚决不同意的，原因与他想的一样，她一个大学生嫁一个司机，在同学面前怎么说，别人会怎么看她。而且她知道，他们让她嫁给他就是为了利用他。可父亲说：“大学生就了不起？你看看多少大学生不是给没读几年书的人领导着？现在的书记县长局长科长主任，哪个不是混来的文凭？一提重视知识分子，他们摇身一变就成了大学生研究生，远的不说，就说老子头上压着的这位，连初中都没有毕业，就是给书记开了几年车开成书记了。别耍你们那知识分子的臭毛病，等人家开上几年车就会成为大学生，中央党校的，比你的学历还值钱，到时候人家照样领导你们这些大学生。”最后把婚事硬拿了。秦梅说：“我没想着跟你白头偕老，或许过上一些时日就会离婚，因此，一直不怀孩子。”余生说：“那咋又怀孩子了？”秦梅说：“我觉得你这人还是有优点的，最大的优点是简单。”余生说：“你就说我愣得了，反正你们一家人都觉得我愣㞞、二货。”秦梅说：“我说的简单不是愣，不是二，是单纯，但有主见，不受别人的引诱，不受别人的影响。你看我爹把一家人搞得多复杂，我不喜欢复杂、世故的人，看着都累。”秦梅咯咯咯地笑了半晌又说：“你敢叫我爹秦松柏，厉害，你看大姐夫二姐夫，叫爹都不敢大声。”余生说：“我不是被气坏了吗。”秦梅说：“我觉得你像是个顶天立地的男人，那天爹让你去见新书记，你没去，把礼物给了爹娘享受，这让我很感动。”余生把秦梅举到身上说：“你说的是实话吗？”秦梅说：“跟你说实话，这几天来爹逼我跟你离婚哩，我回答他不离。”余生激动地说：“秦梅，我给不了你大富大贵的日子，但我不会让你受苦的。”秦梅说：“大富大贵的日子就好吗？过个小日子就行了，安安静静简简单单的多好。”

学习完了，小陈把书记的讲话给每人复印了一份，送到各自的桌子上说：“上面要求每人写一篇学习认识，还有上周通知要写的自我剖析材料，别忘了，下周一一起交。”

没有具体分工，也就没有常规工作，除了一些大活动，比如省里搞大庆，局里开展相关大整治、上街搞宣传、开展文娱活动等，他们作为一个处参加。平时，几乎没有什么具体工作，但纪律是要抓的，学习是要搞的，周一、周三开会，周二、周四学习，年底考核，主要是考核各种记录、笔记，各种学习心得、剖析材料、网络讲座，时间就这样被分割了。

小陈又说：“重申一遍，字数不得少于一千五，全部手写。”

老武咳嗽几声，老徐说：“别不当回事，要认真对待，书记的讲话有些新内容，要仔细领悟。”

手写笔记也都是从网上搜出来照着抄。电脑真是个好东西，想抄什么有什么。余生习惯性地动动鼠标，发现电脑没开。平时一上班他就泡好茶，打开电脑浏览新闻，他关注的是军事新闻。余生没有开电脑。

残联没车，主席说：“你就搞收发吧。”残联有什么收发可搞呢？就几份报刊，半年不发个文件。后来主席家煤气用完了，让他换煤气，这个头一开，两个副主席家的煤气也让他换，后来主席干脆明确说："反正眼下也没车，你就把单位干部家里的煤气都换上吧。"余生心里别提有多窝火，心里说：我是公家人，又不是你们家的长工。这且不说，干部们都是得寸进尺，但凡家里有事，都会指派他跑路。几次他想发火，最后还是忍住了，他忍气吞声，期待着给残联早日配车。然而，残联的车迟迟没配。

余生骑着自行车捎着煤气罐在大街上奔波，心里别提有多憋屈，遇上老同学，说："你家怎么这么费煤气？"余生恨不能找个窟窿钻进去。余生有了辞职的想法，干啥不比这强呢？他不敢跟秦梅说，而是回家先跟老爹说了。老爹说："不干了？福烧的，总比你种地强吧。"他说："还不如种地，种地心情比这畅快。"老爹说："种地难啊，土里刨食，靠天吃饭，五年三旱，猫儿吃浆子——老在嘴上抓挖呀。成了公家人，吃上了粮票，月月有个麦子黄，你还记得小时候你最大的理想是啥吗？"余生说："开汽车。"老爹摇摇头说："不是，是吃粮票，开汽车是后来的。"

爹这么一提，余生就想起来了。那年奶奶的身体眼见不行了，三天两头儿生病，叫嚷着要回娘家，人都说辞路哩。辞路就是人活一辈子，临死前会把所有走过的路都走上一遍，因为这路上连缀着许多亲朋好友，见上一面，辞个别。奶奶是安徽人，跟着外爷逃难逃到这里，定居下来，嫁给了爷爷。再后来，外爷和几个舅舅都落叶归根回了老家。那时候要去安徽，一来一回得十来天，如果车不顺半月二十天地走。要是身体康健着，烙些干粮馍，背一升炒面，再煮些鸡蛋就行了。可奶奶身体不好，路上不汤汤水水热热乎乎吃点儿咋行呢？要汤汤水水热热乎乎吃点儿就需要粮票。

余生清楚地记得爹提着一个烂洋瓷盆边走边敲边喊“收粮票啦”的情景，陈山说：“要猴儿呀，猴呢？”爹说：“你跟着不就是猴吗？”那时候干部下来驻队，吃的是派饭，挨家挨户轮流吃，都是要给钱和粮票的，因此家家都有两三斤粮票。粮票收够了，才知道用不成，因为都是本省粮票，到外省就吃不了了，得有全国通用粮票。而去安徽，要经过四五个省。全国通用粮票哪里去找呢？爹赶着驴驮着粮，把方圆有在外面工作的公家人的家跑了个遍，没换上一两全国通用粮票，这才知道即使是公家人需要全国通用粮票，也得有理由，比如公差，比如开会，打好报告，拿着通知去批，批了，才能从粮站兑换全国通用粮票。搞不到全国通用粮票，只能买了些炼乳和挂面，背了鸡蛋和小锅，一路上苦得难以言说。奶奶从安徽回来不久就过世了。余生清楚地记得爹拍着他的脑袋说：“你狗日的，将来一定要给老子弄成个吃粮票的人。”余生说：“我一定给老子弄成个吃粮票的人。”那时余生刚上小学，老师问大家的理想，余生说：“吃粮票。”“吃粮票”大家都懂的。爹又说：“你看，你到了县城开车，虽然是个车夫，村上人也不欺负咱了，见了咱都客气，吃席还给爹留上个位置。”余生就安心下来，他只能期盼着残联能有车，心想：就是淘汰下来的旧车给残联一辆也行。可是一直没有。

秦梅让余生琢磨不透，她和这个年纪的女人一点儿也不同。那时候可是跳舞成风的年代，一时间大街小巷如雨后春笋般冒出大大小小的歌舞厅，遍地开了录像厅，这个年龄的人基本都生活在“两厅”中，可秦梅几乎不出门，回来吃过饭后，便看书，连电视也不看。余生觉得这有问题，有一次，余生喝了点儿酒，说：“秦梅，是不是因为嫁了我，把你打击得啥心思都没有了？”秦梅说：“什么意思？”余生说：“咱们都别说假话，人啊，要活一辈子的，不交心地活一辈子，我也不愿意。”秦梅诧异地看着余生说：“你到底啥意思？”余生说：“你看人家，不是去歌舞厅，就是去录像厅，再不就是逛街……”秦梅说：“你的意思是让我像她们一样？”余生说：“也不全是那意思，我只是觉得……”秦梅说：“你觉得那样的生活很有意思，觉得我这么生活没意思？我喜欢读书，就和她们喜欢跳舞、唱歌、看录像、逛街一样，这有问题吗？我跟你说，我的世界比她们的世界有意思。”余生说：“你跟我说个掏心窝的话，你会不会和我离婚？”秦梅说：“这谁能保证，应该说这取决于你。”

残联五个干部，换煤气虽然让余生感到羞辱，但并不繁重，一个月也就那么几天，其余的时间全闲着。主席虽然没有明说，但暗示余生每天来打一头："有事就忙自己的事去。"忙什么呢？儿子在幼儿园，幼儿园在民政局旁边，秦梅上下班就捎带着接送了。

余生无所事事，录像看几场就觉得没意思，全是一个套路，跳舞、唱歌也不喜欢，觉得里面乌七八糟的，又吵又闹，便也没了兴趣，就羡慕秦梅能安静地读书，说："秦梅，你真幸福。"秦梅说："嫁了你？"余生说："嫁了我你很委屈，这我知道。"秦梅说："我嫁了你也很幸福。"余生嘿嘿笑了说："嫁了我有啥好幸福的，你看你要是嫁个门当户对的，现在说不定就是官太太了，县上当官的都是大学生。"秦梅摇摇头说："你怎么老是纠缠这个问题？我不在乎你是不是大学生，只要能这样安心读书，我也觉得我很幸福。嫁了你你又不多事，单纯，生活安逸，你又那么会伺候我。"余生笑了说："我伺候你？饭可都是你做哩。"秦梅刮一下他的鼻子说："除了做饭。"余生嘿嘿嘿地笑着说："你是说我在床上？对，这我可是尽心尽力的，你能满意，我就很幸福。"秦梅也咯咯咯地笑着说："这是一方面，除了床上满意，家里啥也不用我操心，你又单纯不生事。我说的是真心话，不信你盯着我的眼睛看，眼睛是心灵的窗户。"余生说："我一直以为你应该嫁个大学生、研究生，嫁了我门不当户不对的，心里很亏，连门都不愿意出。"秦梅说："一本书就是一个世界，有书读你就拥有了整个世界，我有我的世界，辽阔而美好。”

余生说：“你这么爱读书我看着都眼馋，可我不明白人家读书都是为了升官发财，你这样读书是为了什么呢？”秦梅说：“一日不读书，尘生其中；两日不读书，言语乏味；三日不读书，面目可憎。这你可能听不懂，这么说吧，人的一生如果不读书，就等于在一间黑屋子里住了一辈子，读书就等于在这间黑屋子的墙壁上凿了一扇窗户，那些为了升官发财读书的都是假读书。”余生说：“你有些怪。”秦梅说：“那你就读书吧，读了书你就会明白我的。”余生说：“不不不，我读书不行，我试过，一拿上书不是瞌睡，就是头疼，真的灵验得很。你被你爹拉回家，我怕你跟我离婚，天天晚上睡不着觉，我就像你一样读书，可是一拿上书，没读几页就睡着了。”余生问：“你是咋养成读书的好习惯的？”秦梅说：“娘在图书馆工作，我从小跟着娘在图书馆里混，就喜欢上了读书。回到家觉得没意思，就偷娘的钥匙偷偷跑回图书馆读书，后来我偷偷配了一把图书馆门上的钥匙，常去图书馆读书，读入迷了常常忘了回家，家里人四处找我，后来知道了，便不再找我，我有时候干脆就睡在图书馆。”余生说：“看你那么安静地读书，真是享受，我真后悔小时候没有好好读书，那时候觉得只有傻子才喜欢读书。”秦梅说：“读书不分迟早，现在读书也不晚呀，从现在开始你也读书啊，我给你找些适合你读的，能安安静静地读书，真是最幸福的事。”余生说：“那我向你发誓，从今往后我做饭，你好好读书，我会把你伺候得幸福死。”秦梅说：“不怕老家来人发现了全村人笑话你？”女人做饭，这是老家的规矩，秦梅也遵守着这个规矩。余生说：“读书怎么也算是个正经事业，只要你幸福。”又说：“再说你做饭真难吃，很是凑合，一顿饭从做到吃用不上十分钟，然后就抱着书看去了。”秦梅抱住余生狂吻，余生躲着说：“咬舌头别用力。”秦梅给他找了几本书，余生一本没读完，就不想读了，对秦梅说：“我还是喜欢开车。”秦梅笑笑说：“你的爱好成本太大了，投入不起，你要是爱好读书多好，投入最小，幸福度最高。”

余生没想到没车的工作竟然一干就是八年。

直到有一天，残联主席接了个电话，让余生赶紧到县委去。到了县委余生才知道，是老书记来了。“山不转来水在转，水不转来云在转，云不转来风在转，风不转来人也转。”歌里都这么唱。老书记忽然又被一个领导记起了，就成了省里一个大局的局长。老书记在市政协的时候，余生一年总要见老书记两面，送点儿荞麦面、小米——老书记有糖尿病。老书记会给他烟酒茶叶。后来老书记调回省里，他送去过一次，老书记说：“你这送一趟来回车费吃住，驴价比马价大，别送了，省城也有卖的。”他也就不送了。

老书记是来调研的，调研结束吃饭时间到他，县上领导都换了几茬了，书记不知道他，问了好几个人才找到他。

老书记说：“你不是就爱开车吗，咋就给你弄了个没车的单位？”

书记忙说：“局长，我们给调个单位，调个好单位，要不让他给我开车。”

老书记笑笑，对余生说：“跟我走吧，我那里有进口的越野车。”

这样余生就进了省城，安排在局里开车。局是一个大局，车有二十几辆，老书记说：“你先给李副局长开吧，我这个司机是前任领导的司机，换了不好，再说人也不错的，明年就退了，到时候你再给我开。”他说：“这个我懂。”老书记笑笑说：“他的车比我的还高级哩。”老书记又通过关系把秦梅也调到了省民政厅，把儿子送进了三中。三中那可是省重点学校。一家人从县城直接进了省城，这是一次大翻身。余生想：在秦梅和她一家人跟前，他总算能长出一口气了。秦梅却说：“进不进省城无所谓，省城有省城的好，小县城有小县城的好。”余生就有些失落，秦梅又说：“不过进省城还是好些，离家远些，省得受他们的骚扰，把你也搞复杂了。”

余生的背上挨了重重一巴掌，他转身一看，是老武。他以为老武是要烟。老武在戒烟时身上不装烟，实在被烟瘾折磨得不行了，会找人要烟。处里有三个抽烟者，他每天上午每人要一根，下午每人要一根。他说："你们记清楚，等我把烟戒掉了，会把抽你们的烟一根不少地还给你们。"

余生抽出烟，老武说："今天超标了。"

"抽吧。"余生说着给老武点了，老武吸一口，徐徐吐出来，贴着余生的耳朵说："刘局被'规'了。"

余生看看老武，一直传着刘局有事，多次说"规"了，可刘局又每每出现了。

老武说："昨天的事，这次是真的，若要人不知，除非已莫为，不是不报，时候未到。"

老武坐回自己的位置上，余生看看大家，转头看到蜗牛竟然爬到镜子里的他的眼窝上，像块白内障。

老书记（也就是局长，余生一直改不过口来）的司机退了，余生就给老书记开车。开了两年，老书记退到了人大。新老局长交接工作时，老书记对新局长说："把我这个兄弟照顾好，这是个简单的人。"不久，新局长把余生叫到了办公室，问了一下他的情况，几天后余生就到了综合处。

起初，余生以为自己被安排到综合处也是开车，结果心里未免有些失落，就像是从天堂被打落凡间。因为之前他是给局长开车的，局长坐的车当然是局里最好的车。给谁开车他倒无所谓，他在乎的是开什么样的车。作为一个司机，余生觉得开上好车就是幸福。到了以后才知道综合处还没有车——他到这个局才三年，而且都是围着领导转，对这个局并不了解，对综合处就更不了解了——从这个局的现状看，余生心里就凉了大半截，想即使是配了车，也不会多上档次，极有可能是从局级领导或者那些实权处室淘汰下来的车。

过了许久，还没有给综合处配车，余生按捺不住，正好李师傅退休了，局里正招司机，就想去问问。他思谋再三，硬着头皮去找局长，老局长临走专门把他介绍给新局长，对新局长说："好好照顾我这个兄弟。"余生结结巴巴地表达了他待在办公室整日无事可做、想开车的意思。局长很客气，又是给他递烟又是给他点火，弄得他坐立不安。局长跟他说这说那的，说了半天，就是没说让他开车。他以为局长没听明白他的意思，就又重申了自己想开车的想法。局长沉吟了半晌说："你别急，老局长交代过，我心里记着哩，只是得等机会，你相信我，一定会把你安排好。"余生就有些不明白了，这不是有机会吗，还要等什么机会。看局长已经抓起电话，余生只好走了。余生刚沮丧地从局长办公室出来，就听局长拍着桌子骂："就你，也逼宫要官，妈的，什么东西。"余生以为局长在对着电话发火，就感叹领导不好干哩。他哪里知道局长是在骂他。

处长明确了一下他的工作："先搞搞内勤吧。"处长一个"先"字，让余生又充满了期待。内勤的工作就是搞收发、打开水、领东西、打扫卫生。收发、打开水、领东西简单，打扫卫生可就麻烦了。办公室不大，人多拥挤，摆满了桌子，到处都是旮旯，得蹲下去掏扫，余生人高马大，窝蜷得气儿都出不来，干完憋出一身汗。一人一个垃圾桶，一天就能装满一桶垃圾，里面什么龌龊东西都有，垃圾桶虽然套了塑料袋，可有些人把痰、鼻涕直接往桶里唾擤，提塑料袋时常会抓一手，他恶心得直呕，遇上某人感冒，简直恶心得难以言说。

喝茶看报，这是人们对机关干部的一致说法，或许在别的处室有些夸张，但在综合处却是事实。综合处本来就是安置人的地方，人员年龄都偏大，干事多数是被安置过来的，比如余生、老武，处长、副处长（除了就地提拔的），正处调、副处调多数都是熬出来的待遇，便都很重视养生。办公室养生主要体现在喝茶上，茶有大益，普洱、龙井、铁观音、菊花，茶里加了辅料，有枣、山楂、枸杞、桂圆、黄芪、人参、玫瑰花、芝麻。一天换两三次茶，倒在一个塑料桶里。

每天早晨余生来得很早，在人们还未到达办公室之前就把这些事做了，然后去吃早点。余生不怕苦不怕脏不怕麻烦，问题在于这些活儿本来是女人的活计——所有办公室这类活计都是女性在做——他一个大男人干，脸上有些挂不住。许多单位办公大楼设计垃圾间与厕所相连，可这栋大楼却设计在东西两头儿，垃圾间在最东头儿，他得提着垃圾从西到东穿越整个楼道，经过每个办公室的门时都会脸红。窝囊憋屈不说，问题还在于每天吃完早点，整日没什么事，他正年富力强，觉得无论是对局里还是他自己甚至是全社会都是极大的浪费。他又像在残联一样期待配车，然而，一年过去，综合处仍没有配车。

司机最容易得的职业病是痔疮，余生开车没得痔疮，坐办公室倒坐出了痔疮。余生实在坐得很不耐烦了，便去找了后勤处的李处长，车属于他管。他到局里满打满算也就三年，最熟的就是后勤处的李处长，因为报销得找他。他问李处长综合处啥时候配车。李处长说："配什么车？"他说："其他处室都有车，综合处不给配车？"李处长扑哧笑了，说："综合处工作都没给配，配什么车？那就是个安置人的地方。"他说："那我没车开，以后干什么？"李处长拍着他的肩膀说："你现在坐办公室了，是干部了，还开什么车，等着提拔做官吧。"余生这才知道自己以后不用再开车了。要说从一个司机变成坐办公室的，不用再起早贪黑地开车伺候人，多少人求之不得。可余生一点儿都不窃喜兴奋，反而有些失落。他还是想开车，他就喜欢开车。

没车开了，余生就只能看车了，就觉得角落边这个小窗户像是专门为他设置的，这里真是看车最好的位置。那时候车还不多，车品牌也单调，多是大众系列的，再就是北京吉普、解放什么的。渐渐地车是越来越多了，也越来越漂亮了，世界名车也多起来，奔驰、宝马、路虎、奥迪、丰田、法拉利、沃尔沃、宾利、兰博基尼、悍马、凯迪拉克、捷豹、雷克萨斯、保时捷、劳斯莱斯……因为不远处就是红绿灯，车有时候会排到窗前，后来就堵车了，车龙摆得就更长了，车流如羊群，一只紧跟着一只，即使是遇到狼，羊也是这样紧紧跟随着。他能够从那些车的马达声中听出车的健康程度，那时候开车，司机不光要会开车，还要会修车，能解决一些基本问题。

车有什么可看的呢？事实上看车的过程之于余生，是一个让他在想象中回到那段岁月的过程，这个过程让他热血沸腾。看着窗外的车流，他就会回到有车开的岁月。在部队时，驾驶汽车在辽阔的戈壁滩、草原上奔驰，车很少，多数时候就跑着他一辆车，拉起一道尘带，惊动了荒野中大大小小的飞禽走兽，黄羊、羚羊、狼、野猪、鹿、獐和放牧的牛、马、羊群，它们仿佛要与汽车赛跑，鹰、鹞、雕、鹫贴着兽群飞翔，那可真是壮观，他感觉驾驶汽车的自己就是豹，就是虎，号召了这些鸟兽一同奔驰。以至于他一看到蒙、新、青、甘这些汽车牌照就热血涌流。后来到了县里开车，虽然没有在河西走廊那么爽，但只要下乡，在起起落落的原野驰骋，同样很爽。看着看着，他就为窗外在拥堵中像羊群一样移动的车抱屈和悲哀，真正的车就应该在河西走廊穿越地广人稀的戈壁滩、大草原，在乡下起起落落的原野恣意驰骋。

车看得久了，激情也被耗尽了，无聊了，流于麻木，甚至是厌烦。余生会赌车牌号押单双，自己跟自己赌，赌注就是自己弹自己的脑壳，也会拧掐左右手。这也是无聊的事，可总比无所事事有趣一些。后来限行了，单号双号这样的赌注就没有了，连这份打发时间的乐趣也没了。

老徐夹了个笔记本回来，说："大家把手头儿的事放放，传达两件事，一好一坏。"

大家都抬起头，盯着老徐。

老徐说："先说好事吧。"

老武说："你还是先说坏事吧。"

老徐笑笑说："消息灵通，听到了？"

老武像个绅士耸耸肩膀，说："我这肩膀耸得还可以吧。"

老徐说："可能大家都听说了，刘远达因严重违纪，接受调查，局里刚开会传达了上面的指示，一切工作照常，对刘远达的事要讲纪律，不乱猜测，不乱传谣，有问题可以举报。"

没有人表示出惊讶，老徐笑着说："看来都知道了，早晨从办公室带走的。"

老武说："传了多少天了，人民的眼睛是雪亮的。"

老徐说："别乱说，你这张嘴。喜报，咱们的郑副处调光荣退休，宋玉同志荣升副处调。"

老武说："宋玉，不，宋处，准备在哪里请兄弟们撮一顿？终于'破处'了啊。"

大家就都笑了，宋玉从哪一年开始逐渐改变了，没有人说得清，现在这样的玩笑也是开得的。余生记起秦梅说的："时间会改变一切，包括爱恨情仇。"

余生扫了宋玉一眼，与宋玉扫过来的目光相对，余生就笑笑。女的"破了处"，就可以干到六十岁，余生曾看过一个调查，说女性最怕的是退休，他不知道宋玉是不是也怕退休。如果不"破处"，宋玉该和他一年退休，说不定也会今年就回家享受天伦之乐。

宋玉说："武处，一切交给你张罗。"

老武说："我再声明一遍，我没'破处'。"

大家又笑。

宋玉说："武处，真交给你了，'破处'不'破处'的，咱们坐坐。"

老武说："王朝、皇冠、凤凰？"

宋玉说："你看着办。"

老武说："半山，农家乐，周末，聚完登山。"

大家鼓掌。

宋玉说："那就说定了。"

宋玉真请客，余生想或许宋玉也怕退休，因为一个人的家是孤独阴寒的。

到综合处的第三年，余生有了辞职的念头，无所事事地坐办公室的生活他厌倦透顶了，而且生活的压力也压上了肩头，三年间，两个老人就像约好了般地相继有病看病，相继去世送埋，别人都换房子了，他们还住在单位提供的一套三十平方米的小房子里。下海成为一种大家都在谈论的风尚，大街上有匆匆忙忙的人流车流，还有一层压一层的广告。余生有了辞职的念头。

一天，余生上班的路上看到好几处招聘卡车司机的广告，他思谋再三，晚上回家大胆地向秦梅说出了自己想辞职的想法。秦梅说："我们的工资能养活自己，你为啥要辞职？我们生活得不好吗？"余生说："跟别人比是不好嘛。"秦梅说："你为啥要跟别人比呢？"余生说："怎么能不比呢？"秦梅说："你想说什么？你就是一个司机，辞了职除了开车还能干啥？"余生说："对呀，我就是个司机，开车跑运输呀……"秦梅说："那不还是个司机吗？"余生说："你等我把话说完，大街上到处都在招聘卡车司机呢，我问了一下，收入比上班强多了。""再能挣，那也是吃了上顿找下顿，有这正式工作保险？"秦梅说，"日子虽然紧点儿，可也能过，过上两三年就松活了。"余生长叹一声说："挣不挣钱的，我就想出去拼一拼，办公室我实在坐不住，一点儿正经事都没有。"秦梅说："坐办公室的那么多人，有几个人有正经事呢？不都是那样一天一天地过吗？"余生说："事是这么个事，可是我……"秦梅说："你啥？你到底想啥呢？咱们这么安安静静地生活不好吗？贱。"余生说："你，你没有理想吗？"秦梅说："你有理想？"余生说："我十岁就有理想。"秦梅说："啥理想？"余生说："开车呀。"秦梅扑哧笑了，说："开车也算理想？"余生说："我知道你看不起我们这些人，你是大学生，有宏伟理想。"秦梅不说话了，看自己的书去了。余生就嘿嘿笑着说："我知道辞职不是小事，那过两年再说。"对秦梅，余生是愿意妥协的，他对秦梅几近于崇拜了。

第二年，他的一个战友辞职了，买了一辆东风大卡，在青藏线上跑长途运输。战友说："辞职吧，咱们一起跑运输，不比上班挣得少。"他说："我没车。"战友说："车有的是，到处都招聘司机，好好跑，用不了两年，就能跑回一辆车来。"余生回家一提说，秦梅说："你战友辞职是因为他们服装厂倒闭了，他要是在省城有办公室坐，会辞职吗？再说他家里给他买了一辆车，人家挣的纯利润，挣的就是自己的，你家里能买一辆车？开老板的车，大头都让老板挣走了。"余生说："可我不甘心啊，单位上无事可做，我一天天变老。”秦梅说：“有啥不甘心的，我们不求大富大贵，但求无灾无难，平安过日子不好吗？你为啥老想着折腾呢？”余生就嘿嘿笑着说：“辞职还真不是小事，那过两年再说。”秦梅说：“上一回你就这样说的。”余生笑笑说：“你记性这么好。”秦梅不说话了，看自己的书去了。

这年，他们买了一套房，成了房奴，儿子又上了高中，复习资料、特色班都要花钱。秦梅进了省城也有了变化，开始出门了，当然不是逛街，而是旅游，黄金周必须出去，说读万卷书，行万里路。没有其他收入，凭两个人的工资日子就很紧了。而这时候战友有了三辆车，组建了车队。余生下决心要辞职，这次他是从儿子的将来入手，余生说：“我这也是为了儿子着想。”秦梅说：“不让你出去也是为儿子着想啊，咱们就抓儿子的学习，将来儿子考上重点大学，读研究生，读博士，出来就啥都不用愁了。”余生说：“你这条路变数很大，不保险，你看多少人都是这样供养儿子，结果都不理想，还得做两手准备，我保证出去绝对比坐办公室强。”秦梅说：“就说你出去能挣，也是卖苦力挣钱，能挣过有钱人、有权人？我们现在是背着债，可我们紧一紧应付得了，你出去万一再出个事，你让我们母子咋办？我们靠你靠得惯惯的，经不起闪失啊，没有了你我到街上都会迷路的。”这倒是实话，秦梅很少逛街，除了单位和家附近，再往远里走，一出门就找不到地方。秦梅忽然就啜泣起来，泪珠像断了线的珍珠打在被子上啪啪有声，一副凄惨无助的神情，就像他已经出事了。余生啪地敬个军礼说："秦梅同志，我向您保证，绝对不再有折腾的心思，沿着你的道路前进前进前进进。"

没有了折腾的心思，余生就彻底安静下来，心里不像塞满了东西那么堵了，一下子轻松了，他感到从没有过的轻松。他开始学城里人做饭，学各种菜系，从电视上学，从书上学，买回书来学，他彻底喜欢上了做饭，练就了一手烧菜做饭的好手艺。端上桌，然后看着妻儿吃，秦梅吃相很贪，说："这样我和儿子就更幸福了。"儿子说："就是。"儿子吃过饭看书去了，秦梅说："享用着美食，享受着美男，食色，性也，老祖宗早就给我们制定了幸福的标准，我还有大量闲暇的时光读书，你说谁过得有我们这样幸福？还追求什么呢。"余生说："只要这样你觉得幸福，我会让你幸福死的。"秦梅说："你不幸福吗？"余生说："幸福呀，吃美食，睡美女，食色，性也，而且还有一儿一女，做神仙哩。"

那年局里搞自动化办公，说穿了就是配电脑。没给综合处配，大家都纷纷表达不满，说："为啥不给我们配，我们不是一个处？"朱处长说："争啥争，到了这处就别想着争，就是配上了有几个会用的，连汉语拼音都不会，五笔就更不用说了，没用的东西争啥，争那气做啥？”朱处长退了，陈山来做处长，陈山说：“会用不会用是一码事，配不配是另一码事，这是个待遇问题，再说跟你我年纪错前错后的，有几个会用，不照样配了。”陈山骂上门去，说：“我们是后娘养的？”陈山是局里的老人了，副处级别熬了十几年，眼看退了，才放到综合处给解决了正处。办公室跟局领导在一层楼，陈山不进办公室，就站在楼道里骂。办公室主任把陈山往办公室里拽，说：“解决，立马解决。”陈山骂完了回到办公室，说：“我他妈就要像泼妇骂大街那样站在楼道里骂，谅他办公室主任也不敢不给综合处配电脑，都是局领导的主意，一周内配不上，我还要上去骂街哩。”处里其他人都配了，唯独没给余生配，陈山又要上楼去，余生拦挡说：“算了，我就是个司机。”陈山说：“你是个司机吗？你有车开吗？你不要管，这回我不跟他吵，我是要去问问他们，你是干啥的。”余生一听很高兴，他也想弄明白他是干啥的。陈山上去给余生“问”来了一台电脑，余生倒不在乎电脑的事，而是在乎“他是干啥的”。他问陈山，陈山说：“没问明白，他们说不明白，不过给你配了电脑，就说明你不是司机，司机都没配电脑，就连局长的司机也没给配电脑。”

万事因人而异，一个处的地位也因人而异，综合处食不果腹的日子是有过的，要风得风要雨得雨的日子也有过。一般看到尽头的人会呈现两种情况，一种是退一步海阔天空，忍一时风平浪静；一种是老子都要退休了，无欲无求了，就敢和一切不公平做斗争了。陈山做处长几年，是综合处要风得风要雨得雨的几年，办公室的桌椅板凳都进行了更新，而且装了空调。

电脑虽说配了，但是从早几年配的处室淘汰下来的，上网卡得要命，动不动就死机了。不久，郑光明做了科技处处长，自动化办公这一块设在科技处。郑光明是老局长的秘书，余生跟他很熟悉。郑光明给余生换了台电脑，还教给他几款游戏。余生痴迷上了打游戏，打得昏天黑地的。不过他自律意识还是比较强的，不耽误回家做饭。

对于儿子，秦梅走出了一条成功的路，儿子知书达礼，按部就班地考上了重点大学，又读了研究生，读到了博士，留在了北京，就少了找工作的难。

儿子读研究生时，秦梅说："买辆车吧。"余生一直想有自己的车，可现在怎么能买车呢？余生说："买车？你会不会过日子，不给儿子娶媳妇了，儿子落在北京了，买一套房得多少钱？"秦梅说："就凭你我，给儿子在北京买房子？"余生说："添不上斤添两哩。"秦梅说："就凭你我的那点儿收入，给儿子在北京买房子添斤添两？再说既然儿子选择了在北京生活，在北京能落下来，他就能解决自己的一切生活问题，他得靠他自己；如果他一直靠我们，那一辈子活得也没劲，你听我的，买车。"买车时，余生的目标在十万左右，秦梅却想至少要买二十万以上的越野。秦梅说："不是可以贷款吗？多贷点儿款，慢慢还，咱们又不是没还过贷款。"秦梅比他有进步，也是副处调，退休还得好几年，秦梅不想要副处调，可上面既然任命了，是不会收回任命的，除非你犯错误或辞职。

闹钟敲响了，该下班了，大家准备离开，余生说："我有个事跟大家说说。"

大家都站住，余生竟然不知道如何说，老武说："冷幽默呀。"

余生说："真有事，我……我退休了。"

老陈说："真的假的，又冷幽默？"

余生说："真的。"

老陈说："你刚五十八吧，现在都叫嚷着延迟退休，咋又能早退休了？"

余生说："不是，是回家享天伦之乐，六十岁再办退休手续。"

老武说："那宋玉先别做东，还是半山，咱们抓阄，一是祝贺宋玉'破处'，再是祝贺余生退休终于如愿以偿，现在就抓阄。"

老陈说："明天抓，小陈，你通知那两'调'早晨来单位，他们不能例外。"

老徐说："对了，这是处里大事，一个都不能少。"

余生出门时，想到了那个蜗牛，看看墙上，它趴在镜框上，看来也是休息了。

周末聚餐大家都很感慨，百年修得同船渡，千年修得共枕眠，同船一渡都要修百年，这在一个处室朝夕相处有的几年有的十几年，不知要修多少年。大家这样感慨着，动情处竟然有几个人都落泪了，结果都喝多了，没能爬成山。第二个周末宋玉又做东聚了，大家又喝多了。让余生意外的是，散场后宋玉送了余生两条烟、两瓶酒，烟是中华烟，酒是茅台酒，而且都过了十年。这让余生很感动。本来第三个周末是余生做东请大家，可秦梅学驾照要考试。车刚买到手时，余生就让秦梅学，秦梅说："我为啥要学，有专职司机，不会享受？"余生带秦梅来了几次非典型自驾游后，秦梅迷上了，非要学车。

陪着秦梅考完试，余生约大家，周末老徐、老陈都要去吃席，下个周末调休上班。余生不想拖，就定在了周五晚上。下午余生早早去了办公室，等着接老徐、老陈，他们都不会开车。余生到了办公室，发现他的位置上已经坐了人，老武介绍了他，又介绍说："这是新来的小王。"小王说："余处好。"余生听出口音是南部山区人。老武悄悄告诉余生，说："暂时借调。"余生就明白了，原来让他回家是为了给人家腾位置，先借调进来，他办了退休，自然就正式调入了。别看这个位置他坐得烦透了，可对于下面县市想进省城的人，可是香着哩。没有这样的位置，就可能永远进不了省城。

图书在版编目（CIP）数据

大地钢琴 / 季栋梁著 . -- 石家庄：河北教育出版社，2022. 10

（年轮典存丛书 / 邱华栋，杨晓升主编）

ISBN 978-7-5545-7181-1

I. ①大… II. ①季… III. ①中篇小说 - 小说集 - 中国 - 当代 IV. ① I247.5

中国版本图书馆 CIP 数据核字（2022）第 156168 号

年轮典存丛书

书　　名　大地钢琴

DADI GANGQIN

作　　者　季栋梁

出 版 人　董素山

总 策 划　金丽红　黎　波

责任编辑　任晓霞　乔　珊

特约编辑　张　维　韦文菡

出　　版　河北出版传媒集团

河北教育出版社　http://www.hbep.com

（石家庄市联盟路 705 号，050061）

印　　制　天津盛辉印刷有限公司

开　　本　787 mm × 1092 mm　1/32

印　　张　9.25

字　　数　177 千字

版　　次　2022 年 10 月第 1 版

印　　次　2022 年 10 月第 1 次印刷

书　　号　ISBN 978-7-5545-7181-1

定　　价　48.00 元
